魔法科高中的劣等生

Appendix 2

背負某項缺陷的劣等生哥哥。
一切完美無瑕的優等生妹妹。
這對兄妹就讀魔法科高中之後，

風波不斷的每一天就此揭開序幕——

佐島 勤
Tsutomu Sato
illustration
石田可奈
Kana Ishida

Kadokawa Fantastic Novels

The irregular
at magic high school
美少女魔法戰士普拉茲瑪莉娜

The irregular
at magic high school
IF

佐島 勤
Tsutomu Sato
illustration／石田可奈
Kana Ishida
illustrator assistant／ジミー・ストーン、末永康子
魔法科高中的劣等生
The irregular at magic high school
Appendix 2
Kadokawa Fantastic Novels

The irregular
at magic high school
夏日假期—Another—（上）

The irregular
at magic high school
夏日假期—Another—（下）

The irregular
at magic high school
十一月的萬聖派對

The irregular
at magic high school
續・追憶篇—冰凍之島—

The irregular
at ma[redacted]
Melancholic Birthday

The irregular at magic high school

夏日假期—Another—

夏日假期——Another——（上）

「哥哥，雫邀請我們去別墅玩……」

西元二〇九五年度九校戰結束的隔週一早晨，深雪找達也談這件事。

「別墅？北山家的別墅嗎？」

「是的。她說要不要大家一起來北輕井澤的別墅玩。」

達也稍微動了動眉毛表達意外感。

「不是海邊的嗎？」

「咦？嗯，是高原的別墅……那個，去海邊的比較好嗎？」

「不，並不是這麼回事，但我總覺得會邀我們去海邊……」

達也搖搖頭，像是要趕走某段「不可能存在的記憶」。

「話說回來，想說妳昨天講電話到很晚，原來是在討論這種事啊。『大家』有包括誰？」

「昨晚聊天的是雫與穗香兩人。」

現代視訊電話的標準規格最多可以十人同時通話。深雪昨晚使用這個系統和雫、穗香愉快聊到很晚。

「雫說除此之外也想邀請艾莉卡、美月與西城同學。」

深雪說完露出有點猶豫的表情。

「不過，她希望艾莉卡與西城同學由我們這邊邀約。艾莉卡與美月就由我來聯絡……」

雫與穗香兩人和E班成員的交情都還沒有好到可以直接邀約旅行。深雪基於異性的心理障礙很難打電話給雷歐與幹比古。

「知道了。雷歐與幹比古由我來聯絡。」

這麼一來，職責必然會這麼分擔。讓達也耗費心力處理這種事，深雪感到過意不去。

達也當然不覺得這種程度的事會耗費心力。他笑著爽快接下這項傳令任務。

「話說回來，日程是什麼時候？」

「配合哥哥您方便的時間。」

即使暑假對於學生來說是自由時間，但是達也在高中生以外的部分要忙各種事。

前年以及大前年的暑假，達也幾乎都用在獨立魔裝大隊的訓練或是FLT研究所的通勤。去年夏天還要用功念書準備高中入學考（主要是擔任深雪的家庭教師）導致行程滿檔。

今年因為前半有九校戰，所以排程格外緊湊。下個月即將上市的「飛行魔法專用演算裝置」的開發更是迫在眉睫。

穗香與雫肯定不知道這些細部隱情，卻隱約察覺達也很忙的樣子。

「我想想……這週末到下週初，週六到週一有空。在這之後就有點難了。」

達也這麼說完，輪到深雪露出有點意外的表情。

「不是排在下週末也沒關係嗎？」

「啊啊……為什麼這麼問？」

聽到達也反問，深雪露出疑惑表情歪過腦袋。

「……為什麼呢？我覺得哥哥好像是下週末會比較方便……」

兄妹一起歪過腦袋。

但是兩人感覺到的不對勁來自「大人的苦衷」或者是「上帝視角的理由」。身處於這個世界的兩人再怎麼納悶都不可能知道。

陷入再怎麼思考也得不出結論的這個疑問，重新振作的速度是深雪比較快。

「那就定在這週六到下週一的三天兩夜，我再和雫聯絡。」

以深雪的真心話來說，要旅行的話單獨和達也同行比較好。但是這麼一來就和平常沒什麼兩樣。這個家只有達也與深雪兩個人住。

——大家一起過夜也可以讓哥哥轉換心情，或許比較好。

深雪重新換成這個思考方式，從桌上的終端裝置傳訊息給雫。

「話說哥哥，時間是不是差不多了？」

「還有一點緩衝時間，不過確實差不多該出發了。」

今天接下來也要為了飛行演算裝置的商品化而在ＦＬＴ進行檢查工作。他不是被就業規定束縛的職員，所以沒有非得明確遵守的出勤時間（何況研究人員基本上都是彈性上下班）。不過必須和牛山或是其他研究員開會，所以也不能過於悠哉。

達也正要從沙發起身時，視訊電話的來電燈號發光了。

比達也先從沙發起身的深雪不是操作桌上的終端裝置，而是靠牆的控制台。

出現在螢幕上的是雫。

「早安，雫。訊息看過了嗎？」

『早安。看過了。』

既然在這個時間點打電話過來，深雪推測應該是關於剛才傳送的旅行日程。

『這週六開始三天兩夜。收到。』

這個預測命中了。

看來雫是真的為達也空出行程，明明深雪才送出回應不久，計畫就已經確定了。

『達也同學，在嗎？』

達也原本移動到視訊鏡頭拍不到的位置，不過既然被點名就不能裝作不知情。目前至少還有

「早安，雫。」

『早安，達也同學。週末請多照顧喔。』

「啊啊，這是我要說的。」

『嘻嘻，好期待。』

此時突然開啟一個子畫面。

『早安！』

在視訊電話插話問好的是穗香。

「早安，穗香。妳來得正是時候耶。」

『啊，早安，深雪。』

深雪若無其事的指摘，使得穗香露出慌張表情。看得出這種小小的表情變化，是視訊電話的優點暨缺點。

「……穗香，難道妳一直在旁邊聽嗎？」

『嗚……那，那個……』

視訊電話通常會顯示正在交談的對象。在關閉鏡頭的場合，通話對象也會顯示在畫面或是控制台。不過如果保留正在通話的線路撥打第二通電話，將保留線路時的音效改成通話的語音，第一通電話的通話對象就可以竊聽第二通電話。搭載會議模式最多容許十人同時通話的視訊電話可以使用這種祕技。

「唉……這不是被聽到會很麻煩的話題所以就算了。不過雫，這種違反禮儀的行為，希望妳今後避免一下。」

現在雫與深雪的這段對話，也有外洩到一直和穗香接通的線路吧。

『對不起。』

「妳願意理解就好。所以穗香，妳的行程也沒問題吧？」

雖然也覺得無須確認，不過深雪如此詢問穗香，當成繼續對話的契機。

『沒問題！完全一點都沒問題不要緊！』

「……穗香，妳冷靜。感覺妳很像是不習慣說日語的外國人。」

穗香的臉頰害羞染紅。但她沒有沉默下來。

『那個，達也同學……』

「啊啊。」

『我也很期待這天的到來！』

「說得也是。」

穗香怎麼看都注入過多的幹勁，稍微懾服於這股魄力的達也點頭回應。

『請絕對要來喔，絕對喔！』

她到底發生了什麼事？穗香強勢到令人這麼想，達也唯一能做的回應就是「點頭」。

『取消計畫的費用是一千根針。』

既然連雫也加入，達也就沒有舉白旗以外的選項。

「取消計畫的費用還真貴。知道了，我絕對會去。」

「……我該不會被當成墊背了吧？」

『沒……沒那回事喔！』

『妳想太多了。』

對於以冰冷聲音低語的深雪，穗香與雫露出慌張神情。由此看來不能斷言深雪的疑惑完全無憑無據。

◇　◇　◇

艾莉卡與美月由深雪在當天打電話邀約，雷歐與幹比古則是由達也在ＦＬＴ以自己的終端裝置傳簡訊聯絡。

結果沒有任何人不便參加。這真的是偶然嗎？達也很想提高警覺。

不知不覺來到週末的旅行當天。這次的目的地是高原的別墅，所以沒發生達也被迫陪著買泳裝的事件。相對的，在當地購物的事件應該無法避免吧。

雫的別墅位於北輕井澤。正常搭乘大眾運輸工具就可以抵達。雖然也有當地集合的方案，不過八人是在東京市中心的某棟摩天大樓集合。

「看來都到齊了。」

「那就出發吧。」

在達也催促之下，雫從一樓大廳帶領大家前往樓頂的直升機停機坪。北山家私人持有的中型直升機已經在該處待命。

「話說回來，居然連直升機都有……雫的家果然好厲害。」

艾莉卡仰望漆成白色的直升機感慨低語。

「直升機這種東西，艾莉卡家不是也有嗎？」

雫以有點害羞的表情問，艾莉卡笑著搖了搖頭。

「怎麼可能啦～～小型船就算了，我家沒什麼直升機喔。」

「妳說的小型船是遊艇嗎？」

這樣不是也很厲害嗎？美月就像這樣以閃亮的眼神問，艾莉卡對此面有難色再度搖頭。

「那個不能稱為『遊艇』喔……應該說我不想這麼稱呼。減搖鰭平常都會收起來，所以搭起來很不舒服。」

「……難道是為了訓練？」

「沒錯。」

聽到深雪戰戰兢兢這麼問，艾莉卡立刻點頭回答。

「這麼徹底啊……」

深雪傻眼呢喃。一旁的美月不知道該露出什麼表情而困惑。

達也他們三個男生在不遠處旁觀女生們的這副模樣時，身後有人搭話。

「你就是司波達也同學吧？」

達也早就察覺背後站著一個人，所以被搭話的時候沒有嚇到，不過對方只點名他一人，達也對此也感到意外。

轉身一看，該處是一名壯年紳士。高級西裝穿起來有模有樣。雖然不胖（因不良生活習慣造成的肥胖已經因為治療藥的普及而在二十年前被逐出社會）卻從內側洋溢一份穩重的威嚴。

捕捉到達也的視線，這名紳士開口自我介紹：

「我是北山潮，雫的父親。」

雫的父親說完露出笑容，渾身散發的氣息頓時變得親切。如此急遽的落差別說高中生，在商場累積相當經驗的社會人士也會不知所措，不過達也面不改色回以周到的問候：

「初次見面，我是司波達也。久仰您的大名。本次和舍妹承蒙關照，請您多多指教。」

「這邊也請你多多指教。」

雫的父親伸出手，達也以不違反禮儀的程度淺淺握手回應……原本是這麼打算的，潮卻穩穩抓住達也的手。

手的觸感意外地有力。不過比起風間或柳，依然只是習慣文書工作的辦公型手指與手掌。與其說是手掌的力量，應該說他看向達也的視線力道緊抓著達也不放。眼神如同在估價，卻不會令對方感到不悅。是位居眾人之上，和同為人上人的對手分庭伉禮的領導者眼神，是身經百戰的將領眼神。

「……看來不是只有頭腦聰明的秀才。也不是只有一雙巧手的技術人員。風貌看起來確實相當可靠。」

潮的呢喃微弱到正常來說聽不到，是連達也都必須集中注意力才聽得到的音量，有著必要最底限以上的顧慮。不過這段話即使以正常音量說出來，達也也不會覺得失禮吧。北山潮洋溢的風範令人認為理所當然有資格對於面前的對象品頭論足。

潮放開達也的手，散發的氣息再度變得親切又柔和。和雷歐以及幹比古握手時，潮的眼睛沒有觀察達也時的那股犀利。看來達也不知為何引起雫父親的注意了。

「——深雪！」

幹比古頻頻對潮鞠躬致意時，達也呼叫妹妹。

小跑步過來的深雪立刻察覺狀況，朝著和幹比古握完手的潮文雅行禮。

「容我為您介紹，這是舍妹。」

「初次見面，我是司波深雪。本次感謝您的邀請。」

在達也這句開場白之後，深雪做完自我介紹抬起頭。潮和她面對面的瞬間僵住，發出感嘆的嘆息。潮也是日本財經界頂尖經營者之一，見到美女的機會遠多於市井平民。即使如此，深雪的美貌還是令他不由得目瞪口呆。

但他是一流的商人，恍神真的只是一瞬間的事。

「小姐，謝謝妳這麼客氣。我是北山潮。能夠邀請妳這麼美麗的小姐光臨，對於寒舍來說是喜出望外的榮幸。」

潮將手按在胸口裝模作樣地行禮，深雪也配合露出甜美笑容，以西式禮儀屈膝回應。

雖說已經從一開始的震撼中回復，潮的臉頰卻比自己意圖的還要放鬆。總之考慮到深雪的美貌以及言行舉止的美麗，這種程度應該在所難免吧。

「哎呀，伯父，記得我那時候您沒說過這種話吧？」

「爸爸，不要色瞇瞇的，很丟臉。」

但是不寬容並沒有道理可言。兩名少女突然以話語為子彈射向這樣的潮。

「不不不，我哪有色瞇瞇的……」

雖說是親生女兒，對手只有一人的話應該可以適度搪塞，但是從小學時代就當成另一名女兒疼愛的穗香聯手出擊，即使是幹練實業家似乎也招架不住。

潮以誇張的肢體語言朝著稍微拉開距離跟過來的艾莉卡等人搭話，明顯是為了轉移話題。

「——喔喔！你們也是我女兒的新朋友吧？歡迎各位。請當成自己家放輕鬆不用客氣。」

大概是面對客戶和面對女兒的狀況不同吧。不統一的遣詞用句透露他內心的慌張。

「可惜我必須回去辦公室，所以就此告辭。」

北山潮帶著秘書與隨扈，匆忙離開直升機停機坪。

不久之後，所有人的行李都放進直升機之後，傳來催促搭乘的聲音。搭話的是外表約二十五歲的女性。

自稱黑澤的她是這架直升機的駕駛員，不過正職是管家，抵達別墅之後會由她打理眾人的生活起居。

不只是直升機，其實她也會駕駛遊艇，擁有各方面的技能。雖然她本人沒說，但是感覺也會用槍。聽她自我介紹之後懷著「妳的正職真的是管家？」這個疑問的不只一兩人。

◇ ◇ ◇

「雫，妳的家人沒來嗎？」

聽到深雪這麼問，雫在前座轉過身來。

「母親應該不會來。父親或許會在週日晚上或週一早上露臉。」

「伯父會來？」

「不知為何很積極。明明工作很忙……」

聊著這種話題時，直升機之旅一下子就結束。走陸路也不需要一小時，覺得意猶未盡或許也在所難免。

不過直升機抵達之後的光景正如他們的期待，或者說超乎期待。

「建地內部居然就有直升機停機坪……」

幹比古以大吃一驚的聲音低語。

「主宅就算了，別墅是這種規模嗎……」

雷歐以傻眼聲音接著說。

「但別墅本身不是意外地普通嗎？」

這裡的普通並非指足以讓直升機起降的庭院，而是指附設直升機停機坪的北山家別墅，正如艾莉卡所說是小而美的建築物——從每一棟的規模來說是如此。

「話說回來，鄰居的房子蓋得好近。既然土地這麼大，距離明明可以更遠一點……」

「那也是我家的別墅喔。」

「咦？」

雫的回答使得艾莉卡也得知真相。

「難道那棟也是？」

「嗯。」

雫點頭回應艾莉卡的問題，指著另外兩棟建築物。

「五棟都是？難道說，直到那邊全是北山家的建地？」

對於艾莉卡的吃驚，穗香露出像是安撫的笑容回應：

「因為雫家有很多親戚，也經常會招待客戶。要是為了增加房間數量把建築物蓋大，不認識或不熟的人在屋內撞見會覺得尷尬吧？所以才像這樣分成不同棟。」

「這週末沒有其他客人利用這裡，所以請各位不必擔心。」

旁聽對話的女管家黑澤說完向艾莉卡投以笑容。而且她沒有壞心眼到確認艾莉卡臉上不好意思的表情，帶領八人進入別墅。

舉例來說，如果是附私人海灘的別墅，無論如何應該都會換上泳裝去海邊吧。不過高原別墅的玩法也是五花八門。

「達也同學，你有發現後面有一座大池塘嗎？那裡也在這座別墅的土地範圍喔。」

「喔，這樣啊。」

「還可以搭小船。」

「真是了不起。」

「那個，所以……」

穗香向達也說明後方池塘的時候……

「這麼說來，記得艾莉卡是網球社吧。」

「哇～～有網球場耶。」

一旁的艾莉卡與美月看著黑澤提供的導覽圖，愉快地相視而笑。

「那座山看起來蠻險峻的。」

「不過好像爬得上去喔。雖然沒有鋪設完善的登山步道，不過看起來有路可走。」

雷歐與幹比古在討論登山事宜。

「要逛街的話必須有車才行。」

「通勤車有經過這裡喔。」

「從商店街到這裡有納入交通管制系統嗎？」

「嗯。」

「哇……不愧是上流階級專用的別墅區。」

反觀深雪與雫正在擬定購物計畫。

上午就以這種感覺在屋內度過。

午餐之後，大家決定先打網球。

「小船……我好想和達也同學一起搭……」

「逛街改到明天，不對，不然傍晚就……」

也有人像這樣說出內心的不捨。然而……

「這是公正抽籤的結果，別怪我喔。」

愉快到像是要哼歌般帶頭前進的艾莉卡這麼說，眾人無法反駁。下午的活動討論不出共識所以用抽籤決定，這是大家都接受的條件。

「話說服裝怎麼辦？」

走到看得見球場的時候，達也慢半拍說出這個疑問。

「各種尺寸與設計的服裝在更衣室一應俱全。」

黑澤的回應連達也都不禁啞口無言。

「是特地為我們準備的嗎？」

深雪不只吃驚也擔心詢問。

黑澤笑著搖了搖頭。

「不。是為了讓客人隨時都能前來而預先準備的。」

這個回答令深雪與美月都鬆了口氣。

不用說，換衣服是男生們比較快。以男性的狀況，服裝款式不像女性那麼多，所以是理所當然的。即使再怎麼有錢，對於男用網球服的時尚需求還是不高吧。

「達也，你有打網球的經驗嗎？」

幹比古詢問走在身旁的達也。因為他覺得達也拿球拍看起來有模有樣。

「沒在俱樂部或學校學過。只是有樣學樣的程度。」

聽到達也的回答，幹比古露出安心表情。

「這樣啊。太好了。我也沒有經驗。」

「我有喔。」

雷歐轉身告知意外的事實。

「咦，是嗎？」

「喔？」

「哎，只學過皮毛就是了。對了達也，在女生們過來之前先對打暖身吧。」

雷歐突然露出奸詐表情如此邀請達也。

「手下留情啊。幹比古你呢？」

「我先觀戰吧。」

達也以「這樣可以嗎？」的眼神詢問雷歐。

雷歐沒反對。

「那麼失誤比較多的人要請一瓶飲料。麻煩幹比古當裁判。」

「咦，是這種規則嗎？」

這次是幹比古以「這樣可以嗎？」的眼神詢問達也。

達也輕輕聳肩進入球場。

「咦？聲音聽起來挺不錯的。」

換好衣服打開更衣室門的艾莉卡，聽到球場傳來的擊球聲不禁輕聲這麼說。

更衣室的出入口在球場反方向，在這裡無從知道球場發生什麼事。和接著走出來的深雪相視之後，她們一起前往網球場。

依照艾莉卡、深雪、穗香、雫、美月的順序來到球場旁的少女們，目睹一場白熱化的對打。

「嘿呀！」

「——」

「可惡！」

「——」

「說什麼初學者！」

「——」

「絕對是！」

「——」

「騙人的吧！」

「——」

相較於每打一球就咆哮的雷歐，達也只是默默揮拍精準把球打回去。這股魄力明顯超過遊戲的範疇。

「……慢著Miki，這是怎樣？」

艾莉卡仰望坐在裁判席的幹比古，以傻眼的聲音問。如果幹比古現在看向艾莉卡，可能會發生小小的養眼意外，幸好（？）他定睛看著這場對打。

「我的名字是幹比古……雷歐剛才提議要對打暖身。」

「暖身？可是看起來打得很激烈啊？」

幹比古就這麼看著達也與雷歐，像是在說「真是拿這兩人沒辦法……」般消沉。

「一開始是說失誤比較多的要請一瓶飲料，不過他們兩人完全沒失誤，所以主要是雷歐愈打愈激動。」

「難道他們沒失誤一直打到現在？」

艾莉卡瞪大雙眼仰望幹比古驚聲發問。

幹比古大概是覺得被問得很煩，原本注視這場抽球大戰的視線向下移向艾莉卡——然後他失去平衡摔下裁判席。

「呀啊！吉田同學？」

「慢著Miki，你還好嗎？」

料想不到的意外使得女生們一起跑向幹比古。

達也與雷歐也中斷對打走向裁判席。

「幹比古，還好嗎？」

達也伸出右手，幹比古露出害臊笑容握著他的手起身。

「還好。雖然會痛，但是沒有骨折或扭傷。頂多只有輕微摔傷。」

「喂喂喂，真的不要緊嗎？」

「沒事沒事。你們看。」

幹比古努力開朗回應雷歐擔心的聲音，稍微跳幾下給大家看。

「看來不是逞強……到底發生了什麼事？」

聽到雷歐這麼問，幹比古視線游移。不知道是否是多心，他避免看向艾莉卡。

沿著幹比古視線的另一邊看去……

「唔喔！」

雷歐向後仰到差點倒下。

「妳這傢伙怎麼穿成這樣？」

「啊？你這傢伙在說什麼？」

雷歐的失禮態度，使得艾莉卡的態度也變得咄咄逼人。

「這是網球服。看不出來嗎？」

「妳說這是網球服？」

達也刻意避免發表意見，不過大約以六比四的比例同意雷歐的主張。

少女們都穿著網球服。但不愧是能夠發下豪語說各種款式一應俱全，種類非常豐富。

深雪是正統的運動衫造型。裙子是三角褶皺設計得比較少，裙襬偏窄的類型。腳上是沒過膝的高筒襪。簡樸的身影醞釀出清純形象。

美月也是運動衫造型，但她加穿了一件背心。裙子是一般的百褶裙類型。大概是不喜歡凸顯身體線條吧。但是在背心的包覆之下，上半身的某部位反而變得顯眼。

雫是連身式的網球服。裙襬輕盈展開，可見比起打球更重視時尚。色調是淡粉紅色，襪子與鞋子也都是同系統的配色，和冷酷表情的反差令人印象深刻。

到目前為止，總之可以形容為普通吧。不過最後兩人相當火辣。

穗香穿著挖背背心式的網球服以及褲裙式的網球裙。雖說是挖背背心卻接近無袖，領口也很淺。但因為是貼合身體的材質，所以上半身如同緊身衣般曲線畢露。深色的配色不會透出內衣，然而對身材沒自信的話應該不會選這套服裝。看穗香害羞般忸忸怩怩，大概是被雫慫恿穿上的。

再來是艾莉卡。首先色彩很花俏，是原色的橙色。款式是挖背背心，V字剪裁的衣領很深，令人捏把冷汗擔心內衣會走光。不，要是從上方注視，看見胸前深溝的機率應該很高吧。幹比古剛才摔下來肯定是這個原因。

不只是上半身，下半身也很火辣。雖然是外覆式褲裙，但總之褲管超短，乍看像是穿著超短迷你裙。察覺達也視線的艾莉卡得意洋洋將單腳向前跨（展覽會場的宣傳模特兒常擺的姿勢），可見她是故意挑選這套網球服。

總之，容貌出眾的她們穿上網球服，基於和泳裝不同的意義來說令人不知道視線往哪裡擺。

「欸欸，達也同學，這套衣服怎麼樣？」

不時瞥向雷歐臉孔的艾莉卡詢問達也。

「很適合妳吧？」

達也基於立場只能這麼說。

「就是說吧～～達也同學果然懂我耶，和某個不識趣的傢伙不一樣。」

艾莉卡故意拉高音量的這段話，明顯是衝著雷歐說的。但是雷歐不敢正視艾莉卡，所以想頂嘴也很難的樣子。

「哥哥，請問我怎麼樣呢？適合嗎？」

不知何時站在旁邊的深雪靦腆詢問達也。並不是在對抗艾莉卡。充滿期待的眼神訴說她只想得到達也的稱讚。

「很可愛喔。非常適合妳。」

「謝謝！」

深雪臉上綻放豔麗的笑容。

大概是被這張幸福的笑容刺激，原本害羞的穗香猛然走到達也前方。

「達也同學，我怎麼樣呢？」

「啊啊，穗香這套也很適合妳喔。」

笑著回答的達也，開始感覺這個狀況不太妙。這樣下去似乎會爆發一場他應付不來的戰爭。

達也冒出這份危機意識。

「穗香，妳有打網球的經驗嗎？」

「她打得很好喔。因為都和我一起練習。」

用來改變話題的這個問題，是由走到穗香身旁的雫回答。

「那就稍微打幾球活動筋骨吧。」

達也這句話不是想要單獨和穗香對打練習，而是「大家適當分組吧」的意思。

「說得也是。深雪，可以陪我打嗎？」

「咦，我陪雫打嗎？」

不過雫迅速插嘴的這句話，使得狀況違背達也的意圖進行。

深雪的困惑視線在達也與雫之間來回。

「不行嗎？」

雫在這時候乘勝追擊。

「並不是不行……我知道了。雫，請多指教。」

「也請妳多多指教。」

雫轉身背對深雪。這麼做是要前往球場另一側，但她在途中悄悄向穗香使眼神。

「——達也同學，可以請你陪我打嗎？」

「沒問題。」

「謝謝！」

穗香開心般行禮，以喜孜孜的腳步追在雫的身後。

看著這一幕，艾莉卡咧嘴露出愉快的笑容。

兩座球場共八人。有和樂融融交互擊球的搭檔，也有當成比賽進行白熱化對打的搭檔。

和樂融融組的代表應該是幹比古&美月。球畫出弧線往來的模樣看起來是令人微笑的溫馨光景。話是這麼說，不過兩名當事人……至少美月認真至極。仔細看就發現美月不受控制的球總是幹比古辛苦回擊到美月容易接球的位置，不過美月看起來沒有餘力理解這一點。

白熱組的代表再怎麼說都是艾莉卡&雷歐。艾莉卡打出和嬌柔身體不符，令男生自嘆不如的抽球，雷歐則是以力氣與速度強行彌補技術上的不足。雖說大多時候是幽靈社員卻和男生打得平分秋色的艾莉卡是否該誇獎「不愧是網球社」？還是跟得上艾莉卡犀利抽球的雷歐身體能力值得稱讚？恐怕兩者皆是吧。

深雪&雫表現出優雅的對打。節奏固定，位置也幾乎沒動過，反覆以正拍、正拍、反拍、反拍規律擊球的風格，確實給人「優良傳統大小姐網球運動」的印象。

達也&穗香也是類似的風格，不過達也的精確度在這裡大放異彩。無論穗香打出哪種球，達也都以完全相同的速度打回完全相同的位置。連機械都做不到這種事吧。

唯一都是女性的深雪與雫這組首先休息，然後其他六人也陸續回到放飲料的長椅這裡。

「達也同學，差不多來比一場吧？」

艾莉卡提議這種事，應該可以說是「不出所料」吧。

「比雙打的話就沒問題喔。」

達也這麼回答是因為球場只有兩座，兩人占領一座的話不太好。

「知道了。那就打混雙吧。」

絕對不是艾莉卡露出明理表情揚起嘴角在想的那個理由。

「分組的話……」

該怎麼做？艾莉卡說到一半，從深雪與穗香身上移開視線。

「……就抽籤決定吧。」

這麼說的瞬間，視線的壓力緩和了。

艾莉卡暗自鬆了口氣。

「我不打喔。」

「那個，我也不打。」

幹比古與美月申請退出。只有這兩人希望棄權，所以總共六人抽黑澤準備的籤。

結果是……

「——果然敵不過血緣關係嗎？」

「穗香，never give up。」

「總覺得我是不是被當成一點都不重要？」

「一點都不重要吧？我也覺得有點格格不入。」

「哥哥，請您多多指教。我會好好努力避免拖累您。」

「這不是公開賽也不是對抗賽，不必這麼摩拳擦掌沒關係的。」

分組決定是達也&深雪、艾莉卡&雫、雷歐&穗香。

第一場比賽是達也&深雪組對上雷歐&穗香組。

「雷歐～～快點輸一輸吧～～因為後面還有人在等喔～～」

「吵死了！至少幫達也加油吧！」

艾莉卡的奚落聲引得雷歐怒吼回應，重新擺出架式準備接球。

發球的是達也。

雫坐在裁判席。

「達也同學 to serve。Play。」

喊出稍微改編的口號之後，比賽開始。

達也將球在草地球場反彈兩次，以緩慢的動作往上拋。

拉緊如弓的身體用力彈跳。

「——」「————」「————」「哥哥，漂亮的發球！」

在眾人錯愕的空氣中（不過有一名例外），一個平淡的聲音喊出「Fifteem-love」。

「——慢著慢著慢著慢著慢著慢著！」

大概是聽到這聲計分之後回神，雷歐一邊大喊一邊衝向球網。

「達也，剛才那是什麼啊？」

「普通的平擊發球啊？並沒有犯規吧？」

被達也注視的雫點了點頭。

「我不是這個意思啦！剛才的速度是怎樣？時速應該超過兩百公里吧！」

「就算你問我怎樣，我只會那樣發球啊？」

「唉……真是的，算了啦。」

對話雞同鴨講，雷歐垂頭喪氣回到底線。

「那麼繼續比賽。Fifteem-love。」

達也站在底線外緣，穗香露出緊張模樣擺出接球姿勢。要是打出剛才那種發球，穗香完全無法應付。然而即使無法打回去。她覺得認真接球是自己被賦予的考驗。

這當然是穗香想太多了。達也低手發出的這一球畫出圓弧軌道落在穗香面前。

沒料到這個狀況的穗香，連忙衝向軟弱反彈的球。

穗香絕對不是沒有運動細胞。但是在這個時候她注入太多幹勁，身體沒跟上心情。

「呀啊！」

「穗香？」

穗香尖叫摔倒，球場內外的所有人跑了過去。

達也跳過球網，單腳跪在穗香前面。

「穗香，沒事嗎？」

「我沒事！」

大概是覺得在平坦球場絆到腳摔倒很丟臉吧，穗香臉紅迅速想要起身。

「好痛！」

但是一隻腳沒踩穩，差點摔個四腳朝天。

「唔喔，沒事嗎？」

幸好後方的艾莉卡迅速扶住，迴避了撞到頭或是撐在地面扭傷手的二次傷害，但是穗香的腳似乎很痛。

「脫掉鞋子比較好。」

「我來吧。」

雫點頭回應達也的提案。

在雫幫忙脫掉鞋襪的時候，穗香好幾次痛到皺眉。

「扭到了……應該是輕微的扭傷，不過最好還是回去別墅以防萬一。」

達也看著腫起來的腳踝這麼說。

「說得也是。雖然應該沒有骨折或者是傷到韌帶，但我覺得還是照達也同學說的回到別墅比較好。」

艾莉卡支持達也的意見。

「我們去拿替換用的衣物。」

對於深雪的提案，達也說「就這麼做吧」點頭回應。

但是雫接下來這個提案，即使是達也也終究沒能立刻點頭。

「達也同學，可以幫忙揹穗香嗎？」

「揹我？」

穗香以高八度的聲音哀號。

「不，這……被男生揹著走，穗香應該也會抗拒吧。」

達也的拒絕方式肯定符合常識。他與穗香不是親人也不是情侶。不過這時候以常識闡述會造成反效果。

「不會抗拒！」

穗香的回應沒有深思，近乎是反射動作。

「穗香說她不會抗拒。」

「達也同學，以現實問題來說現在沒有擔架，所以與其用扶的，用揹的比較沒有負擔，我覺得這樣比較好。」

不只是雫，艾莉卡都以煞有其事的道理說服，達也失去退路。

「……達也同學，不重嗎？」

「一點都不重。」

達也揹著穗香前往別墅。他也和穗香一樣就這麼穿著網球服。多虧布料單薄又比較清涼，連不必注意的事情都會忍不住在意。

比方說按在背上，比深雪還要豐滿的雙峰，或是比深雪還要肉感的大腿觸感。如果是單獨和穗香共處，達也在心情上還會輕鬆一些吧。不過朋友們投以深感興趣的視線，促使不自在的感覺加速。

對於穗香來說，並非兩人獨處的現狀反倒比較放鬆。比預料中還要寬廣的達也背部傳來他的體溫，穗香的理性、羞恥心與躊躇差點被融化。如果雫、艾莉卡以及最重要的深雪不在場，穗香可能會放縱內心而失控。

幸好網球場在別墅範圍內，對於達也來說的這項苦行沒有持續太久。在分配到的房間換好衣服之後（居然是個人房），達也回到朋友所在的客廳。

由於網球活動比預定的更早結束，所以距離太陽下山還有一段時間。客廳正在討論接下來要做什麼。

「目前最有力的選項是哪個？」

「哥哥……！我們覺得待在別墅裡面果然太可惜了，所以決定要去散步或是騎自行車。」

「是啊，達也。畢竟難得來到這種地方，我們去高一點的地方看看吧？」

「達也同學，聽說這附近的自行車路線鋪設得很完善，而且也借得到車，肯定很舒服喔。」

看來主張散步……應該說健行的是雷歐，主張騎自行車的是艾莉卡。

「自行車一票。」

這個聲音來自剛才陪穗香療傷的雫。腳踝包著繃帶的穗香也跟在她身後。

「穗香，不要緊嗎？」

深雪問完，穗香露出害臊的笑容點頭。

「醫生說發炎不嚴重，只要以繃帶固定，大概半天就會康復。」

配合雫等人入住而請來別墅的醫生如此診斷。既然是北山家會找的醫生就很值得信賴。

「但是沒辦法健行。如果是雙載的協力車，穗香也可以一起去。」

「那就這麼辦吧。」

聽到雫這麼說，雷歐很乾脆地改變意見。

「喔……你也有像是男人的一面嘛。」

「妳……妳這笨蛋！不是像男人還是像女人的問題，正常人當然會這麼做吧！」

雷歐對於艾莉卡的消遣過度反應，他的慌張模樣引起朋友們的笑聲。

等待穿裙子的深雪與美月換穿褲子之後，眾人移動到別墅的自行車專用車庫。車庫裡有單人用與雙人用的自行車，有運動自行車與越野自行車，還有附帶動力輔助裝置的自行車，各種規格一應俱全。

機會難得，所以八人選擇四輛雙人協力車出遊。各組會在中途換人，一開始果然是以抽籤分組。不過三名男性坐前座是既定事項，由五名女性抽籤。

「為什麼我是前座啦！」

「……哎，這是合情合理的結果。」

這次輪到艾莉卡被雷歐消遣了。相對的，雷歐被艾莉卡以腳踝踹了小腿一腳痛不欲生，但這是自作自受。

八人的分組是達也後方坐著深雪，雷歐後方坐著穗香，幹比古後方坐著雫，艾莉卡後方坐著美月。

對於這個結果……

「哥哥，深雪也會努力踩踏板。」

「不用勉強沒關係。深雪一個人的分，對我來說算不了什麼。」

像是這樣。

「達也同學又和深雪一組……」

「穗香，中途會換人的。」

像是這樣。

「美月，妳坐Miki後面比較好吧？」

「沒……沒那種事啦！」

就像這樣幾家歡樂幾家愁，總之八人出發了。

自行車路線位於高原區域卻沒什麼起伏，彎道也很平緩。大概是在計畫階段就下過不少工夫吧，拜此之賜在騎車的途中也有餘力說話。

「哥哥，來這一趟真是太好了。」

深雪抓準四輛車稍微拉開距離的時候，朝達也的背部搭話。

「是啊。」

達也就這麼看著前方，但是深雪沒聽漏哥哥的聲音。

「除了出任務或是修行，您是第一次來山上吧？」

「這麼說來也對。下次去海邊吧。」

「說得也是……」

大概是因為減速和前方艾莉卡&美月的自行車拉近距離，深雪中斷對話。騎到平緩的下坡路段，和前方自行車拉開距離的時候，深雪再度開口：

「兩人一起騎協力車也是新穎又美好的體驗，但我會覺得有點不耐。」

「不耐？」

「是的。因為哥哥的背部離我有點遠。」

「確實沒辦法像是機車後座那樣。」

深雪提出的可愛不滿，使得達也忍不住微笑。他在這時候掉以輕心了。

「深雪一直認為可以獨占哥哥的背。」

「喂，該不會……」

達也終於察覺危險氣息，但是現在很不巧地無法轉頭往後看。

「哥哥，請問揹著穗香的觸感怎麼樣呢？」

「居然說觸感，我說啊……」

即使不轉頭，達也也猜得到深雪現在是什麼表情。在達也的想像之中，深雪朝他投以眼神沒在笑的笑容。

「穗香的身材很好吧？」

「我可沒有只靠著背部觸覺就能判定身材的變態技能喔。」

「腿又如何呢？我知道這是在所難免，不過哥哥剛才直接摸到穗香裸露的雙腿吧？」

「……妳真的知道這是在所難免嗎？」

「咳咳。恕我剛才失禮了。只是……」

「只是什麼？」

難得在清爽的空氣中飛馳，達也想要趕快停止這段無意義的問答，因此他的語氣變得有點愛理不理。

「……不，沒事。抱歉我說了這種無聊的事情。」

不過因為這樣，所以深雪把說到一半的話語吞回去了。

——穗香看起來好像很開心。

深雪沒說出這句話，改以平凡的閒聊填滿達也的耳朵。

◇　◇　◇

抽到達也後座的人，第二次是艾莉卡，第三次是美月，最後的第四次又是深雪。穗香連一次都沒和達也同組，似乎有點失望。

但她沒有一直計較這件事，在晚餐的ＢＢＱ時間勤快地和深雪搶著拿食物給達也吃。

就在大家為明天做準備而決定稍微提早就寢，各自回到自己房間的五分鐘後，深雪房間的對講機響了。

「喂，哪位？」

『是我。』

「雫？」

深雪正準備換穿睡衣。正要脫衣服的手停止動作，拿起復古設計的話筒抵在耳邊。

話筒傳來的是雫的聲音。

「怎麼了？發生了什麼事嗎？」

『我有話想和妳說。』

「等我一下。」

到底是什麼事？納悶的深雪放下話筒開門。

「請進。」

深雪邀雫進房，雫卻搖了搖頭。

「要不要出去走走？」

「好的……」

深雪模仿雫的打扮，從衣櫃取出開襟上衣。

星星在清澈夜空燦爛閃耀。深雪暫時被一望無垠的星空奪走目光，但她立刻將視線移回雫。

「所以，在這種時間刻意帶我出來想說什麼？應該不是要讓我看這幅景色吧？」

雫帶深雪來到別墅後方的池畔。抬頭看去是滿天星辰，移回視線是水面搖曳的星光。光是這幅景色就值得來這一趟，不過這樣的話沒道理只帶深雪過來。

「我想問妳……希望妳告訴我一件事。」

「告訴妳一件事？我嗎？」

「不想回答的話可以不用回答。因為我知道自己沒資格問這種事，而且妳光是被問也會覺得不高興吧。」

「怎麼了，雫，總覺得不像妳的作風。」

正如深雪所說，這種拐彎抹角的開場白不像雫的作風。

現在要問的問題，對於雫來說就是這麼難以啟齒。

即使如此，雫還是被某種「必須確認才行」的義務感驅使。

「希望妳告訴我。」

「所以是什麼事？」

雫筆直注視深雪雙眼，說出這個問題：

「深雪，妳對達也同學是怎麼想的？」

面對雫過於直截了當的這個問題，深雪沒有猶豫也沒有搪塞，立刻回答：

「我愛他。」

「……是當成男性看待的意思嗎？」

露出慌張模樣的反倒是雫。

「不。」

深雪的回答看不出一絲動搖。

她的表情反而看得出像是從容的態度。

「我比任何人都尊敬、深愛哥哥。但這不是站在女性的角度。我對哥哥的這份心意絕對不是戀愛情感。我與哥哥之間不可能有戀愛情感。」

深雪和雫視線相對。

「我自認知道妳為什麼問這種問題。」

她露出甜美的笑容。

「別擔心。我不打算妨礙穗香……不過會吃醋哦？所以放心吧。但我就算這麼說，妳可能也放不下心吧。」

這次深雪輕聲一笑，雫對她露出泫然欲泣的表情。

「為什麼……」

「為什麼？」

「為什麼……可以像這樣看開？因為深雪，妳明明這麼喜歡達也同學……」

深雪朝雫踏出一步。

雫身體緊繃，但是沒後退。

深雪就這麼經過雫身旁，停在背對背的位置。

「……我們兄妹的關係很難向別人說明。因為其中牽扯到太多人的想法與意圖。我對哥哥的情感其實也不是這麼單純……不過『我愛他』這三個字果然是最貼切的。」

「……不是真正的兄妹嗎？」

雫轉過身來。

「問得這麼深入？」

同樣轉身的深雪如此反問。

「……抱歉。」

「不，我不是在責備妳啊？」

深雪搖搖頭，露出純真的笑容。

「真好……妳有一個能讓妳這麼拚命的朋友。」

「我……也把深雪當成朋友喔。」

「這我知道。所以妳才會在意吧？想避免朋友相互傷害。」

被溫柔眼神注視，雫害羞低下頭。

「回到剛才的話題……我與哥哥是親兄妹喔。至少在記錄上是這麼寫的，ＤＮＡ鑑定也沒出現否定血緣關係的結果。」

「可是……」

「我知道妳想說什麼。」

面對結巴的雫，深雪露出明理的表情點頭。

「我也覺得自己對哥哥的情感超越兄妹關係。」

雫露出困惑表情不發一語。

「我啊……其實在三年前就已經死了。」

「咦？」

不過面對這段告白，雫終究無法克制聲音。

「應該說『已經死了才對』嗎？但我在那個時候確實感覺到自己的生命逐漸消失，所以形容為『其實已經死了』也肯定沒錯。」

深雪說完露出的微笑過於虛幻，令雫感覺「其實已經死了」這句話很逼真，背脊一陣發寒。

「我現在能像這樣位於這裡是託哥哥的福。我能哭能笑，能像這樣和妳說話，也全都是託哥哥的福。我的生命是哥哥賜予的，所以我的一切都屬於哥哥。」

「這是……」

什麼意思？沒化為話語的這個問題沒有答案。

「我對哥哥的心意不是戀愛情感。」

深雪親口回覆的話語，是對於第二個問題「是當成男性看待嗎？」抱持確信給予和剛才相同的回答。

「戀愛是向對方有所要求的情感吧?」

即使被深雪反過來這麼問,雫也答不出來。

「要求對方專屬於我,這不就是戀愛嗎?」

雫隱約知道,這個問題不適合以常識回答。

「但是我對於哥哥沒有任何要求。因為我自己就已經是哥哥賜予的。」

也知道深雪這麼問不是在尋求答案。

「我不會對哥哥提出更多要求。甚至不要求哥哥收下我的心意。形容這份情感的話語……果然除了『我愛他』別無他選吧。」

「……我認輸。」

聽完深雪的告白,雫除了舉白旗以外做不到任何事。

「深雪真的是大人物。」

「但我自己也覺得這份情感很扭曲。」

雫頻頻搖頭,深雪惡作劇般閉上單眼。

「不過我說『這不是戀愛情感』是真心話喔。所以我不會妨礙穗香。」

雫愣在原地不知道該說什麼。

覺得自己現在這麼做非常多管閒事,害羞到想要跳進面前的池塘。

「雫，明天要不要和我一起去逛街？」

不知道是否明白雫的心情，深雪走近雫半步，以若無其事的語氣這麼邀約。

「咦，就我們兩人？」

「不是我們兩人也沒關係。妳、艾莉卡、美月加上我共四人也沒關係。邀請西城同學與吉田同學幫忙拿東西也可以吧。總之不包括哥哥與穗香。」

「深雪……可以嗎？真的？」

「因為穗香腳不是受傷了嗎？放她獨自一人很可憐吧？」

「深雪……」

「那妳就考慮看看吧。」

深雪背對雫回到別墅。

雫就這麼佇立在原地，定睛目送深雪的背影。

（待續）

夏日假期──Another──（下）

待在北山家別墅的第二天早晨。
眾人吃完早餐，就這麼在飯廳放鬆休息的時候……
「今天要做什麼？」
艾莉卡向大家這麼問。
「我想去逛街。」
首先回答的是深雪。或許是因為昨天抽籤敗北不甘心，所以今天率先提出意見想誘導眾人。
「啊，我也是。」
雫附和這個意見。她也從昨天就是逛街派，所以可說是在幫深雪助陣。
「那個，我也想一起去。」
美月出聲贊同。或許是在配合深雪與雫，但她是室內派，可能只是覺得逛街比運動或健行好一點。
「逛街啊，這也不錯。大家一起去的話感覺很好玩。」

艾莉卡這麼說應該是受到三人的影響。也可能是察覺場中氣氛。她也是女生，不討厭逛街。不，反倒算是喜歡。

「那我也要去。」

這麼一來，女生組的最後一人穗香當然也順從了。

「穗香妳不行。」

但是雫意外地拒絕她一起去。

「為什麼？」

被排擠的穗香當然以帶著哀號的語氣反問。

雫不是在捉弄也不是同情，而是平淡回答。

「因為腳傷。」

「咦，已經好了啊？」

「因為腳傷。」

「就說已經……」

「腳傷。」

「…………」

雫的回答不容反駁，穗香不禁語塞。

此時深雪不是對她們兩人，而是對達也難以啟齒般開口：

「……哥哥，不好意思，請您陪著穗香吧。」

「深雪？」

對於深雪出乎意料的這個委託，達也以眼神詢問：「可以嗎？」

「因為穗香只有一個人應該會寂寞。」

「……我知道了。」

隱約感覺不自然的達也，還是接受了深雪的請求。

「咦，只有一個人……？」

幹比古發出疑問的聲音，是因為察覺深雪那句話的語病。

「吉田同學沒要一起來嗎？」

美月對他這句話的詢問沒有太深的意思。

但是艾莉卡視為大好機會緊抓不放。

「Miki，你有其他想做的事嗎？」

「我叫做幹比古！……不，並沒有。」

幹比古反射性地回以制式抱怨之後，改以結巴語氣回答艾莉卡的問題。

艾莉卡咧嘴揚起兩側嘴角。

「那就跟我們去吧。當成搭訕的擋箭牌。」

「搭訕的擋箭牌……」

傻眼的幹比古面有難色。他這個男生沒有勇氣隻身加入只以少女組成的購物團。

不過艾莉卡的攻勢不可能只在這個程度就罷休。

「那麼，你的意思是美月被搭訕也沒關係嗎？」

「我沒說這種話吧！」

艾莉卡和幹比古互瞪……雖然這麼說，但艾莉卡眼神看起來很愉快，幹比古從一開始就想打退堂鼓。

「……知道了，我去吧。」

勝負等同於從一開始就分曉，不過幹比古先讓步了。

「那我就去附近山上走走吧。」

雷歐若無其事這麼說，不知道只是在說出自己的希望，還是為了要逃離「魔掌」。

「說這什麼話，你也要來。」

——然而結果還是一樣。

「唔咦？為什麼啊？」

「你想讓Miki獨自擔任護花使者嗎？你這個朋友真不值得交。」

「……反正應該是要我當工具人拿東西吧。」

雷歐輕聲發牢騷。

「你說了什麼？」

這句話明顯傳入艾莉卡耳中。

「知道了啦，我去就行了吧？」

雷歐早早舉起白旗。面對艾莉卡，應該說面對強迫陪同購物的女性，再怎麼吵架也吵不贏。

雷歐從家人的例子很清楚這一點。

所以決定由達也與穗香負責留守。

「雫，我會好好安分以防萬一。」

這一瞬間，穗香突然變得懂事了。

「只是搭乘小船的話沒關係的。」

「——嗯！」

好友不經意（？）提出這個建議，穗香開心點頭回應。

◇　◇　◇

深雪自從昨天聽雫說明，就決定如果去購物中心的時候要叫通勤車。不過聊到購物行程之後決定由黑澤開車。這座別墅周邊的交通管制系統似乎從今天早上就出狀況，雖然直接開車的話沒問題，但是無人駕駛功能停止運作。

「那麼哥哥，不好意思……」

「不用在意沒關係，開心玩吧。」

「好的，我出門了。」

深雪和達也進行這段對話時，一旁——更正，是在聲音傳達不到的遠處。

「穗香，加油。」

「唔，嗯，我會努力！」

「我們會慢慢逛。」

「雫，謝謝妳……」

穗香與雫正在相互這麼說。

深雪他們前往的是別墅南方的大型購物中心。從二十世紀末開業的購物中心在戰後徹底重新開發而更加擴張，成為在國內知名度也首屈一指的購物天堂。

在國內只有這裡販售的罕見品牌也很多，加上交通工具發達，所以不只是首都圈，近畿與中京的都市圈也是每天都有許多購物客來到這個場所。

「唔哇，好大喔。」

下車之後如此感嘆的是艾莉卡。從停車場所見範圍的購物中心，因為今天是暑假的星期日，肯定有許多購物客蜂擁而至。但是看起來完全沒有擁擠的印象，反倒非常寬敞。

「艾莉卡，妳第一次來這裡嗎？」

深雪略感意外般這麼問，艾莉卡大方點頭。

「嗯，第一次。因為沒人願意帶我來。」

「真意外。」

艾莉卡回答之後，輪到美月明確說出意外感。

「是嗎？」

被艾莉卡反問，不只是美月，雫也一起點頭回應。

「以艾莉卡的狀況，明明應該有很多朋友會陪妳來吧。」

聽到美月毫不客氣（或許是少根筋）的感想，艾莉卡瞇細雙眼。

「美～～月～～難道妳想說我其實沒朋友嗎？」

「我……我沒說這種話啦！」

美月非常狼狽地反覆用力搖頭。

看著這樣的艾莉卡與美月，雫收回原本想問的話語。她想說的是「約會呢？」這個問題。雫在同伴之間被視為天生的吐槽少女，但她會察言觀色，說話也會選擇時機與場合。

她沒向艾莉卡發問，而是改為向黑澤開口：

「回去的時候會聯絡妳。」

「知道了。雖然您可能會抗拒，但是這邊有安排人手。」

「……好麻煩。」

「以大小姐的個性，就知道您會這麼說。不過請您忍一忍吧。」

黑澤笑著規勸雫。看見雫露出賭氣表情移開視線，黑澤更是加深笑容。

頻頻在櫥窗前方駐足，有時候會進入店裡逛逛。走在購物中心的深雪等人果然引人注目。深雪以寬簷帽子隱藏臉蛋，以寬鬆的上衣與及踝長裙遮掩身體線條。雖然花費心力避免自己顯眼，卻還是沒能完全藏起美女光環。

美月與雫是不太注意他人目光，換言之就是對於他人目光毫無防備的打扮，至於艾莉卡的清涼服裝真的是盛夏時尚風格。暗中或是毫不客氣看向她們的青少年們，要是因而被責備的話就太過分了。

不過只是欣賞就算了，如果擋住去路就另當別論。明確違反禮儀的這種行為沒有正當化的餘地。例如現在和艾莉卡對峙的四名青年。

「妳看，我們有四人，妳們也是四人，人數也配得剛剛好。」

「人多一點比較好玩啦。至少午餐會請妳們吃喜歡的東西喔。」

從年齡穿著來看，大概是來自東京那邊的大學生集團。而且不是入住別墅或飯店，是當天來回組。

艾莉卡露出不耐煩的表情轉身向後看。深雪捏著帽簷往下拉，明顯表達出不想理會的意思。美月表情有點害怕，依偎在雫身旁。雫則是以嫌無聊的眼神看著其他方向。從某些角度來看是在忍著不打呵欠的表情。

「……但我們不是四人。」

艾莉卡就這麼轉身向後，以不算是自言自語的音量大聲說。這句話不只是說給擋在前面的四個人聽。

稍微保持距離站在艾莉卡她們女生組後方的雷歐，下垂肩膀嘆出長長的一口氣。

「沒辦法了，我們上吧。」

「唔，嗯。」

被搭話的幹比古以有點戰戰兢兢的態度，跟在懶散般踏出腳步的雷歐背後。

但是事態在兩人首當其衝之前出現變化。

艾莉卡重新面向前方，靜靜吸一口氣。緊接著……

「對不起，可以借過嗎？」

溫和的聲音蘊含不容分說的鬥氣。不依賴語氣，以氣魄詢問對方是否有決心站上戰場。

面對這股氣勢，不是武士也不是兵士的「普通人」不可能招架得住。青年們像是完全被震懾，發不出聲音就左右分開讓路給艾莉卡。

「謝謝。」

艾莉卡朝一名青年露出甜美笑容。這名青年臉色鐵青，明明沒被觸摸卻踉蹌後退好幾步跌坐在地。

繼艾莉卡之後，深雪從青年們中間穿越。連看都不看他們一眼。

美月與雫也快步追著深雪，終於追過來的雷歐與幹比古緊跟在後。

雷歐看向跌坐在地的青年，投以「你找錯人了」的安慰話語。

在建築物的角落轉彎，目睹剛才那一幕的群眾再也看不見之後，艾莉卡停下腳步，然後大步走向追過來的雷歐。

雷歐露出尷尬笑容準備開口。大概是想要解釋吧。然而在這之前，艾莉卡默默以涼鞋的鞋跟踩向雷歐的趾尖。

雷歐發出哀號。對於強壯的他來說，被軟木塞材質的鞋跟踩到不會造成重創。剛才的哀號也是反射動作。不過就算這麼說，這種不容分說的暴力還是不能當成沒看見。

「妳做什麼啊！」

「我才要問你剛才做什麼啊？我說過要你當搭訕的擋箭牌吧！」

被說到痛處的雷歐結巴了。

「剛才為什麼離我們那麼遠？」

「因為……」

「Miki也一樣！真沒用！」

「就算妳這麼說……」

雷歐與幹比古一開始也是緊跟在艾莉卡她們四人身後。不過或許該說理所當然，她們都是在適合女性的服飾店停下腳步。大概是考慮到雷歐與幹比古相伴，少女組也有避開內衣店，即使如此少年組還是逐漸感到不自在而慢慢拉開距離。

「艾莉卡，可以了吧？」

雷歐與幹比古苦於回答的時候，深雪出面緩頰。

「我們也都只逛自己感興趣的店，我覺得單方面責備他們是錯的。」

「……話是這麼說沒錯啦。」

看來艾莉卡也知道兩人都在配合她們。深雪如此指責之後，她的矛頭頓時不再鋒利。

「雖然距離午餐還有點早，不過休息一下吧。」

深雪如此提案。

「贊成。」

雫立刻這麼回答。

「說得也是。我也想休息一下。」

「就這麼辦吧。」

帶刺的氣氛消失，六人進入中意的咖啡廳。

◇◇◇

這時候的達也正在別墅客廳看書。雖然可能無須多說，但不是紙本書，是在別墅借用大型電子紙開啟關於時事問題的人文書籍。

穗香現在在廚房。深雪她們出發之後，穗香暫時和達也一起在客廳閱讀雜誌，不過在女管家黑澤回來之後就和她一起窩進廚房。

話是這麼說，卻還沒經過太多時間，頂多三十分鐘左右。達也自己沒下廚所以不知道，不過廚房工作花費這種程度的時間或許是理所當然。達也不經意從電子紙抬頭的時候這麼想。

或許是「說人人到」的莫非定律發動吧。既然魔法真實存在，基本上也無法否定莫非定律的存在，但是不知道達也是否在思考這種沒意義的事。達也正在思考窩進廚房的穗香時，她隨即出現在客廳。這就是目前在這裡發生的事實。

穗香雙手捧著大盤子。

「達也同學，那個，我試著烤了司康……」

跟著她出現在客廳的黑澤雙手捧著長方形托盤，上面擺著茶壺、茶杯、蜂蜜小瓶，還有裝了果醬與奶油的小碟子。

看黑澤端來的東西，應該是要喝上午茶吧。以時間來說也是將近十一點，剛好符合英語所說的上午茶（Elevenses）。不過以午餐前的點心來說，感覺司康的分量太多了。

「啊啊，看起來很好吃。」

達也如此回應穗香，同時以眼神詢問黑澤「這是上午茶嗎？」這個問題。

黑澤微笑以視線指向時鐘。看來確定是上午的茶點時間。

穗香將司康的大盤子放在桌上，黑澤將茶杯與小碟子擺在達也面前。

達也的正對面也擺上茶杯與小碟子，穗香卻沒坐在那裡，在桌子另一側詢問達也。

「我準備了蜂蜜、覆盆子果醬與凝脂奶油。達也同學要抹哪一種？」

看來穗香是要抹上達也喜歡的配料再給他吃。畢竟要拿捏分量，所以達也其實想自己來，但他決定在這時候交給穗香代勞。

「那就蜂蜜。」

「我知道了。」

穗香不是用手拿司康，而是以左手俐落操作蛋糕用的剪刀形小夾子，將司康放在自己的小盤子，再以右手拿起附瓶嘴的蜂蜜小瓶在司康上方傾斜，以認真眼神將蜂蜜淋在司康上，然後用夾子固定司康，將小瓶換成果醬刀，在夾住的司康上面均勻抹平蜂蜜之後放下果醬刀。

黑澤則在這段時間將紅茶倒入達也的杯子。被問到是否要加糖與牛奶時，達也揮手回應都不需要。

穗香將放著司康的盤子拿到達也前方，只把司康移到達也的盤子。

「請用！」

「謝謝。」

穗香的笑容充滿成就感，感覺這張笑容氣勢懾人的達也沒用刀子，以蛋糕用的叉子切下司康送入口中。

「怎麼樣？」

眼神閃耀懷抱期待的穗香問。

這時候說「不合口味」的話恐怕會深深傷害穗香，幸好不必在意這種事。

「很好吃喔。穗香的廚藝真好。」

穗香的司康很合達也的口味，不需要說客套話。

「是嗎？謝謝！」

穗香進入客廳的時候心情就很好，但她現在更加開心，從盤子拿起自己要吃的司康。

喝著紅茶不經意注視穗香手邊的達也，不禁將茶杯移開嘴邊。

抹上滿滿的凝脂奶油之後再抹上覆盆子果醬。到這裡為止感覺還算正常，但是穗香又在上方淋了蜂蜜。

穗香以刀子切下司康，看起來很幸福地送入口中。會不會太甜是因為各人的味覺而異，所以這或許是多管閒事，不過這樣還吃得了午餐嗎？達也不由得擔心起這種無謂的事。

◇　◇　◇

深雪等人在全球都設立連鎖店的咖啡廳露天用餐區稍作休息。不只是因為店裡沒有能讓六人坐的空位，關鍵在於乍看似乎不喜歡坐外面的深雪說「坐露天座位沒關係吧？」表態同意。對於深雪來說，與其在店內脫下帽子引人注目，即使會被購物中心來往的人們看見卻能繼續戴著帽子的露天座位還比較好。雖然她只是基於這樣的衡量，但是不喜歡的事情還是不喜歡。

因為中午將近，所以六人只點了飲料，討論接下來要逛哪裡。如前面所述，深雪即使遮住臉蛋也很顯眼，艾莉卡沒隱藏迷人的容貌所以很顯眼。這兩人死心認為在這種人潮之中也無奈會引人注目，另外四人也死心認為既然和這兩人在一起就難免引來視線。

因此，不懷好意投向雫的視線，連她本人在內的六人都沒察覺。

這群青年之所以注意到雫，是因為艾莉卡將搭訕的少年威嚇到跌坐在地而引發騷動。從外表判斷，所有青年都是二十五歲左右。以年齡來說身處在這個場所也不奇怪，但是絲毫沒有樂在其中的這一點令人感覺不對勁。

如果因為都是男的所以不快樂，就應該像是剛才纏上艾莉卡她們的少年集團那樣勤快搭訕，至少也要採取行動尋找可以搭訕的女性，但是這群人也沒散發這種氣息，令人覺得像是在某間店舖出入的職員正在稍作休息。

「那名少女果然是北方的女兒。」

其中一名平頭青年以加深確信般的語氣呢喃。「北方」是雫的父親使用的商業姓氏。

「不過北方的女兒是魔法師沒錯吧？」

燙成小捲髮的另一個人輕聲提出疑問。青年集團總共五人。他們都是在速食店的桌旁探出上半身說話，所以即使是避免別人聽到的細微音量也可以交談。

「因為沒戴ＣＡＤ嗎？雖說是魔法師，也不一定隨時都打扮得令人看得出來吧？」

平頭青年的反駁使得小捲髮青年沉默。

「那麼要怎麼做？女兒這部分沒列入計畫啊？」

另一名短髮青年朝著平頭青年……應該說朝著眾人這麼問。

「這不是大好機會嗎？」

雞冠頭青年環視四人的臉孔低語。

「雖然好像有護衛躲在附近，但是人數不算多。大概是和學校朋友來買東西吧？至少戒備肯定沒北方那麼森嚴。」

「……我們人數也沒那麼多。我去請示隊長吧。」

光頭青年說完戴上棒球帽起身。

另外四人沒責備光頭青年的行動，目送他的背影離開速食店。

◇◇◇

雖然不該形容為「說來遺憾」，但是達也的擔憂成真了。上午茶就這麼成為提早的午餐。

達也將司康的大盤子移動到飯廳餐桌。穗香不好意思地（上午茶之所以成為午餐，是因為穗香吃了太多司康）拿著蜂蜜小瓶與果醬小碟子跟在達也身後。順帶一提，凝脂奶油完全沒剩。見底的小碟子與茶杯由黑澤收走，取而代之端來的是冰涼的氣泡礦泉水、沙拉與水果。

穗香只伸手拿水果，看著達也解決司康與沙拉。達也有察覺這雙視線，但是他的神經沒有細膩到因為這樣就吃不下東西，所以沒多說什麼。

用餐時的話題主要是剛結束的九校戰。達也偶爾會上演「簡單易懂的魔法教室」，不過時間大多在聊別校的選手。

接下來這個話題，是在餐後茶水上桌之後提出的。

「那個，達也同學，關於下午的安排……」

穗香以戰戰兢兢又若有所思的表情這麼問。

「沒有特別的安排。穗香妳想做什麼事嗎？」

聽到達也的回答，穗香深吸一口氣。

「我想去後面的池塘搭小船。」

穗香的聲音像是隨時會顫抖。

「記得妳昨天也這麼說吧。腳的扭傷似乎也沒問題，那就一起搭吧。」

雖然聲音沒有同情之意，不過達也在穗香開口邀請前先回答。

「——好的！」

穗香用力點頭，像是緊張的絲線斷開般吐出長長的一口氣。

從別墅走到池塘大約十分鐘左右，不過因為是一邊注意穗香腳的狀況一邊走，所以花了兩倍的時間。

小船碼頭的小屋有管理員，不知道是黑澤通知他過來，還是別墅有人的時候常駐在這裡。達也認為在夏季應該是後者。

小船是傳統的划槳式，兩人面對面搭乘的類型。在船頭握槳的當然是達也。穗香即使戰戰兢兢，看起來還是很開心。

達也慢慢划船出發。沒必要划得很快，而且今天沒有風，水面平靜無波。小船幾乎沒搖晃就到達池塘中央附近。

達也慢慢停下小船。

穗香愉快地從船邊伸出手，指尖浸入水中。

「好冰！達也同學，很舒服喔。」

即使高原的氣溫比低地來得低，夏季的陽光一樣火辣，穗香這麼高興也可以理解。不過……

「穗香，身體探得太外面很危險的。」

穗香不只是手臂，胸部以上都探出小船看著水面下方。達也有調節重心所以不會翻船，但是穗香可能一個不小心就摔進池裡。

「沒問題的。哇，是魚！達也同學，有魚喔。是鯉魚嗎？」

達也就這麼維持現在的姿勢看向水面。

「……沒有鬍鬚，應該不是鯉魚吧？」

「咦，你從那裡也看得見嗎？」

「算是吧。」

達也這句回答是真的，他不是以「精靈之眼」，而是以肉眼捕捉到鯽魚在水面附近游動的身影。這不是在四葉家學到，而是在獨立魔裝大隊的訓練習得的技術。

「達也同學，你好厲害！」

上半身移回船上的穗香睜大雙眼看向達也，拍手樂開懷。

不過在這之後，她露出失望表情將視線移回水面，自言自語般呢喃：

「這樣啊，原來不是鯉魚……不是鯉魚嗎……」（註：日文「鯉」與「戀」音同。）

達也懷著會心一笑的心情看著穗香頻頻變化的表情，卻沒聽懂她所說最後那句話的意思。

穗香從雫那裡聽了深雪昨晚說的話語。聽別人轉述真的比較好嗎？穗香對此感到後悔，但是就算這麼說也無法忘記。

——我愛他。

——然而這不是戀愛情感。

——不是戀愛。

穗香發自內心的感想是「無法相信」。

穗香無法相信深雪沒對達也懷抱戀心。

就算這麼說，穗香也不認為深雪會說這種謊。不認為深雪被問到對於達也的情感時會說謊掩飾。

雫對穗香說「深雪還沒察覺」。深雪並不是沒對達也懷抱戀愛情感，而是欺騙自己沒有愛上達也，沒察覺自己在欺騙自己。這是雫的意見。

所以在察覺之前是勝負關鍵。雫以這句話激勵穗香。

穗香也抱持相同意見。

「穗香，差不多該回去了吧。」

看穗香變得漫不經心，達也判斷應該是「玩膩了」，所以這麼問她。

「不好意思，達也同學。可以再維持現在這樣一段時間嗎？」

然而穗香的回答是「還沒」。

無論實際如何，表面上是達也主動邀約穗香。

偶爾有這種悠閒的時光也不錯吧。如此心想的達也，將緊握船槳要回到岸邊的雙手放鬆。

◇ ◇ ◇

離開咖啡廳的深雪等六人——正確來說是女性組四人充滿活力逛遍服裝店，各人分別將兩三個手提袋「交給雷歐與幹比古幫忙拿」，然後正在尋找餐廳要吃遲來的午餐。

「遲遲找不到空位耶……」

艾莉卡仰頭嘆息，深雪嘆口氣回應：

「這是沒辦法的。不然三人一組或是分成四人與兩人，找一間進得去的餐廳解決吧？」

「……就這麼辦吧。」

美月瞥向似乎餓得發慌的雷歐，同意深雪的提案。

「沒異議。」

被深雪與艾莉卡投以視線的雫也點頭回應，大概是有口袋名單所以率先開始移動。她帶領朋友們來到一間門面不大的日式餐館。

「這裡？」

「裡面很大。不過座位是四人包廂。」

怎麼辦？雫稍微歪過腦袋問。搶先回答的是雷歐。

「有位子的話就在這裡吃吧！我跟幹比古一間，妳們四人一間不就好了？」

「那就這麼辦吧。」

艾莉卡接著同意，六人由雫帶頭鑽過暖簾。

身穿「老闆娘」風格和服的中年女性，從大約兩人寬的走道深處前來迎接六人，而且一看見站在前頭的雫就睜大雙眼。

「歡迎光臨。哎呀哎呀，大小姐，歡迎您。」

「午安。有位子嗎？」

看來雫對於這間店不只是單純知道的程度。

「嗯，有位子喔。」

「老闆娘」說完愉快一笑。雫與其他五人都覺得這張笑容似乎有點太開心了所以怪怪的。不過這種感覺很微弱，在她說「請跟我來」轉過身去的時候，六人都忘了這份突兀感。

從帶路時的對話內容，可以知道這名中年女性不是「老闆娘」而是資深店員。雖然這麼說，但雫表示她實質上就像是這間店的店長。

店員將眾人帶到相鄰的包廂。雖說是包廂，卻是以隔板隔開的餐桌座位，不是榻榻米座位。

看菜單也只覺得是「有點貴」的範圍。雖然可惜無法六人一起坐，不過免於受到其他客人注目，對於深雪來說尤其感謝。

反觀男性二人組這邊本來就不在意他人的視線，所以這一點完全不重要。他們比較在意店內洋溢的緊張感。

「幹比古，你有察覺嗎？」

「嗯，看來對方相當厲害。」

這間店裡有數名實力很好的高手。和鬥毆事件無緣的平民應該不知道吧。雖然對方巧妙隱藏氣息，但是歷經橫濱事變與寄生物事件等嚴酷戰場的兩人嗅覺捕捉到細微的氣味。

「看來不是胡亂出手的類型。是護衛嗎？」

「我也這麼認為。大概是ＶＩＰ私下來光顧吧。」

「要姑且提醒一下嗎？」

雷歐說著看向隔壁包廂。

「艾莉卡應該會察覺……不過姑且說一聲比較好吧。」

幹比古說完起身。

「艾莉卡，方便借點時間嗎？」

幹比古探頭看向隔壁包廂，朝著坐在深雪身旁靠走道座位的艾莉卡招手。

「幹嘛？」

艾莉卡在發出不悅聲音的同時率直起身。

幹比古將艾莉卡帶到自己這邊的包廂，然後關上門。

他坐在雷歐身旁，艾莉卡坐在兩人對面。

艾莉卡的戒心顯露在表情上。但這不是在提防雷歐與幹比古，是在深雪她們面前壓抑至今的心情。

她搶先幹比古等人開口：

「你們也察覺了？」

「也就是說，艾莉卡妳也察覺了吧？」

艾莉卡與幹比古以眼神相互示意。

「我與雷歐推測是ＶＩＰ的護衛。妳的想法呢？」

「我也同感。雖然應該不會怎樣，但是姑且應該警戒一下。」

「說得也是。」

艾莉卡與幹比古掛著緊張表情相互點頭。這時候，包廂的門被敲響了。

「艾莉卡、吉田同學、雷歐同學，我可以開門嗎？」

是美月的聲音。事情剛好確認完畢，所以幹比古不抱任何疑問，也毫無心理準備就開門。

然後看見出乎意料的人物而僵住。

「不好意思，我過來看看女兒，順便想打聲招呼。」

美月身旁是雫，而且雫身旁站著她的父親北山潮。

◇ ◇ ◇

這座池塘在北山家別墅的土地範圍內。今天除了達也他們就沒有訪客利用，所以周圍必然沒有其他人。從面積廣達小型湖泊的池塘中央到小船管理員所在的岸邊，實在不是人聲傳達得到的距離。

由於沒有風，小船靜靜浮在水面上幾乎沒搖晃，穗香俯視下方，將放在膝蓋的雙手緊握之後抬起頭。

「達也同學。」

她的聲音因為緊張而沙啞。

「那個……」

穗香的嘴唇在顫抖，大概也是因為緊張吧。

「呃，那個……」

「什麼事？」

看不下去的達也溫柔催促她說下去。

「是的！那個……」

然而即使是這道溫柔的聲音，對於現在的穗香來說似乎也是強烈的刺激。她突然挺直身子，所以小船稍微搖晃。

達也沒有做出繼續催促她的舉動。

「那個……」

在達也注視之下，穗香好幾次開口想說下去，但是每次都閉上顫抖的嘴唇。

即使如此，嘗試第十幾次的時候，穗香擠出聲音表達心意了。

「那，那個……就是……我，我喜歡達也同學！」

聲音在水面反射。在這句表白溶入寂靜之前，穗香詢問達也：

「——達也同學對我是怎麼想的？」

不敢和達也視線相對而緊閉雙眼的穗香，遲遲沒得到答覆。

「……造成你的困擾嗎？」

穗香戰戰兢兢睜開眼睛，戰戰兢兢哽咽發問，達也笑著向她搖了搖頭。

「不會困擾。我也想過妳或許遲早會對我這麼說。」

穗香臉頰泛紅，隨即失去血色。

之所以變得火紅，是因為自己的心意被察覺而害羞。

之所以變得蒼白，是因為察覺達也假裝不知道的原因。

為了承受迎面而來的悲傷，穗香緊握雙手。

不過達也的答覆對於穗香來說不符合好的預料與壞的預料，而是出乎預料。

「……穗香，我啊，是精神層面有所缺陷的人。」

「……咦？」

「我小時候遭遇魔法事故……精神的機能有一部分被刪除了。」

穗香的臉色明顯鐵青。

她睜大雙眼，慢慢舉起雙手摀住嘴巴，發出「怎麼這樣……」的呢喃。

「在那個時候，我大概也失去了戀愛這種情感。因為不是被封鎖，所以也無法解放。因為不是受損，所以也無法治療。被刪除的東西無法取回。」

達也的敘述方式像是置身事外。

「我不懂戀愛這種情感。即使能喜歡別人，也無法愛上別人。我起碼擁有相關的知識，所以試著診斷自己的心，得知自己缺乏這個部分。」

穗香就這麼摀著自己的嘴，沒說「你騙人」或是「無法相信」這種話，也說不出其他的任何話語，正如字面所述是啞口無言的狀態。沒有自己編織話語，只有滲入耳中的達也告白編綴著穗香的意識。

「這種說法或許很卑鄙，但我也喜歡穗香。不過這份情感對於其他的朋友也一樣。即使妳再怎麼對我盡心盡力，我肯定也無法將妳視為特別的女性。因為這樣對妳來說肯定很難受——而且會傷害妳。」

說到這裡，達也露出洋溢著無力感的笑容。

「我無法回應妳的心意。」

小船緩緩搖晃。

看來不知何時吹起一陣微風了。

達也將拉上船緣的槳放回水面。

「開始起浪了……我們回去吧。」

穗香一句話都沒回應。

◇　◇　◇

「那些氣息原來是北山同學父親的護衛啊……我好像明白了。」

和走出餐館的少女組會合之後，幹比古朝著雫感慨低語。

他身旁的雷歐雙手抱胸大幅點頭。

「原來雫同學的家裡也有在這裡出資……」

雫的父親北山潮今天來到這裡，和美月現在說的隱情有關。北山家不只是旗下企業在這裡開了好幾間店，也是購物中心營運組織的大股東。潮今天是前來視察……恐怕是以此為藉口來看看女兒吧。

「不過啊，既然北山伯父來到這裡，應該會稍微驚動更多人吧？」

回答雷歐這個疑問的不是雫，是艾莉卡。

「笨蛋，雫的父親不可能和普通購物客走一樣的地方吧？客人會畏縮的。」

「所以這不就很奇怪嗎？」

「像是地下或是牆壁夾層，這種場所大致上都有普通客人禁止進入的通道喔。」

「是這樣嗎？」

「就是這樣。」

雫身旁的深雪轉頭看向艾莉卡與雷歐。

「這個話題就此打住吧？」

深雪的聲音溫柔和善，卻隱含不容分說的意志。

深雪聲音裡的力道，以及雫在深雪身旁不太自在的背影，使得不只是艾莉卡與雷歐，美月與幹比古也決定不再提這件事。

如同嘲笑他們的這份決心，事件主動找上他們了。

在雷歐與幹比古手提的袋子數量倍增時（不過都是小東西，體積大的戰利品是直接寄回家）突然開始看見警衛四處奔波。目前大多是便衣警衛，雖說是奔波也只是快步移動以免引人注目。購物客幾乎都不會感到不對勁吧。但是深雪他們可不能視若無睹。

「要怎麼做？」

艾莉卡主要是對兩名男生這麼問。

「妳問要怎麼做？應該不是趁著被殃及之前趕快回去的意思吧？」

「笨蛋。美月與雫也在場，這當然也是選項之一喔。」

雷歐在反駁之前，先朝著艾莉卡射出冰冷的話語之刃。

「哎呀，艾莉卡，妳只擔心美月與雫嗎？」

艾莉卡的真心話是「沒錯」。即使發生血腥事件，無論如何也不必擔心深雪吧。坦白說，這裡的六人當中最強的是深雪。

「那個……我只是忘記說啦，忘記說。」

「是喔。忘記說啊。」

「對對對，忘記說忘記說。」

不過以現在的氣氛，她不敢老實這麼說。

雖然不小心離題，不過或許多虧這樣，另外四人有了思考的時間。

「這個推測對於北山同學來說可能觸霉頭……不過或許和北山同學的父親來到這裡有關。」

幹比古的發言使得艾莉卡與雷歐皺眉。因為他們兩人也認為這個可能性很高。

「如果是這樣就不能裝作不知道了。」

「是的！不應該只有我們逃走！」

美月支持幹比古。不過幹比古朝美月搖了搖頭。

「不，柴田同學妳最好先回別墅。」

「沒錯。」

美月還沒開口反駁，艾莉卡就贊成幹比古的說法。

「無論是否和雫的父親有關，感覺都會發生某些危險。」

因為美月沒有自衛能力，所以幹比古與艾莉卡要她逃走。美月至少也能理解這一點。她自覺發生事件的時候會拖累大家，所以無法反駁。

「等一下，艾莉卡。」

此時開口喊停的是深雪。

「雫，請別墅派人來迎接需要多久？」

「應該要三十分鐘左右。」

深雪向雫點頭，重新看向艾莉卡。

「接送的車子前來的這段期間，如果我們一直在停車場旁邊等，那我覺得大家一起回別墅比較好。」

艾莉卡立刻理解到深雪沒說的另一個可能性，也就是事態在車子前來迎接之前出現變化的可能性。

「在這種時候，如果是達也同學……應該會說『確認發生了什麼事，掌握現狀是第一要務』對吧？」

「也對。」

艾莉卡的聲音模仿得一點都不像，深雪輕聲失笑。其他四人像是不禁認同般點頭。

剛好在這個時候，雫的行動終端裝置響起語音通訊的鈴聲。

「喂……啊，爸爸？……嗯……嗯……我知道了。」

雫結束通話時，五人的視線集中過來。

「我爸說會派人來接，要我們去他那裡。」

看來事態比想像的還要急迫。六人決定在原地等待北山潮的接送人員。

◇◇◇

「北方好像要派人來接。」

平頭青年調整路旁休息用的長椅上偽裝成小喇叭的收音器，朝著光頭青年與短髮青年搭話。

他們是剛才看著雫，疑似在討論犯罪行動的五名青年中的三人。

「接送人員改由我們假扮……應該不可能吧。」

「剛才的通訊至少有提供識別信號吧。」

聽到短髮青年這麼說，光頭青年點頭回應。

「不提這個，北方就在他們要去的地方。」

「要跟蹤嗎？」

「請隊長增援吧。需要十個人。」

對於平頭青年的提案，光頭青年如此回答。

◇　◇　◇

雫接完電話不到十分鐘，潮的部下就來接他們了。為求謹慎，以情報終端裝置接收的識別信號確認身分之後，包含在暗處守護雫等人的四名護衛在內，由雫帶頭跟在接送人員身後。

步行約兩分鐘的時候，雷歐就這麼看著前方向身旁的幹比古搭話：

「有察覺嗎？」

幹比古同樣頭也不轉就回答：

「有人在跟蹤。」

放慢腳步的艾莉卡擠到雷歐與幹比古中間。

「很詭異喔，你們兩個男生在聊什麼？」

艾莉卡露出壞心眼的笑容仰望雷歐這麼說，然後看向前方詢問：「所以要怎麼做？」

「妳這笨蛋！哪有什麼好詭異的！……總之應該先告訴帶路的人吧？」

「這就難說了。真可疑耶～……我已經告訴深雪了。」

「哪，哪裡可疑了？……我覺得我們就這麼去找北山同學的父親不太好。艾莉卡，ＣＡＤ呢？」

「瞧你這麼慌張更可疑了。……我有放在手提包裡帶來。」

「吵死了，妳走開啦！……那可以問一下帶路人員要在哪裡動手嗎？」

「喔～～真恐怖！……知道了。」

艾莉卡像是逃離幹比古般跑到最前排，然後假裝和雫交談，實際是向帶路人員說明。

走在美月旁邊的深雪轉身朝著幹比古招手，讓他過來保護美月，然後深雪再度走到前方。艾莉卡和雷歐一起位於殿後的位置。四名護衛分別在殿後的艾莉卡與雷歐外側各一人、深雪與雫外側各一人，形成圍繞雫等人保護的陣形。

帶路人員轉身以眼神向雫示意。這個信號以眼神從雫傳給深雪、深雪傳給幹比古，再傳給雷歐與艾莉卡。

包含帶路人員的所有人一齊奔跑。不知何時深雪左手拿著平常使用的ＣＡＤ，雫左手拿著腕戴式ＣＡＤ，幹比古右手拿著符咒，艾莉卡右手握著警棍部分沒伸長的ＣＡＤ。

幹比古向美月，深雪與雫向自己使用加速魔法。這麼一來就不會落後雷歐與艾莉卡，可以維持集團的陣形奔跑。

從背後追過來的腳步聲共五人分。

衝進地下停車場的時候，四名護衛停下來迎擊追蹤者。雷歐與艾莉卡為了迎擊漏網之魚而停下腳步轉過身去——再度轉過身來。

「小心！」

「有埋伏！」

蓋過這個聲音的響亮聲音與刺眼光輝充滿地下停車場。

◇ ◇ ◇

穗香回到別墅之後立刻關進自己的房間。達也可以理解這種心情，也沒有能說的話語，所以只能選擇讓她一個人靜一靜。

只有自己待在客廳也無事可做，所以達也也回到自己房間。他繼續閱讀一陣子之後忽然想到某些事，從行李取出ＣＡＤ。

與其說靈機一動，或許應該說是一種預感。他朝著南方窗戶架起手槍形態特化型ＣＡＤ的銀鏃改造版「三尖戟」，短暫注視天空——扣下扳機。

◇ ◇ ◇

聲光衝擊剝奪身體自由，意識變得朦朧。

深雪也不例外。再怎麼優秀的魔法師，在沒使用防禦魔法的狀態遭受物理攻擊時，也會受到和普通人一樣的傷害。不對，除去能夠使用魔法這一點，魔法師也只是普通人。

聽覺麻痺的現在，深雪聽不到前方與後方接近過來的腳步聲。

「咕哇！」

「呀啊！」

「到底怎麼了？嗚呀啊啊！」

也聽不到襲擊深雪等人的歹徒接連發出的慘叫聲。

不過即使是意識模糊的深雪，也清楚知道企圖危害她而來襲的人們被何處的子彈射穿。

（哥哥……謝謝您。）

這份認知去除了籠罩深雪意識的薄紗。深雪以回復的意識朝自己發動治療術式。即使無法像是達也那樣完全修復自己，深雪至少也能對自己使用急救魔法。

「呀啊！」「嗚嘎！」「咕啊！」

回復的視野映出青年們痛苦倒地的身影。雖然聽覺也回復正常，卻沒聽到新的慘叫聲。倒在停車場平整地面前後方的人影共十人。所有人在極短時間內被射穿雙腿與雙肩。

深雪逐一朝著同伴們使用治療魔法。這裡也在魔法感應器的有效範圍，但是對深雪來說，這種強度的魔法要瞞過感應器並非難事。

何況在這個時候，監視系統的管制員肯定因為無法解析從超遠距離使出的魔法來源，所以陷入混亂吧。

最後為帶路人員急救完畢的時候，艾莉卡走過來了。

「到底發生了什麼事……？」

深雪像是要岔開話題般淺淺一笑。

「剛開始的聲音與強光應該是妳比較清楚吧？這些人……大概是某處的優秀魔法師出手救了我們吧。」

「優秀是吧……我不認為妳會以『優秀』這兩個字稱讚達也同學以外的男性。」

「哎呀，不一定是男性哦？」

深雪露出笑容的同時，在內心向自己的守護者表達謝意。

◇　◇　◇

大概是遭遇那種事件所以都累了，眾人吃完晚餐之後一個個回到自己房間。留守的穗香當然和購物中心的事件無關，但是和達也面對面的話不太好受，所以跟著回房的雫一起離開客廳。

雫的眼神看起來很睏，卻完全沒露出抗拒表情，邀請穗香進入房間。雫坐在地毯上的坐墊，邀穗香坐在圓形矮桌正對面的座位。

穗香略顯猶豫坐下。

「今天好像很辛苦耶。」

穗香說出的這句話，是在晚餐席上也聊很久的話題。

——很明顯是在拖延時間。

「穗香。」

「怎……怎麼了？突然發出這麼嚇人的聲音……」

雫的聲音不是「嚇人」而是「嚴肅」，但是對於穗香來說肯定很恐怖。

「結果怎麼樣？」

恐怖的不是聲音本身，是這個問題。

穗香突然淚如雨下。

雫不慌不忙站起來坐到穗香身旁，溫柔摟住她的肩膀。

「穗香，妳很努力了。」

「達也同學早就察覺我的心意了。」

「這樣啊。」

「可是，他說沒辦法回應。」

「這樣啊……」

雫溫柔輕拍哭泣穗香的背。對於雫來說，到目前為只是她預料到的可能性之一。

「達也同學說他不知道什麼是戀愛。」

「咦……？」

然而這句話完全出乎她的預料。

「他說以前遭遇魔法事故。」

穗香應該是連情感也決堤了。她在冷靜的時候絕對不會說出這麼重大的個人隱私。恐怕也因為對方是雫而放鬆心防吧。

「咦？咦？」

只不過，得知真相的一方受到的打擊，可不是以「放鬆心防」這句話就能帶過。

「因為那場事故，所以達也同學的精神出現缺陷……」

「等……等一下，穗香。」

雫連忙要制止她洩漏更多隱私。

但是穗香沒在聽雫說話。

「他說他在那個時候，連戀愛情感都失去了……」

雫抱著啜泣的穗香不知如何是好。

（聽到天大的事情了。這該怎麼辦……）

無論再怎麼煩惱，一旦知道了就束手無策。

「穗香，冷靜下來了嗎？」

穗香終於止哭的時候，雫也整理好思緒了。

——我不告訴任何人就好。

這是雫的結論。換句話說就是看開了。

「嗯……雫，對不起。」

從平復心情的穗香身上看不見罪惡感。或許到了明天就會臉色蒼白，但她現在消沉的話很麻煩，所以雫換個想法覺得這樣比較方便行事。

「穗香，仔細聽我現在說的話。」

「咦，什麼？怎麼了？」

穗香發紅的雙眼朝雫投以詫異的視線。

雫注視穗香的眼眸，慢慢說給她聽。

「穗香，妳還沒失戀喔。」

「咦，可是……」

「聽我說。」

想反駁的穗香閉上嘴巴。不只是因為被雫的語氣壓制。雖然穗香沒有自覺，但她想聽雫接下來要說什麼。

「達也同學說他不知道戀愛情感對吧？」

「嗯……」

「換句話說就是對於深雪也沒有戀愛情感。至少達也同學是這麼認為的。」

「啊……」

穗香睜大雙眼。她的眼眸亮起理解的光芒。

「不只是深雪。達也同學對於任何女性都不會抱持戀愛情感。」

「可是這樣的話……」

然而穗香眼眸點亮的光芒立刻因為失望而黯淡。她察覺話中的「任何女性」也包括她自己。

不過雫想說的當然不是這種事。

「直到某人讓他戀愛。」

「讓他戀愛？可是達也同學他……」

「穗香，連初戀都還沒經歷的我大概沒資格這麼說，但我認為戀愛不是天生就『擁有』或是『知道』的情感，是會『萌芽』的情感。」

「雫……」

「穗香，在達也同學戀愛之前，任何人都不是他的戀人喔。即使如此妳還要放棄嗎？」

穗香的眼眸蘊含比剛才強烈許多的光輝。

「不！我不放棄，我放棄不了！」

穗香重新面向雫，緊緊抓住她的雙手。

「雫，謝謝妳！我會繼續努力！」

自己的所作所為，或許會造成重創摯友的結果。

即使如此，現在就先這樣吧。這樣比較好。

——雫回握穗香的手如此心想。

◇　◇　◇

穗香離開客廳之後，達也也隨即回到自己房間。不久之後，深雪來到他的房間。

「哥哥，今天謝謝您。」

隨著深深的鞠躬說出的這句話，是深雪進房之後說的第一句話。

「不客氣，還好沒發生任何事。」

達也沒隱瞞當時的射擊是他的魔法。畢竟面對深雪不需要隱瞞，也同樣不是值得自豪的事。對他來說，這只不過是完成了理所當然的職責。

即使如此，這個妹妹還是會小題大做前來道謝吧。這種程度的事也早在達也預料之中。

「話說回來，當時似乎是千鈞一髮。如果我陪在妳身旁……」

「肯定是在懲罰……」

「懲罰？」

不過深雪這份懺悔超乎他的預料。

「是的。我隱瞞自己的心情向哥哥說謊，希望只有自己當個好孩子，所以才受到懲罰。」

「抱歉，深雪，我聽不懂妳在說什麼啊？」

深雪露出寂寞的笑容。

這張笑容引得達也蹙眉。

兩人都忘記坐下，就這麼站著注視彼此。

「哥哥，今天穗香有對您說了什麼嗎？」

達也終於理解妹妹想說什麼了。

「原來那是妳安排的嗎？」

深雪微微點頭。

「鼓勵穗香這麼做的應該是雫。但是建議讓哥哥與穗香獨處的是我。」

「為什麼要做這種事？」

達也不是在生氣，只是不知道深雪為何做出這種事而感到疑問。

「雫昨晚問我了。問我對哥哥有什麼想法。」

「這……」

這時候的達也不知道自己應該說什麼。

深雪不等達也開口，接續自己的話語說下去。

「我回答這不是戀愛情感。」

「這樣啊。」

對於達也來說，這是理所當然的回答。因為深雪是他的妹妹。

「為了讓自己的話語具有說服力，我設計了協助穗香戀情的橋段。以穗香受傷為理由，讓哥哥和穗香獨處。這是我的愚昧企畫。」

深雪低頭讓視線逃離達也的雙眼。

「其實明明不願意和哥哥分開行動……而且還欺騙哥哥，設下陷阱……所以才受到懲罰。」

「深雪。」

達也接近深雪半步。

深雪身體一顫。

「妳想太多了。妳說欺騙了我，但妳是為了朋友而這麼做吧？我絕對不認為妳的這份溫柔應該被某人懲罰。」

達也的手掌從側邊放在深雪肩膀。

「哥哥……」

深雪抬頭了。她的雙眼有點溼潤。

「不過，妳自己不願意做的事情，妳今後可以不必再做了。」

「好的……」

深雪微笑點頭。

「好了，差不多去洗澡休息吧。」

「好的。哥哥，我先告辭了。」

深雪離開達也的手掌，在門旁向達也行禮。

她在伸手握住門把的時候轉過頭來，臉上掛著惡作劇的笑容。

「哥哥，您當時是怎麼回應穗香的，等到回家之後請仔細說給我聽喔。」

深雪不等達也回應就消失在門後。

◇　◇　◇

待在北山家別墅的第三天。

穗香的舉止從早上就極為奇怪。一下子接近達也，一下子又露出苦惱的表情遠離。雫知道穗香的古怪行為來自她洩漏達也重大隱私的罪惡感，但是沒對任何人說明。

深雪從早上就興高采烈，甚至給人強顏歡笑的印象。她從早上就黏在達也身旁，像是要取回昨天相隔兩地的分。

穗香忿恨看著向達也撒嬌的深雪。

深雪詫異看著和達也維持一定距離不敢接近的穗香。

直到從別墅踏上歸途，這幅光景都一直反覆上演。

（夏日假期—Another—　完）

The irregular at magic high school

十一月的萬聖派對

橫濱事變造成的混亂終於出現平息跡象的西元二〇九五年十一月第二個星期五。

「決定要舉辦全校學生參加的萬聖派對了。」

深雪在回程電車告知的這句話，使得達也露出醜態以「啥？」的脫線聲音反問。

事情演變成這樣的開端，在於前任學生會長真由美說出「論文競賽被搞砸了，所以規劃一個全校參與的娛樂活動做為彌補吧」這種話。

達也在聽到這件事的時間點就想在各方面吐槽——例如「論文競賽肯定不是娛樂活動」或是「為什麼是已經從學生會卸任的真由美帶頭發起」之類的——但他覺得不是學生會幹部的自己和這件事無關所以什麼都沒說，應該說置之不理。因為他認為在論文競賽會場遭遇的意外事件，以梓為首的學生會幹部光是善後就忙得不可開交，真由美等三年級學生在這個時期也必須開始衝刺準備考大學，應該沒空分配心力去做這種事。不只達也這麼認定，大部分的學生也隱約懷著相同的想法。

不過學生會幹部的努力程度，超越了包括達也在內大多數人的預料。結果就是深雪開頭說的那句話。達也認為這份努力很了不起，但腦中也同時浮現各種疑問。

「深雪。」

「是。」

努力應該視為努力而尊重，所以達也詢問妹妹的時候也注意語氣，以免聽起來像是否定。

「為什麼是萬聖節？現在已經是十一月中旬了。」

這是第一個疑問。萬聖節本來是十月三十一日，今天已經是十一月十一日。老實說相當不合時節，應該說已經錯失時機。

「因為十月三十一日發布甲種警戒令，不適合辦派對。」

甲種警戒令是在上一場世界大戰時制定的「國家緊急事態對策法」所規定的緊急時期處置方式之一。包含夜間的外出禁令與交通管制。既然在日落之後限制外出與利用大眾交通工具，確實沒辦法舉辦派對之類的活動。

但是達也想說的不是這件事。

「不，所以說為什麼是萬聖節？」

「因為哥哥，十一月不是沒有合適的節日嗎？高中生總不能慶祝七五三節吧？」

「是這種理由嗎……」

達也不禁低聲呻吟，視線在半空中游移。之所以移開視線是避免被深雪看見傻眼表情的貼心之舉，但他也因而沒察覺深雪不知為何露出嬌羞表情。

◇◇◇

第二天，第一高中內部都在討論一大早就正式公布的萬聖派對話題。到了下課時間，教室或走廊等學校各處都在進行愉快的對話，校內充滿熱鬧的活力。

學生們的反應大半是善意的，稱讚這是學生會壯舉的聲音也很多。主要原因可說是魔法科高中幾乎沒有娛樂活動吧。比較吸睛的活動只有畢業典禮之後的送別會，魔法科高中沒有校慶、運動會或是校外教學。

送別會也是一科生與二科生分開舉辦，不過這次的萬聖派對不分一二科生，是以全校學生為對象，確實可以稱為壯舉吧。

話是這麼說，但是一科生與二科生之間建立的隔閡，現狀還稱不上完全消除。說起來，送別會刻意分成兩個會場舉辦的原因，也在於一科生與二科生之間的這道隔閡。這次的派對能在單一會場舉辦，當然有著某種巧思。在一年E班的教室，達也他們正在聊這件事。

「話說回來，面具要在哪裡買啊？」

幹比古以相當為難的表情認真詢問達也。

「因為是蒙面扮裝派對……所以只要算是扮裝，即使戴能劇的面具也行吧？」

達也回答「別問我」之前，雷歐從旁插嘴。

從幹比古與雷歐的對話就知道，這次派對的參加條件是扮裝戴面具。由於不是穿制服而且隱藏面容，所以乍看無法分辨是一科生還是二科生。如果發揮魔法方面的知覺當然可以辨認，不過這種不識趣的做法無關於魔法力的強弱，都是受到輕蔑的對象。

順帶一提，最初的企畫是蒙面舞會。聽深雪這麼說的時候，達也暗自鬆了口氣，不過仔細想想就覺得難為情的程度差不多。事到如今，達也反倒覺得蒙面舞會或許比較放得開。

（話說回來，能劇的面具應該不行吧……）

達也在內心低語的同時……

「不不不，能劇的面具應該不行吧……」

艾莉卡忘記鬥嘴，吐槽雷歐的發言。達也與艾莉卡兩人的意見沒有預先串通就一致，不過應該不只是他們會這麼想。

「因為雖說晚了三週，但好歹也是萬聖派對。」

「唔，這麼一來果然要扮成南瓜男嗎？」

「……你願意的話應該無妨吧？」

雷歐抓錯重點的這個問題得到不負責任的答案。一旁則是……

「雖然派對道具的店也有賣，不過設計的種類不多，所以好像也有很多人自己做。」

「自己做面具？」

「是的……那個，吉田同學的面具，我也幫忙做吧？」

「咦？柴田同學幫我做面具？不，這樣不好意思啦。」

「不會的，反正我打算做自己的份，所以花費的心力差不多……」

「是……是嗎？那就麻煩妳吧？」

就像這樣進行著令人背部發癢的對話。

達也以溫馨的眼神看著兩組（？）情侶，心想自己去派對道具店隨便解決就好。

不過這種事當然不可能被允許。

◇ ◇ ◇

萬聖派對的舉辦日是下週六的十一月十九日。即使在需要上學的平日晚上，利用網路商店購物也完全不成問題。但為了避免時間快到才慌張準備，達也認為應該在週日的今天就準備好派對用的服裝，所以從早上就用客廳的智慧型電視（Intelligent Television）逛雜貨店——到最後決定使用網購的原因並非達也不想出門，而是下午預定要前往ＦＬＴ。

不過以「萬聖道具」「扮裝」「面具」搜尋逛完排名前五的商店之後，達也很快就膩了。他的熱忱原本就等於零。達也決定購買剛才在第一間店所找到，毫無裝飾的全黑布製面具以及附兜帽的及踝長袍。但是他沒能按下確定購買的按鍵。

「哥哥，請稍待片刻再訂購。」

因為剛好在這時候來到客廳的深雪，難得以強硬語氣制止。

「……深雪，怎麼了？」

不過，達也之所以停頓片刻才反問，並不是因為懾於這股氣勢。

「那些布是？」

是因為深雪抱著堆疊如山的布料。

顏色種類不算多，幾乎都是深色系，紅色系的布也是偏黑的暗紅色。只有裝飾用的銀線蕾絲布是例外。

仔細一看，除了蕾絲布以外，都是能製作一件衣服的長度與寬度。隱約冒出不祥預感的達也發問之後，深雪像是等待已久般露出滿面笑容。

「是的，哥哥在這次派對要穿的衣服，深雪想幫忙準備。」

聽到這句回答，達也慢半拍察覺妹妹的意圖。

「那些布料應該不是樣本吧？」

「如您所見。」

為求謹慎的這個問題，被問接卻明確地否定了。

「妳要特地親手製作嗎？」

「是的！我一直想試一次看看。」

達也將嘆息忍了下來。因為他不想對妹妹的笑容潑冷水。

將布料縫製成衣服的工作本身不算難。自動縫製機……應該說用來製作衣服的機器人「裁縫機」如今相當普及，只要前往大型服裝店就能以實惠價格租用。服裝設計的輸入方式也簡化，只要組合複數的範本就好。從頭開始設計當然也不會太難。在國中的家政課（當然是選修課）有將裁縫機的操作納入課程當中。

所以達也不是在擔心製作衣服的心力與成品，只是無法理解明明是學校活動，而且只是臨時企畫的娛樂活動，為什麼深雪會這麼躍躍欲試。

「不行嗎……」

看哥哥的反應不甚理想，深雪戰戰兢兢詢問。

「不，沒關係的。」

看到妹妹露出這種表情，達也無法搖頭。他原本就只是跟不上這股幹勁，沒要阻止深雪想做的事。

「謝謝！」

深雪再度在臉上洋溢笑容跑到達也身旁，將手上的布料山放在沙發。

然後就這麼掛著笑容開口：

「那麼，請脫掉衣服吧。」

達也自覺表情肌變得僵硬。

「……妳說什麼？」

達也的耳朵正常發揮功能，也確實理解這句話的意思，但是意識拒絕接受。

「所以說，請脫掉衣服吧，哥哥。上下都要。啊，下半身請留內褲就好。」

深雪親口迅速編織的話語之後，臉頰稍微染紅。雖然表情一如往常可愛，卻當然不能只以可愛了事。

「我可以問為什麼嗎？」

「當然是為了丈量尺寸。」

「要丈量尺寸的話，就這麼穿著衣服肯定也沒問題吧？」

「不可以。因為我要為哥哥製作完全合身的衣服。」

深雪該不會喝醉了吧？這個疑問掠過達也的意識。

（家裡肯定沒有酒精類的飲料……難道是料理用酒嗎？）

不用說，深雪當然不是酒醉。雖然「製作達也衣服」的想法引發無止境的聯想（也可以說是妄想）令她陶醉在幸福感當中，但是達也沒能想像到這種程度。

總之深雪處於什麼都聽不進去的狀態，所以說什麼都沒用。達也早早就放棄說服。他不會抗拒自己只穿內衣褲的模樣被看見。達也每週都會看見妹妹只穿內衣的模樣。想到這裡就覺得自己只穿一條內褲的模樣被看見也算不了什麼。

不過，他只有這一點想問個明白。

「我知道了。要脫衣服沒關係，不過要現在在這裡脫嗎？」

現在還不到中午，就要在和妹妹獨處的客廳脫到半裸。達也覺得這再怎麼說都偏離了道德或常識之類的各種觀念。

聽到達也重新這麼問，妹妹基於和剛才不同的意義羞紅臉頰，以細如蚊鳴的音量回答「麻煩在哥哥的房間脫吧」。感覺這在另一方面也是個大問題，不過達也決定別想太多。

順利丈量哥哥全身尺寸的深雪，意氣風發前往常去的服裝店。平常達也都會陪同，但是今天考慮到哥哥的行程與深雪的想法所以只有她一人。途中也有勇者想對深雪搭訕，但是只被深雪冷漠一瞥就擊沉了。祈禱這個沒有名字的搭訕哥沒因而覺醒M開頭的異常癖好吧。

總之，朝四周釋放「不想被任何人妨礙」這股氣息的深雪沒被其他人擋路，順利提著大袋子抵達要去的店。雖然這麼說，不過從家裡到車站、從車站到店裡都是搭通勤車移動，所以沒有因為隨身物品太多而覺得辛苦。

進入服裝店之後，熟識的店長前來迎接她。其實這間店暗地裡受到四葉家各種援助，女性店長也是和四葉掛鉤的人物，所以深雪在這裡可以放心購物，稍微無理的要求也能輕鬆提出。

「店長小姐，不好意思。如我前幾天所說，我想借用裁縫機。」

「好的，請用。」

深雪低頭致意之後，店長笑盈盈地點頭回應。順帶一提，她是這間店的擁有者，所以正確來說不是「店長」而是「老闆」，但她喜歡被叫做「店長」，對客人也是這麼自稱。依照她本人所說，似乎是從小就嚮往被人稱為「店長小姐」。

「知道在哪裡嗎？」

「沒問題。謝謝。」

深雪再度低頭致意，前往店內深處的工作室。

裁縫機是多臂式的自動工作機器。基本功能和商用機器人一樣。機器手臂從六條到十二條，愈高級的機種愈多。放在這間店的裁縫機是十二條手臂的最高階機種。

深雪首先將準備好的布料設置在作業臺上，然後走向設計編輯器。將輸入服裝設計與哥哥尺寸的情報終端裝置接觸裁縫機的近距離通訊面板，讓機器讀取資料。

之後只要等待完成就好。

（再來是面具。）

這方面已經安排妥當。

深雪一邊思考這種事，一邊笑咪咪注視著逐漸完成衣服的十二條機械手臂。

◇　◇　◇

一週過得很快。一邊忙於準備一邊等待快樂活動的時間轉眼即逝。

今天是十一月十九日星期六，時刻是下午六點。第一高中正在進行不合時節的萬聖派對。

內裝改造成舞會規格的講堂滿是扮裝戴面具的少年少女。像這樣在牆邊「單眼」眺望就覺得真的是異常的光景。有少女身穿哥德風格禮服再戴上鑲有閃亮金線的舞會面具，也有男學生是無尾禮服、黑色面具加上大禮帽的打扮。有身穿紗麗服的女學生反而戴著只露出眼睛周圍的面紗，也有男學生是穿著休閒牛仔褲、襯衫、麂皮背心與寬邊高呢帽，鼻子以下用紅色領巾遮掩（他肯定從一開始就放棄飲食）。有學生是金屬光澤連身工作服加上護目鏡的科幻風格，雖然聽起來像在騙人，卻真的有學生穿著古代日本官服再以木製面具遮住上半張臉。從東洋到西洋，從過去、現在到未來，真的是五花八門自由發揮。

不過主流果然是兜帽長袍的魔法使造型，以及三角帽加上寬鬆及踝連身長裙的魔女造型。看來起碼有意識到萬聖節這個名目。

深雪現在沒扮裝，身穿制服在進行學生會的工作。包括分發飲料，討論餐點的供應或是引導學生，她東奔西跑處理這種工作。但是再過不久肯定就會結束。學生會幹部在這之後似乎會換衣服扮裝悄悄加入派對。

會場中央空出來作為舞池，從剛才就有許多學生配合管弦樂踩著舞步。沒跳舞的學生（大多是因為服裝所以想跳舞也不能跳的學生）則是享用牆邊擺放一整排的料理或是和別人聊天，以各自的方式度過派對時光。看來「快樂又熱鬧」的這個主題非常成功。

達也在沒擺放料理的牆邊環視會場時，一名女學生接近過來。洛可可風格的古典禮服加上彩色蝴蝶造型的舞會面具，是相當用心的扮裝。

「不給糖就搗蛋！」

真由美以非常愉快的聲音向達也搭話。就算遮住面容，聽聲音就認得出來。何況面具與禮服看起來都不太能協助真由美隱藏身分。

「給妳糖。」

達也說完從披風底下取出糖果。真由美收下達也遞出的棒棒糖，好奇欣賞達也的扮裝。

「這個造型滿稀奇的。奧丁？」

達也從只有單邊開洞的面具後方只以右眼看向真由美，就這麼拿著仿製的長槍微微聳肩。

「真要說的話是假奧丁吧。鬍子我要求別戴。」

假奧丁，或稱「假扮成奧丁的惡魔」。據說曾經誘騙改信基督教的挪威國王，在好幾個版本被視為是惡魔的舊時代之神。深雪當然沒這個意圖，而是以「魔法使之王」為主題搭配的吧。

然而很難說這身打扮適合他。雖然尺寸完全合身，服裝設計卻不搭調。寬簷帽就算了，成套的銀色長假髮不符合達也的形象，反倒是束腰長上衣與窄管褲的組合即使適合達也，卻也不是北歐神話的形象。

「是深雪學妹幫你穿搭的嗎？達也學弟，你還是一樣很寵妹妹耶。」

「因為是扮裝，所以我覺得也不必講究適不適合。」

被真由美輕聲一笑，達也反射性地回嘴的這段話……客觀來看近似於嘴硬不服輸。

若問會場裡扮裝最用心的人是誰，達也認為眼前的南瓜男應該會獲得過半數的支持。

「不給糖就搗蛋！」

「給你糖……我真的沒想到你會這樣扮裝。」

達也從披風底下取出細長的糖果遞出，以傻眼聲音向假扮成南瓜男的雷歐搭話。

「我找老姊討論之後，她說『萬聖節果然要這樣吧』，幹勁十足幫我做了這套衣服……很奇怪嗎？」

「不，說到萬聖節確實會想到南瓜怪吧……」

雷歐轉過身去環視周圍，發現許多學生不經意移開視線。達也的打扮也相當顯眼，再加上雷歐這套衣服，所以兩人非常引人注目。

「這樣不是很好嗎？看起來很受歡迎。」

在一旁向兩人搭話的是假扮成彼得潘，以綠色面具遮住雙眼周圍的苗條少女。

「不給糖就搗蛋！」

「給妳糖。」

達也從披風底下取出小顆的松露巧克力遞給彼得潘造型的艾莉卡。

「話說回來，真虧你們認得出我。雖然我自己說也不太對，但我覺得這身打扮和平常的形象大不相同。」

「嗯，我一直覺得應該沒錯，但是沒有確信。之所以認出你，是因為你和這個南瓜男聊得很和睦。畢竟會這樣扮裝的就只有這傢伙了。」

達也心想原來如此。之前聊到雷歐可能會扮成南瓜怪的不是別人正是艾莉卡。既然看見南瓜男的扮裝，自然會聯想到是雷歐假扮的吧。

但是這麼一來，問題就在於雷歐是怎麼辨認達也了……

「不需要思考這種麻煩事，這是萬聖派對吧？無論對方是誰都可以用『不給糖就搗蛋』打招呼吧？」

看來是歪打正著。這也很像這個朋友的作風。

雷歐與艾莉卡一邊拌嘴一邊走向放食物的桌子之後，這次是提洛爾風格村姑與瑞士風格獵人的搭檔走向達也。

「那……那個，不給糖就搗蛋！」

戴著推測是野兔形象面具的美月，有點害羞地向達也這麼說。

「給妳糖。」

達也從披風底下取出心形餅乾遞給美月。

「幹比古就給這個吧。」

送給瑞士風格獵人的是前端偏尖，某方面看起來像是箭矢的棒狀椒鹽脆餅。幹比古的面具似乎以狼為形象。如果這個面具正如當時的約定是由美月製作……

（難道是暗示自己想被吃掉嗎？）

達也暗自這麼猜測，不過這就叫做遐想吧。

「謝……謝謝你，達也。抱歉我沒準備。」

「那我可以搗蛋嗎？……開玩笑的。」

達也的回應真的只是開個小玩笑，但是一說出這句話，美月與幹比古都意外地提高警覺。甚至隔著面具都看得出美月在害怕。朋友們到底是如何看待我的……達也就這麼受到打擊。幸好垂在臉上的長髮搭配只看得見單眼的面具不會被人看出表情，不過達也決定趕快換個話題。

「這個面具是美月縫製的嗎？」

對於這個問題，美月不好意思般低頭，幹比古害臊般點了點頭——看來這兩人的感情進展得很順利。達也如此心想。

「真是精美。是妳親手縫的吧？」

「咦，是嗎？」

聽到達也指出這點，幹比古露出戴面具也看得出來的吃驚表情詢問美月。

（收回前言。這兩人將來還有得等了。）

達也以寬簷帽遮住壞心眼的笑容，在心中輕聲這麼說。

和朋友們相處的這段期間，深雪與梓不見蹤影了。看來學生會的工作已經結束。

達也忽然感覺到氣息轉身看去，目擊到打扮成海盜的一對男女從他所在牆壁旁邊的安全門悄悄入內。

（原來如此，幹部是從安全門進來啊。）

達也只冒出這個想法，但是視線對上的情侶慌張失措。

「那……那個……」

在這種場面，能夠豁出去的果然是女方吧。

「不……不給糖就搗蛋！」

自暴自棄般大喊的聲音，正如預料是風紀委員長花音……不過她將工作分配給委員的達也等人，自己卻在做什麼？達也原本想去好好酸她幾句，卻重新覺得這樣很不識趣。今晚是派對，既然有對象就會想要一起享受吧。

「給妳糖。」

達也從披風底下取出一小袋金平糖遞給五十里。

「那個……難道是司波學弟？」

「是的。學長居然看得出來啊。」

「啊，嗯，是看手的大小與形狀。」

達也在面具後方稍微睜大雙眼。老實說，他沒想到有這種視角。既然沒戴手套，確實可以從手的形狀辨認對方到某種程度。不過感覺這是平常用手的人才有的視角。摩利說過五十里是理論派，但是達也認為五十里不知為何也具有許多技術人員的特色。

「話說回來，你居然隨身帶著糖果耶。」

反觀五十里也頻頻點頭。大概是佩服達也即使突然看見他們進場也立刻拿出糖果吧。不過以達也的立場，就算被稱讚也覺得挺微妙的。

「因為我覺得可能有學生被氣氛影響就放飛自我。本校學生的『搗蛋』可不是開玩笑的。」

在四月的社團招生週，一高學生的「搗蛋」令達也吃了不少苦頭。雖然深雪笑著對他說「這樣只會白操心喔」，但是達也覺得必須做好準備。總之多虧這樣才得以配合朋友們的調調，所以應該要認定這麼做是對的。

「說得也是……」

不知道是否明白達也的想法，花音同情般如此附和。

花音與五十里離開前往舞池了。看來風紀委員長打算盡情享受這場派對。仔細一看就發現認真監視會場的除了達也只有一人（從位置來看是森崎），堅守崗位的委員反而是少數。達也差不多快要失去幹勁了。

「不給糖就搗蛋！」

鬆懈的瞬間突然被搭話，達也做出有點誇張的反應，急忙轉過身去。長長的銀色假髮飄揚，披風大幅翻動。看起來相當裝模作樣的這個動作，使得前來搭話的「女僕小姐」不知為何僵住。

不是女僕而是「女僕小姐」。是這個世紀初流行的，滿滿荷葉邊的角色扮演服裝。連面具都縫上荷葉邊，而且遮住臉部的面積比其他學生少很多。比起隱藏身分更以可愛為優先的打扮。

「給妳糖。」

達也回答之後，將大小能夠藏在手心的白巧克力遞給女僕少女穗香。

但是穗香就這麼僵住。不經意覺得她的眼神有點火熱。

「穗香，穗香。」

站在她身旁扮裝成少年管家的少女，輕輕以手肘頂向穗香側腹。看到好友即使這樣也沒有反應，打扮成男管家的雫像是示意「沒救了」搖了搖頭，輕聲向達也說：「不給糖就搗蛋？」

「給妳糖。」

達也一度將手縮回披風底下，將兩顆一樣的白巧克力遞給雫。

「既然穗香不拿，我就拿兩顆哦？」

「不行！」

熟知好友個性的雫使出這個打擊療法（？）效果立竿見影。對於達也（說好聽是）戲劇化的動作看得入迷（情人眼裡出西施）的穗香回過神來，以免達也送的禮物被搶走。然後想到自己這種反應就像是貪吃鬼，穗香臉蛋變得紅通通的。

「不過，真虧妳們認得出我。」

面對這種時候的穗香，總之先正常搭話比較好。達也已經理解她到這種程度。

「認得出來！我不可能認不出達也同學！」

正如達也的計畫，穗香從害羞深淵重振了。

不過相對的，她也開啟了奇怪的開關。

「因為穗香擅長分辨物體的形狀。」

雫說著再度頂向好友側腹。

「那個……達也同學不跳舞嗎？」

音樂換成了維也納華爾滋。正好適合兩人加入舞蹈行列的樂曲。

「其實我有委員會的工作要做……」

達也說著露出苦笑。會場氣氛已經令人覺得盡責工作是很笨的一件事。

「那個東西，我來拿。」

雫以小小的動作指向達也手上的長槍（仿造品）。達也還沒回答「跳舞」還是「奉陪」，她就以這句話決定由他帶領穗香共舞。平常達也面對這種強硬舉動也不會配合，不然就是明確表態抗拒，但是這次他乖乖將長槍（仿造品）交給雫。因為他已經想接受穗香的邀請，而且這把扮裝用的配件也差不多令他覺得煩了。

「穗香。」

達也將空出來的手伸向穗香。對於這種演變，他在九校戰的賽後聯合晚宴已經有過類似的經驗，事到如今沒有為難或猶豫的理由。

「來跳舞吧。」

「好的！」

穗香當然樂於接受。

（那是……穗香吧。又被搶先一步了。）

看見被哥哥帶領加入跳舞人群的「女僕小姐」，深雪在包圍自己的人牆裡以別人聽不到的音量輕聲嘆息。

深雪結束學生會的工作之後也想先和哥哥會合。但她在暗中進入會場的時候走錯安全門。其實她想使用達也所站位置附近的入口，卻來到繞了講堂四分之一圈的另一個入口。這裡是舞池旁邊。想要享受舞蹈的學生四處熱心尋找舞伴的區域。

深雪也依照這場派對的主旨扮裝參加。面具與服裝都比真由美或穗香用心許多。然而不巧的是即使藏住身分卻藏不住光采。不，恐怕連身分都沒有完全隱藏吧。男學生們立刻聚集到深雪周圍，厚厚的人牆令她動彈不得。至今也無視於她的困惑，連聖德太子也聽不出內容的多重說話聲繼續向她熱情邀舞。

深雪剛開始只是不知所措，但是從人牆縫隙窺見達也和穗香共舞的身影之後，她內心的怒氣逐漸高漲。

（哥哥真是的……深雪明明這麼為難，您自己卻……）

為什麼不來幫我解圍？為什麼陶醉成那樣？這種不講理的想法開始在深雪內心捲動。

雖然這麼說，但是如同暑假那晚對雫的承諾，深雪不打算妨礙穗香，也明白現在包圍她的男學生們沒有惡意。所以她也能自制到不讓魔法失控的程度，卻沒能壓抑內心的煩躁。隨著時間經過，她逐漸難以避免不耐煩的心情寫在臉上。

就在耐不住性子的深雪完全忘記「不會妨礙」的約定，下定決心「即使稍微硬來也要主動鑽出人牆去找哥哥」的這個時候，音樂停止了。雖然華爾滋換了樂曲之後立刻再度演奏，達也與穗香卻離開舞池。

在深雪的注視之下，達也脫下附有假髮的帽子遞給穗香，也取下面具交給穗香保管之後，長達小腿肚的披風只有左側往上撥。由於束腰上衣比較厚實，所以他的身體看起來比平常壯碩，風格簡直是在中世紀騎士道電影登場的武將。取下面具看起來比較像是扮裝（要是對當事人這麼說肯定會抗拒）。

露出的左袖有風紀委員的臂章。達也像是要展示臂章般從容卻大步走過來進入人牆。包圍深雪的男學生過半數是學長，不過大概是懾於達也醞釀出來的做作氣息，眾人一臉錯愕讓路給他。

達也沒特別受到妨礙就抵達深雪身旁。

「我是風紀委員。」

看左手的臂章就知道他是風紀委員，但是達也刻意以高壓的聲音自稱。

「要找對象邀舞也請適可而止。要是過於糾纏不休，這邊會認定是違反當事人意願，妨礙自由的行為。」

和態度相反，達也的語氣沒那麼高壓。這麼做反而比較好吧。圍住深雪的男學生們大概是心裡對達也的發言有數，露出尷尬表情（表情是遮住的，所以真要說的話是散發尷尬氣息）分散到會場各處。

順利成功救出深雪的達也，向她微笑之後走向講堂出口。

「啊，哥哥，您要去哪裡？」

深雪連忙在背後叫住他。達也轉過身來，像是不知道自己為何被叫住般露出困惑表情。

「問我去哪裡……我要去換衣服。」

今晚是扮裝派對。即使身分完全穿幫，露出真面目也會違反規定。達也剛才覺得那套不搭調的「假奧丁」打扮沒有威嚴所以取下帽子與面具，但是露出真面目的話無法繼續待在派對會場。即使再度戴上面具，既然身分已經曝光就沒資格參加扮裝派對，所以他想去更衣室換穿另一套備用的服裝——為什麼連替換用的服裝都有？唯一的答案是「因為深雪太努力了」。

「既然這樣，我來幫您吧。」

聽到深雪的要求，達也不知道該選擇何種表情，懷疑妹妹是否知道自己這句話的意思。這裡和家裡不一樣。她該不會想要進入學校的男更衣室吧……

「不，不是的！」

達也自認維持撲克臉，不過看來還是寫在臉上了。深雪連忙向默默深思的達也主張清白。

「是幫您整理衣服的意思！因為戴上面具照鏡子應該會看不清楚。」

照鏡子會看不清楚的這種面具是深雪本人準備的。達也覺得這份擔心從出發點就很奇怪，卻也沒有理由拒絕。

「既然這樣就請妳幫忙吧。」

達也點頭之後，深雪表情閃亮到隔著面具也看得出來。

達也走出講堂要前往為了派對而開放更衣室的小體育館時，深雪牽起他的手，以撒嬌語氣要求：「要不要稍微走走？」既然服裝配件交給穗香與雫暫時保管，達也個人想要盡快重返會場，但是基本上將妹妹寵到心坎裡的達也不會搖頭。

兩人離開林蔭步道，像是在樹木之間穿梭般行走。星光不足以照亮腳邊，戶外的燈光也很快就照不到了。達也在伸手不見五指的黑暗中也不會絆倒，但深雪沒這種本事，兩人的腳步必然變得緩慢，牽手的兩人也接近到幾乎等於緊貼彼此。

兩人終於來到樹林裡敞開的小小空地，在這裡停下腳步。被達也提醒的深雪像是回想起來般取下面具。在步履蹣跚的黑暗中即使戴著視野受限的面具也沒覺得礙事，證明深雪對達也置以全盤的信賴。這塊空地不是刻意打造的廣場而是偶然的產物，所以沒有安裝任何照明，但今天是萬里無雲的星空。只要沒被樹林遮擋，即使沒有月亮也明亮到足以辨識對方的身影。

寬簷三角帽子與黑色披風。及膝裙子輕柔展開，袖口與領口縫上銀色蕾絲的黑色連身裙。黑色褲襪與黑色亮面低跟包鞋。看來這就是深雪心目中的「萬聖節魔女」。

「哥哥，那個……不，不給糖就搗蛋！」

深雪充滿氣勢卻像是不好意思般向達也這麼說。

真由美說「想要一些娛樂」，身為副會長的妹妹提案由學生會主辦遲了三週的萬聖派對。達也當初聽到這件事的時候納悶為何要這麼做，但現在就覺得或許是自己的妹妹想玩這個吧。

喧囂聲只有遠方微微傳來的程度。現在這裡只有達也與深雪兩人。看著妹妹忸忸怩怩害羞等待他的回答，達也內心冒出小小的惡作劇心態。

「搗蛋吧。」

「……那個，哥哥？」

「搗蛋吧。」

深雪大大的眼睛匆忙左右轉動。好啦，她會怎麼搗蛋給我看呢？達也一反平常的個性滿懷期待。

「那個，既然這樣……」

深雪像是想到某個點子般點點頭，脫下帽子前進兩步。

（喂喂喂？）

達也伴隨著驚愕在內心低語，但是沒發出聲音的制止話語不可能阻止得了深雪。

深雪挺直身體摟住哥哥的脖子，嬌豔瞇細雙眼將臉湊過來……咬了達也的鼻子一口。

「這……這是處罰！」

面對錯愕佇立的達也，深雪有點結巴地高聲宣布。

上個月，達也曾經以類似的前置動作捏了深雪的鼻子。所以這次是當時的報復。其實不管是什麼都好——真的是連零食都好，深雪想從達也那裡獲得禮物，但她認為這也是一個好機會。

深雪的搗蛋確實成功了。

達也目瞪口呆。

不過這就像是也對她本人造成致命傷害的自爆恐攻。或許深雪受到的傷害反而更大。

深雪不敢正視哥哥的臉，連耳根都通紅，轉過身去害羞到發抖，達也則是徹底陷入混亂。

「…………」

「…………」

「……哥哥。」

「……啊，啊啊。」

「那個……」

「……深雪。」

「……呃，有？」

「我說啊……」

「…………」

對話就像這樣遲遲沒成立。

——到最後，兩人沒能趕上派對結束，被懷疑「兩人做了什麼」而陷入無妄之災。艾莉卡屢次出言消遣，雷歐以溫馨眼神守護，幹比古移開視線，美月一臉正經地規勸，穗香鬧了彆扭，雫投以冰冷目光。

達也花了整整一週才解除朋友們的誤會。

（十一月的萬聖派對 完）

The irregular at magic high school

美少女魔法戰士普拉茲瑪莉娜

安潔莉娜・庫都・希爾茲。小時候的暱稱是安吉。但是從某個時期開始，她要求周圍的人叫她「莉娜」。

她是日裔的隔代混血兒，外公是日本出身的魔法師。

「庫都」這個中間名來自這位外公。「庫都」是「九島」的日文發音。外公是日本魔法界長老──九島烈的弟弟。

她沒讓這個血統蒙羞，獲得的名聲就某方面來說凌駕於昔日被譽為「世界最巧」的舅公。

世界最強魔法師軍團──USNA軍參謀總部直屬菁英部隊「STARS」的總隊長。

國家公認戰略級魔法師「十三使徒」之一的安吉・希利鄔斯。

這是她現在的頭銜。

但她也不是在入隊當初就獲得「STARS」總隊長的代號「天狼星」。

並不是從一開始就被提拔為「STARS」的成員。

出類拔萃的魔法天分被挖掘，從小就在軍中接受教育的她，最初也是從STARS的候補生部隊「STARLIGHT」開始努力。

以下是她在正式被「STARS」錄取不久之前的時期，當成畢業課題交付給她的任務短篇。

◇　◇　◇

「珀拉里斯少尉閣下，希爾茲准尉前來報到。」

稚嫩的聲音以拘謹的語氣大喊。雖然是嬌小還留著稚氣的少女，但她確實是USNA所屬的魔法師。而且非常強力。

不，應該說正因為她是強力的魔法師，所以即使還是孩子依然受命從軍吧。

這裡是USNA——北美利堅大陸合眾國於亞利桑那州鳳凰城郊外的所建造，USNA參謀總部直屬魔法師部隊的培育設施。美國最強魔法師部隊「STARS」候補隊員構成的部隊「STARLIGHT」用來訓練的場所。

身為STARLIGHT成員的她——安潔莉娜．庫都．希爾茲准尉，被直屬長官尤瑪．珀拉里斯少尉叫來作戰指令室報到。

「進來。」

「打擾了。」

金髮碧眼的少女親手開啟意外樸素的木門入內。

依照訓練時被嚴厲灌輸的內容，安潔莉娜向珀拉里斯少尉與另一位長官敬禮……終於認出在場的「另一位」是誰之後，她維持舉手敬禮的姿勢僵住。

「准尉，放輕鬆吧。」

一直維持敬禮姿勢的少女令珀拉里斯略感疑惑，卻沒有特別提及就對她這麼下令。

無須多說，「放輕鬆」這個指示不是「姿勢可以隨便一點」的意思。安潔莉娜雙腳打開和肩膀同寬，將雙手貼在腰後打直背脊。

這個動作也是在訓練時被灌輸到幾乎成為反射動作的等級。多虧身體自動這麼做，她才能擺脫這份看見意外人物的驚愕心情。

（卡諾普斯隊長為什麼在這裡……？）

珀拉里斯少尉身旁的人，不是形式上在這間教育機構擔任最高負責人的那位上校。

位於該處的是分成十二個部隊的STARS第一隊隊長。是在總隊長「天狼星」出缺的現狀擔任代理總隊長，STARS實質上的第一把交椅——卡諾普斯少校。

（卡諾普斯隊長明明應該在羅斯威爾的總部基地才對……）

「STARS」是從USNA軍所屬魔法師選出特別優秀的人員構成的部隊。這座鳳凰城基地是用來訓練被選為STARS候補之魔法師士卒的據點，也是在最後選拔STARS隊員的考場。

（難道我……）

安潔莉娜內心同時冒出期待與不安。

她接受的訓練是用來選拔STARS的隊員。至少安潔莉娜是這麼聽說的。

但是沒人說明具體的訓練期間或錄取人數。和她一起接受訓練的STARS候補生私下相傳說不定根本沒決定要錄用多少人，也相傳不是要擴充部隊或補充缺額，只要展現出比現役隊員更強的戰鬥能力就能以替換的形式進入STARS。

暫且不提是否有錄取名額的限制，關於替換的這種說法，安潔莉娜認為「總不可能是這麼回事吧」。STARS現在就已經是員額不足的狀態。

就算這麼說，高層部門在想些什麼？想要對候補生們做什麼？安潔莉娜毫無頭緒。唯一確定的是不知道要持續訓練多久，候補生們沒被明示終點。

安潔莉娜懷抱的期待，是自己說不定會被STARS錄取。

她懷抱的不安，是自己說不定會從STARS的候補名單被淘汰。

「希爾茲准尉，這邊看過妳的訓練評鑑了。成績非常出色。如果只以魔法力來評價，妳已經具有一等星級的能力。」

接在珀拉里斯少尉後面的這段話，來自代理總隊長卡諾普斯少校。

「長官，這是下官的榮幸。」

安潔莉娜回答的聲音很僵硬。她沒能隱藏緊張心情，卻也同時透露出藏不住的驕傲。

這個反應看起來單純卻也在所難免。她再怎麼說也才十二歲，如果沒當魔法師就是正在就讀中學的年齡。雖然過了只有純真可言的幼年期，但是距離能夠巧妙控制情感的大人還差得遠。

「一等星級」正如其名，是被賦予一等星恆星名稱為代號的隊員。在STARS之中也只有實力最強的人能獲得一等星代號，所以安潔莉娜即使自豪也不奇怪。不，應該說她如果沒有洋洋得意反而不自然。

「我想准尉妳也知道，現在STARS以總隊長職位為首，處於嚴重缺人的狀態。」

身為這座基地所屬的候補生，安潔莉娜當然知道STARS的現狀。即使只是表面上的。

兩年前，隔著白令海峽和新蘇聯爆發的武力衝突，由於美蘇兩國的司令部擔心再度爆發世界連續戰爭，所以成為一場沒投入大規模部隊的祕密戰鬥。兩大國之間的這場小規模紛爭被命名為「北極祕密戰爭（The Arctic hidden war）」，或是簡稱為「祕密戰爭」。

基於兩國政府意外一致的方針，「祕密戰爭」成為沒投入戰車、戰機或戰艦的非正式暗鬥，是小型魔法師部隊數度發生激烈衝突的戰爭。

這場扭曲的戰爭重創ＵＳＮＡ與新蘇聯的魔法師戰力。新蘇聯在遠東地區的魔法師戰力陷入毀滅狀態，軍事方面的實力大幅衰退了好幾年。大亞聯盟之所以侵略沖繩，也是因為北方威脅減弱而成為一大動機。

另一方面，ＵＳＮＡ失去了STARS前任總隊長威廉・希利鄔斯。此外STARS光是恆星級就犧牲了兩位數的戰鬥魔法師。不只如此，戰略級魔法師艾里歐特・米勒也從STARS轉調到美國北方軍指揮的阿拉斯加基地，為了防衛阿拉斯加與周邊海域而陷入動彈不得的狀態。

在這之後，二等星級以下的缺額緊急補充完畢。但是適合一等星代號的魔法師，即使是泱泱大國USNA也沒這麼容易培育。包括總隊長「天狼星」在內，一等星級至今仍有六名缺額。

「對於希望盡快補充缺額的我們來說，很想立刻迎接准尉加入成為恆星級隊員。但是這時候出問題的是妳的年齡。」

安潔莉娜咬緊牙關避免發出聲音。嘆息與不平在此時此地會為自己帶來損失。她自認已經成熟到能夠理解這種事的程度。

「魔法師的能力和年齡沒有直接關係。但是身為軍人遂行任務的能力，還是需要年齡增長所培養的縝密思慮與自制心。這是大多數人的意見。」

「下官在戰術模擬也有達到被要求的水準。」

這句反駁應該不奇怪吧。這種程度的自我推銷感覺很正常。

然而前提在於不是安潔莉娜這樣的孩子說出這句話。

「沒錯。知性方面也沒發現不足之處。」

不過卡諾普斯在這個場面展現大人的度量。

或許只是沒把她視為「囂張的孩子」，而是視為一名軍人認真看待，不過安潔莉娜的不滿與煩躁在爆發之前熄滅了。

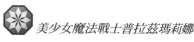

「希爾茲准尉。我們希望妳不是在模擬戰，而是在實際的任務也能證明這一點。」

安潔莉娜維持「稍息」姿勢繃緊背部。她確實具備足夠的知性，能夠理解卡諾普斯這段話的意思。

珀拉里斯代替卡諾普斯開口：

「希爾茲准尉，接下來發布任務內容。」

「是！」

安潔莉娜將視線筆直固定在正前方，就這麼只以聲音回答。

「在波士頓，軍方委託的魔法研究被人暗中搗亂。現狀推測這是未登錄魔法師的犯行，當地的警察無法處理。這項研究原本就牽扯到我軍的機密，所以不想向警方說明詳情。」

這種事可以理解。軍事機密即使對方是警察也不該洩漏，針對參與軍方研究的研究所進行暗中破壞的魔法師，光是當地警察的等級肯定難以對付。少女猶豫是否應該點頭附和，但她還沒決定該怎麼做，珀拉里斯就繼續傳達命令內容。

「請准尉前往波士頓搜索並逮捕犯罪的魔法師。處理警方束手無策的魔法師犯罪，也包括在STARS的任務範圍。希望妳根據這個原則致力完成這項任務。」

「遵命，長官。」

珀拉里斯說明的STARS職責，包括少女的候補生們在這座訓練設施被教導過許多次。

然而也有一些事情沒讓他們知道。

即使只看恆星級，STARS也不是所有人都要背負起處理本國犯罪魔法師的責任與義務。這種任務只會分派給少數立場特別的隊員。

卡諾普斯、珀拉里斯以及STARS的高層部門，將這次沒查出身分的特務員當成逃離軍隊的魔法師，想要測試安潔莉娜是否能完成「處理逃兵魔法師」的嚴苛任務。

「這邊會派出安潔拉·密札爾少尉擔任助手。不過她始終是准尉的輔助。雖然階級比妳高，卻沒有立場命令妳。反倒只要視她為考官就好。」

「遵命，長官。」

少女不知道卡諾普斯他們的真正想法。

只對於「考官」這兩個字感到更為緊張。

「希爾茲准尉，為妳介紹一下。她是安潔拉·密札爾少尉。」

卡諾普斯離席之後，安潔莉娜被安排和安潔拉·密札爾少尉見面。

密札爾少尉現年二十二歲，大安潔莉娜十歲，不過以軍人來說（不只是軍人，以就職的一般人來說也一樣）還算年輕。這段年齡差距單純是安潔莉娜過於年輕造成的。

以白人來說偏深色的肌膚，有點暗淡的黑色長捲髮。身高一六五公分左右，比現在的安潔莉娜高了十公分多一點。魔法師的五官都很工整，她也不例外，卻沒有引人注目的光采，是令人覺得溫和的容貌。體格也是中規中矩，要是進入人群應該會輕易被埋沒。依照安潔莉娜抱持的第一印象，密札爾就是這樣的女性。

說到外表的亮麗程度，耀眼金髮、藍寶石眼眸加上白皙肌膚的安潔莉娜和她成為對比。要是密札爾和安潔莉娜站在一起，人們的視線肯定都會朝向安潔莉娜。

「下官是安潔莉娜・希爾茲准尉。少尉閣下，請您多多指教。」

安潔莉娜以拘謹語氣問候密札爾，敬禮因為緊張而變得硬梆梆的。看來她過於在意卡諾普斯所說的「考官」這兩個字。

「希爾茲准尉，我才要請妳多多指教。」

密札爾和外表的印象相符，以溫和的語氣回答。

「尤瑪，接下來我想單獨和她討論。」

然後她以和藹語氣向珀拉里斯這麼說。「尤瑪」是珀拉里斯的名字。同為恆星級的少尉，這兩人大概是可以毫不拘束打交道的交情吧。

「知道了。安吉，之後的說明交給妳了。」

從珀拉里斯的話語也看得出這一點。

珀拉里斯離開房間。

目送他的背影被門板擋住之後，密札爾坐在椅子上。

「希爾茲准尉也坐吧。」

然後也邀請安潔莉娜坐下。語氣與其說是長官，更給人「大姊姊」的印象。

「那個……希爾茲准尉也是『安吉』嗎？」

密札爾之所以這麼問，應該是因為她的暱稱也是「安吉」。而且基於任務的性質，在一無所知的市民之中，她大概也想避免以「准尉」、「少尉」的軍階相互稱呼。

「是的。不，請叫我『莉娜』吧。」

不知道安潔莉娜是否在一瞬間洞察得這麼深入。或許只是想把「安吉」這個稱呼讓給長官，總之她迅速這麼回答。

「是嗎？知道了。那麼在這次的任務，妳叫做莉娜．希爾茲，我叫做安吉．賽門。ＯＫ？」

「是，遵命。」

安潔莉娜——不，接下來就稱呼少女為莉娜吧。莉娜的回答絕對不算流利。雖然沒有不自然的停頓，反應卻遲鈍到聽得出困惑。

「莉娜，想問什麼的話不用客氣沒關係的。」

「不，還沒請教任務的具體內容，所以現階段沒特別想問的。」

聽完莉娜的回答，密札爾微微苦笑。

「說得也是。真是穩重……不，這種說法對准尉很失禮吧。」

「不會。」

客觀來看，自己還只是個孩子。莉娜真的這麼認為。

所以這句否定的話語不是逞強。

但是她的經驗值果然不足以做出更勝於簡短否定的平淡回應。

對於莉娜這種「孩子氣」的反應，密札爾將苦笑改回原本的和藹表情。

「對不起。確實應該先說明任務的細節。那麼接下來開始討論吧。」

密札爾將平板型終端裝置交給莉娜，看著同步顯示在自己終端裝置上的資料，向莉娜說明作戰細節。

莉娜一邊看著終端裝置畫面一邊聆聽說明，聽到密札爾問「有什麼問題嗎？」之後抬起頭。

「少尉閣下，下官在這項任務的職責是聲東擊西嗎？」

「非常單純來說就是這麼回事。在波士頓地區活動中的犯罪魔法師與敵對組織特務，無論是否是本次任務的目標對象，妳都要悉數打倒。目標對象要是因而慌張露出馬腳，就以此為線索毀掉整個組織。就算做不到這種程度，只要諜報工作中止，對我們來說就不是壞結果。算是當成警告的聲東擊西吧。」

「遵命。」

「然後……也對，趁現在再提醒妳一次吧。」

密札爾朝向莉娜的視線絕不嚴厲，莉娜卻在椅子上重新端正坐姿。

「雖然是國內的工作，但這次的任務近似於潛入作戰。我們要隱藏軍人身分行動。」

「長官，在下明白。」

「所以，離開這座基地的下一瞬間，我就不是『密札爾少尉』而是『安吉』，妳不是『希爾茲准尉』而是『莉娜』。我們不是長官與部下，是在同一間研究所接受實驗的忘年之交。千萬別忘記這一點。」

「是。在下飾演的人物形象，已經在剛才聽過您的說明所以有所掌握。」

「很好。那麼明天早上出發。」

「是，長官。」

莉娜站起來，以明顯緊張到僵硬的敬禮回答。

密札爾以「沒問題嗎」的表情仰望這樣的少女。

◇　◇　◇

從鳳凰城天港國際機場到愛德華・勞倫斯・洛根將軍國際機場。利用空路抵達波士頓的莉娜與密札爾，在機場搭乘計程車前往西區的肖馬特魔法研究所。

在這次的任務，莉娜表面上的頭銜是在肖馬特魔法研究所協助進行魔法實驗的魔法師少女。拿十二歲少女做實驗聽起來很不人道，不過比起讓十二歲少女從軍，這種行為算是稀鬆平常。

雖說是使用魔法師的實驗，但在現代的美國禁止進行令人聯想到「人體實驗」的殘忍行為。說起來，把魔法師當成白老鼠恣意妄為是二〇四〇年代到二〇六〇年代這二十幾年的事，是戰爭的時代背景使然。在二〇三〇年代之前，違反人道的「人體實驗」一旦曝光也會遭到嚴懲。

如果是聯邦政府發放補助金的有名魔法研究機構，對於醜聞當然很敏感。為了避免八卦記者有機可乘，所內的相互監視做得非常徹底。

肖馬特魔法研究所也是這種研究機構之一。即使成為肖馬特的協力者，也不會背負攸關生命的風險（表面上是如此）。拿孩童做實驗的行為同樣令人感冒，不過比起以送上前線為前提的戰鬥魔法師，成為研究所的實驗對象在人道上還算是具有容許的餘地。

以莉娜的年齡來說，扮成中學生比較自然。即使如此還是刻意設定為隸屬於研究所，是為了以不被時間束縛的行動自由為優先，也是因為判斷莉娜很難以普通轉學生的身分潛入普通學校。

她的魔法力已經匹敵甚至凌駕於STARS一等星隊員，內心卻是十二歲的少女。雖然被灌輸了身為STARLIGHT成員應有的知識與能力，精神層面的成熟度卻無法只以訓練補足。

天性與經驗。

先天成熟的精神，藉由經驗成長的精神。

莉娜在這兩方面都有所不足。這是以珀拉里斯為首的鳳凰城基地人員一致的見解。對於中學生來說，莉娜是異質的存在。不對，無法只以「異質」這個詞來形容。憑著一己之力就能一次奪走成千上百的人命，擊退戰車擊墜戰機。即使在平均水準的魔法師眼中，莉娜的魔法力也可以形容為驚異。普通學生應該會把她視為「怪物」吧。

軍方高層擔心的不是莉娜無法完全隱藏「怪物」之力。如果她是這麼冒失的人，就不會提早結束訓練期間進行正規隊員的測試吧。

軍方掛念的是莉娜可能會理解到自己在一般人的眼中是「怪物」而受到打擊。

心態善良又普通。這是將莉娜選為STARS隊員會遭遇的唯一問題點。

現在看起來還無法駕馭力量所以無暇深思自己的事。不過要是因為和同年代的孩子們交流而對於自己的異常性質懷抱恐懼，ＵＳＮＡ軍將會失去這個寶貴的戰力吧。沒讓莉娜進入學校也是在提防這個結果。

以這種心思為背景，莉娜穿過肖馬特魔法研究所的門。

依照莉娜從為數不多的經驗學習到的常識，加入新組織的時候，即使只是假身分，首先還是要拜會負責人。這次她也打算先前往所長室或是代理人那裡。

但是密札爾帶她進入的房間裡只有一名年輕女性，不對，是少女。

雖說年輕也比莉娜大。不過看起來頂多像是高中生的程度。莉娜當然也知道頭腦未必依賴年齡發展，但她實在不認為這位「姊姊」是研究所的負責人。

「安吉，好久不見。」

「艾比，打擾了。」

被稱為「艾比」的這名少女，莉娜在一瞬間誤以為是少年。包括那頭紅色短髮以及襯衫、長褲加白袍的服裝，莉娜從一開始就覺得她的外表很中性，直到開口之前看起來確實像是少女，聲音也不像男性那麼低沉，雖然帶有磁性，但確實是女性的聲音。不過語氣與表情令艾比這名少女給人少年般的印象。

說不定「少女」這個第一印象是錯的，其實是少女外表的美少年。

不，「艾比」應該是女性會取的名字才對……

「莉娜，過來吧，我來介紹。」

莉娜思考這種事擅自陷入混亂，但是聽到長官這麼說就不能繼續恍神。即使隱藏身分行動，密札爾是莉娜長官的事實也沒變。莉娜以不會吵到別人的腳步迅速走到密札爾身旁。

「這孩子是莉娜，這次要受妳照顧了。」

「我是莉娜・希爾茲。請您多多指教。」

「然後這位是艾比格爾．史都華博士。預先說明一下，她看起來是美少年卻是女性，所以不可以喜歡上她哦？」

「請多指教，莉娜。叫我艾比吧。」

大概是習慣被別人提到外表的話題吧，聽到密札爾以惡作劇語氣說出的這段話，史都華掛著苦笑伸出右手。

莉娜克制吃驚的心情，再度說著「博士，請多指教」回握她的手。雖說已經預測到大半，不過這麼俊美的少女處於被稱為「博士」的立場，不得不令莉娜感到驚訝。

莉娜是第一次來到肖馬特，但也因為西岸的魔法研究所是家鄉，所以莉娜經常進出，也大略知道內部的隱情。軍方委託做研究的場所，基本上到處都是已經修得博士學位的人。即使在正式場合理所當然會被稱為「博士」，不過軍方的軍官在非正式場合稱呼「博士」的人，正常來說都是組長以上的身分。就算是來往相當親密的對象（從「美少年」的發言就知道兩人交情匪淺），密札爾依然使用「史都華博士」這個稱呼，可見這個人在研究所獲得很高的評價。

莉娜的推測立刻由密札爾的話語佐證。

「莉娜，艾比是這間ＣＰＢＭ研究室的室長。妳表面上要負責協助艾比的研究。」

「ＣＰＢＭ……嗎？」

「帶電粒子束魔法兵器（Charged Particle Beam Magic-Weapon）。我正在研究如何實現這個理論。」

莉娜脫口而出的這個問題由史都華回答。

「莉娜妳擅長釋放系魔法吧？我聽說過任務內容，不過要是妳也為我的研究提供助力，我會很高興的。」

「好的，如果有我能做的事，我很樂意。」

以莉娜的立場只能這麼回答。即使是更加年長而且經驗豐富的人，應該也不得不這麼說吧。

但是史都華聽到這個答案露出的快樂笑容，令莉娜莫名覺得「這麼說或許不太妙」而後悔。

◇ ◇ ◇

第二天，莉娜身兼二職的生活開始了。

白天在研究所擔任實驗對象到下午兩點多。雖然不像STARLIGHT的訓練那麼辛苦，但是分量與密度不像是任務的附屬品。史都華說她「聽說過任務內容」，但她到底是怎麼聽說的？莉娜從第一天就抱持這個疑問。

然後在傍晚，從她這種年齡的少女上街也不突兀的時間到太陽下山之前，她在波士頓市區徒步到處走，騎腳踏車到處晃。主要目的是熟悉這座城市，但也有另一項意圖是讓不知道躲在哪裡的「敵人」看見她。

法律禁止在市區擅自使用魔法。這在日本與美國都一樣。USNA各州的管制程度不同，但是同樣禁止未經許可實際行使魔法。波士頓所在的麻薩諸塞州不分公私空間，也不問第三者的有無，全面禁止未經事前許可就行使魔法。

但是在麻薩諸塞的場合，只要沒有實際發動，即使建構魔法式也不算犯罪。放射想子的無系統魔法難以區別「是不是魔法」所以實質上被默許——要是嚴格取締無系統魔法，連教會的彌撒都會成為管制對象，這一點在以前曾經造成問題。

莉娜反過來利用這項規則，一邊以微弱的無系統魔法散播想子，一邊走遍市區。她認為這麼一來就能輕易吸引「敵人」的注意。

而且在太陽下山之後（就某方面來說）才是重頭戲。

「莉娜，隔三個街區的前方發生搶案。搶匪不是魔法師，但附近有知名的魔工師商店。」

「收到。」

聽到擔任旅行車駕駛的Driver這麼說，莉娜做好出動的準備。這裡說的「Driver」是本次作戰支援成員的代號。此外還有以「Blassie」「Spoon」「Baffy」「Creek」「Long」「Middle」「Short」「Wedge」等代號稱呼的支援成員。

雖說要準備，但她已經換好衣服穿上裝備，再來只要戴上覆蓋眼部周圍的「面具」就好。

無須多說，逮捕搶匪不是STARS的工作，甚至不是軍方的工作。

不過現場附近是魔法相關店鋪與小規模工廠聚集的區域。USNA的魔法工學技術被譽為和德國並列翹楚，即使是個人產品也列為出口管制對象，所以知名魔工師改良的產品對於間諜來說也可能是充分的成果。

要是莉娜在這時候毫無意義地大顯身手，躲藏在黑暗裡的特務之間或許會聊到她這個人。

莉娜直到昨晚都在追查魔法師的犯罪，卻遲遲沒能遭遇案發現場（考慮到魔法師的稀少程度也不奇怪），所以從今晚開始變更方針。

莉娜戴上隱藏真面目的面具（但是完全沒藏起那頭豪華的金髮）飛奔到夜空下。

在路燈的照明下，古色古香的街景從剪影中浮現。

波士頓之所以受到魔法研究者的喜愛，推測可能是乍看古老的街景符合魔法給人的超自然印象。來到波士頓之前，莉娜覺得這種說法過於單純而不予採信，但是實際看過這座城市之後，莉娜毫無來由地認為可以接受。比起陽光耀眼的洛杉磯或是極度乾燥的鳳凰城，這座城市確實更適合魔法存在。莉娜抵達波士頓的瞬間就如此心想。

這份印象在入夜之後更為強烈。石砌或是磚造外觀的建築物暗處，散發著妖魔鬼怪可能忽然探頭的氣氛。在這個時間的這座城市，即使魔女或魔法使隨心所欲走在路上似乎也不奇怪。扮裝成童話或日本動畫角色的少女魔法使——魔法少女又飛又跳也是稀鬆平常。

只不過雖說現在是晚上，日落至今也沒有很久，街道上還有不少行人。正因如此才會發生搶劫之類的犯罪，不過這對於莉娜來說一點都不重要。

（好害羞……）

（因為是長官的命令所以不能違抗，但是這身打扮還是羞死人了……）

現在這個想法占據莉娜的心。

像是小女孩會穿，以滿滿荷葉邊裝飾的迷你裙。而且雖說有穿安全褲，裙襬卻是膝上十公分的高度。

腿上也是小女生會穿的橫條紋過膝襪。低跟包鞋是附上裝飾帶的可愛設計。

貼身的平口針織上衣短到露出肚臍。

雙手戴著附有蝴蝶結的手套。

頭上也綁著大大的蝴蝶結。

這就是莉娜現在的服裝。

雖說戴著面具，卻猛烈地覺得難為情。

面具也只有遮住眼睛周圍，鼻子與嘴巴都完全外露。這樣真的能隱瞞身分嗎？莉娜發自內心感到不安。要是被認識的人知道她現在是這身打扮，莉娜認為自己會有好一陣子不敢外出。

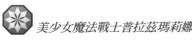

（長官的命令，這是長官的命令。只要穿到任務結束就好！）

總之想要盡快前往不會引人注意的場所。為此必須盡快結束任務。

莉娜甚至沒想到「放棄工作逃走」這個選項，鼓足幹勁趕往案發現場。

雖說是犯罪現場，但終究是搶劫。好歹是強盜罪，卻不到重大犯罪的程度。

USA成為USNA之後，依然承認持有槍枝是國民的權利，然而只要沒被暗算，普通槍枝對於受過戰鬥訓練的高階魔法師來說不是威脅。除非是提高威力用來對付魔法師的子彈，否則無法貫穿一流魔法師的防禦。

以普通手槍武裝的盜匪不是莉娜的敵人。

「給我站住！」

莉娜降落在踩著馬達板（加裝動力的滑板）逃走的搶匪面前如此大喊，同時在搶匪腰部以上的高度展開反物資護壁。

沒以魔法防禦的肉身凡人不可能突破莉娜的魔法護壁。

搶匪四腳朝天向後摔倒。

翻覆的馬達板輪子發出小小的軋轢聲空轉。

走在夜路的人們以錯愕眼神看著像是喜劇電影的這幅光景。

一個傻眼的聲音從頭髮遮掩的耳掛式通訊機傳入莉娜耳中。

『莉娜……把護壁設置在眼前，對方根本來不及停下來吧……』

「少……呃，安吉？不，剛才是……那個……」

差點說出「少尉」，莉娜中途連忙改口稱呼「安吉」。

她這句話是為了解釋，不過以周圍有行人的狀況來說，她的聲音稍微過大。向通訊機說的話語也傳到行人耳中。

「安吉是？」「不就是那孩子的名字嗎？你想想，漫畫英雄在這種場面都會自報姓名吧？」

「原來那孩子叫做安吉啊。」

「不……不是的！」

莉娜反射性地朝著看熱鬧的人們回嘴。其實接下來還有「我不是漫畫英雄！」這句話，但她因為過於害羞又慌張而沒能繼續說。

「咦，不是安吉嗎？」「不然安吉是誰？」

莉娜暗忖不妙。密札爾預定以「安吉」這個名字暗中行動。雖然是常見的暱稱，但「安吉」這個名字深深刻在人們的記憶不是好事。

「我……我是莉娜！魔法戰士莉娜！」

莉娜自暴自棄地大喊。

她已經害羞到快要昏厥了。但莉娜沒有臨機應變的機智。她被自己想要否定的「漫畫英雄」這個形象影響，只想到自己可以採取類似的行動。

「她說是魔法戰士耶。」「這是什麼娛樂節目嗎？」

一無所知的人們，不可能理解她現在也快要害羞到破裂的小小心靈。

沒有惡意的話語與視線之箭接連插在莉娜身上。如果能將她的心情化為影像，應該會描繪一名身穿刺蝟布偶裝而且淚眼汪汪的少女吧。

『莉娜……妳在說什麼？』

密札爾毫無笑意，純粹在擔心的這個聲音，進一步掏挖莉娜的心。

「這個瘋丫頭！」

此時被投以這個異質的罵聲。

激發人們恐懼，充滿敵意的這句叫喊，對於這時候的莉娜來說反而是救星。

「開什麼玩笑！」

莉娜的視線掃向聲音的源頭。

停在不遠處路肩的旅行車旁邊，一名中年男性架著槍。

恐怕是搶匪的同夥。馬達板的續航距離很短。還在路面呻吟的搶匪大概原本預定搭這輛旅行車逃亡吧。朝著莉娜架槍的那名男性是搶匪的同夥嗎？

對於莉娜來說，對方是從羞恥心的無底沼澤救出她的恩人。雖然這麼說，她也沒有乖乖被對方開槍的道義與打算。

考慮到男性槍法超爛使得子彈射向其他方向的可能性，莉娜不是選擇防禦而是先發制人。

在她最擅長的釋放系魔法之中，「電光」可說是基礎魔法。將物質裡的電子強制排出的這種事象改變，依照使用方式也可能成為物質崩壞的魔法，不過莉娜這時候使用的「電光」只有噴出小小火花的強度。

——莉娜本人認為是這種強度。

但是實際上，閃光竄上男性的右手。

「嗚嘎啊啊啊！」

男性發出野獸般的咆哮倒地打滾。但是莉娜沒有餘力旁觀，她連忙以反物資護盾包覆手槍。幸好沒發生爆炸。子彈的雷管不是通電式，所以這始終是以防萬一的反射動作，不過事件平安落幕，莉娜鬆了口氣。

但是在內心產生餘裕，看向剛才以魔法命中的男性時……莉娜實際感覺臉上逐漸失去血色。

男性在路面頻頻痙攣。手腳不時像是抽筋的感覺擅自抖動，大概是電漿放電影響到運動神經失常吧。

怎麼辦？這份狼狽與後悔差點造成莉娜恐慌。雖然（自認）下定決心隨時奉命扣下扳機，但是如果自己無心的過度攻擊致人於死，她還沒有做好心理準備。

剛才的攻擊不是莉娜刻意所為，不是她刻意設定的威力。莉娜原本想以電擊槍程度的電流造成休克，剝奪對方的行動能力。

之所以成為過度攻擊，是因為她想盡快結束的焦急心態導致魔法失控。她不希望這身打扮暴露在大庭廣眾之下，魔法力使用過度而造成這個結果。

『莉娜，後續的處理交棒給Blassie組，妳和Driver會合之後回來吧。』

「收……收到。」

密札爾經由通訊機傳來這個命令，現狀無法正常思考的莉娜身體開始行動。

莉娜依照命令，就這麼聽話離開現場。

圍觀群眾們的手機鏡頭，慢半拍追著她跳上夜空的背影。

◇ ◇ ◇

隔天，莉娜在早餐的餐桌抱著頭。

「莉娜，妳不吃嗎？」

即使密札爾這麼問，莉娜也不敢抬頭。她知道面對長官不該採取這種態度，但她依然就這麼趴在桌上。

「好了好了，安吉，讓她自己靜一靜吧。妳也能理解莉娜不想抬頭的心情吧？」

不知為何同桌用餐的史都華開口打圓場，密札爾露出像是「真拿妳沒辦法」的苦笑。

「好，電視關掉了。莉娜，這樣就沒問題了吧？」

「電視關掉了」這句話引得莉娜抬頭。她剛才抱頭趴在桌上，是因為昨晚的事件成為新聞在電視上播放。

莉娜戰戰兢兢看向電視，確定螢幕全黑之後鬆了口氣。但是氣色依然很差。該怎麼說，毫無生氣。平常像是封入晴朗藍天，藍寶石般閃亮的雙眼，現在像是死魚眼一樣陰沉。

「莉娜，打起精神吧。因為妳順利完成聲東擊西的職責了。」

「沒錯。雖然聽說多少發生一些風波，不過從這一點來說是最好的結果吧？」

史都華接在密札爾後面安慰莉娜。

然而對這段話起反應的是密札爾。

「等一下，艾比。妳為什麼連那場風波都知道？」

密札爾的視線相當銳利。昨晚的風波——差點殺害共犯男性的那件事，電視與報紙肯定都沒報導才對。

但是史都華的臉部肌肉完全不為所動。

「如果是關於魔法的新聞，只看電視與報紙的話無法滿足。這就是我們的立場喔，安吉。」

——換句話說，史都華似乎利用自己的情報網，比電視新聞更詳細得知當時的事情。

莉娜絕望地仰望天空。

不對，這裡是室內所以只看得見天花板。啊啊，神不知去向。

「這樣啊……總之這裡算是妳的地盤，或許也有這種事吧。我就暫且接受了。」

「說什麼『暫且』真沒禮貌。我可沒說謊喔。」

莉娜滿腦子在想自己的事，沒察覺密札爾與史都華在微妙氣氛中互探心思。不過以她的年齡來說，即使在心無罣礙的狀態或許也不會察覺吧。

「話說回來，效果出乎預料地好吧？」

再度回到將莉娜心情推落谷底的話題。這麼一來她肯定無暇注意別人的事。

說不定史都華想把自己與密札爾之間形成的緊張當成沒發生過，才會刻意捉弄（不是惡整）莉娜。

「雖然不知道隸屬於哪個組織，但妳們在找的敵方特務應該會開始疑神疑鬼吧。比方說想知道那名『魔法少女』到底是怎麼回事。」

莉娜拚命忍著避免再度趴到桌上。長官已經關掉電視讓步，軍階較低的她不被允許白費這份貼心。

「『魔法少女』啊……是日本動畫的其中一類嗎？」

「是依然有許多支持者的人氣類型喔。說這種話的我也常看。」

「御宅族妳好。」

「不不不，那東西對於魔法研究者來說相當耐人尋味喔。而且雖然統稱為魔法少女，其實從夢幻童話到賽博龐克，風格真的是多采多姿。莉娜的概念是……」

史都華露出思索表情看向莉娜。

這裡說的「概念」是什麼？莉娜如此心想卻什麼都沒說。看來叫做艾比格爾・史都華的這名女性對於USNA軍來說是重要的研究者，莉娜在這幾天的觀察隱約明白這一點，卻也理解到無論自己說些什麼都無法阻止她「好不到哪裡去」的思考。

「美少女魔法戰士吧。」

「『魔法戰士』不行嗎？」

對於密札爾的吐槽，莉娜在內心大幅點頭贊同。

不，她自認只在心中起反應，實際卻表現在動作上。

但是這種無言的抗議對於史都華來說也沒有意義。

「這樣只能表現莉娜的一小部分吧？果然需要加上『美少女』喔。這是既定原則。」

「既定原則啊……」

密札爾輕聲這麼說，一旁的莉娜心想，御宅族科學家不聽別人說話也是「既定原則」吧……

莉娜的心聲當然沒傳達給史都華。即使她有聽到也不一定會在意。

「那個，可是我有戴面具遮住臉……」

這是莉娜盡力做得到的抵抗。

「那種程度的小面具藏不住妳的美貌喔。」

說得也是……莉娜在內心洩氣。先不提美貌云云，只遮住眼睛周圍的那種面具不可能隱藏長相，莉娜自己也這麼認為。

「蒙面美少女魔法戰士，普拉茲瑪莉娜(Plasma)。嗯，這名字很適合女主角。」

至少別叫做「普拉茲瑪莉娜」好嗎？莉娜暗自懇求。

然而世間（？）是無情的。

「普拉茲瑪莉娜這個代號不錯耶，令人印象深刻。」

密札爾也這麼說。

莉娜被死心的念頭支配。

◇　◇　◇

莉娜的「美少女魔法戰士」造型比軍方原本計畫的還要廣為人知，所以決定今後避免在白天的時候行動。即使真面目會被認出來，莉娜也有魔法能在不被別人察覺的狀況下行動，但是她心情上（至少在今天）不想外出。

然而莉娜不是來波士頓度假的。即使晚上按照預定參與聲東擊西的任務，白天也必須協助研究所的實驗。不，其實也可以好好休息為晚上做準備，但她還不敢這麼厚臉皮。

少女會有的這種正經心態被史都華有機可乘。不能說這是老奸巨猾，艾比格爾・史都華也才十七歲。莉娜只不過是太年輕了，她這名少女大多在周圍都是年長者的環境下工作。

以史都華的狀況來說不是狡猾，天才型的人常有無視於他人是否方便的一面。

史都華沒有惡意。而且事實上，這對於莉娜來說也不是壞事。

協助艾比格爾・史都華博士開發新魔法並非壞事。

「莉娜，妳知道『熾炎神域』這個魔法吧？」

這天，來到史都華研究室的莉娜，劈頭就被投以這個問題。

「知道，博士。給我十秒就能發動。」

不只是知道，在STARLIGHT之中，莉娜之所以被列入STARS候補成員的第一名，就是因為能使用「熾炎神域」這個高階魔法。雖然持續時間短，但功率與範圍都被評價為可以用在實戰。

「這還真厲害。」

看來史都華也不知道這麼多，對莉娜說出不是客套話的讚賞。

「您過獎了。」

史都華的稱讚令莉娜難掩驕傲。考慮到她的年齡，這種態度應該是當然的。反倒是她把史都華「可是很拘謹耶，我比較喜歡可愛一點的態度」這段低語當成耳邊風的自制心，應該可以獲得「成熟得和年齡不符」的高度評價。

「既然妳能使用那個魔法，就可以省略各方面說明的時間了。我現在著手進行的新魔法，是要將『熾炎神域』改造成開放型的軍事魔法。」

「開放型嗎？」

這個詞聽起來很陌生。不，以話語來說很常見，卻沒聽過有人在這種敘述裡使用。莉娜不禁復誦反問。

「以『熾炎神域』為首的領域魔法，魔法效果只限於固定的空間內部，也可以形容為將魔法效果封閉在限定空間。」

史都華回答時的聲音雖然有所克制卻相當於快。看來她是喜歡「教人」的類型。

「『開放型』是在魔法產生新的事象時擴散出去，不封閉在限定領域的一種類型。經由魔法改變的事象分成兩種，一種會在魔法失去作用之後消失，一種會成為和魔法獨立的物理現象殘留下來。如果是後者，比方說高能量電漿，要是使用魔法力刻意封鎖在狹小範圍會很浪費吧？」

「這……說得也是。」

「話是這麼說，不過如果只是任憑擴散，威力立刻會衰減。這麼一來無法當成兵器使用。」

「那個，博士……」

這時候的莉娜不得不說出內心忽然掠過的疑問。

「莉娜，什麼事？」

「博士為什麼想進行將魔法化為兵器的研究？」

站在軍人的立場，問這個問題或許不適當。要是密札爾聽到，應該免不了被斥責一頓吧。

但是密札爾不在這裡。

「怎麼沒想過利用在和平的用途……妳是這個意思吧？」

而且史都華沒有責備莉娜。

「是的，不……」

被重新問到這個問題的主旨，莉娜發覺「不妙」想要含糊帶過。

「我不認為將魔法利用為兵器是好事。」

但是史都華不以為意如此回答。

「但是現實上有這個需求。魔法正被當成兵器使用。那麼也必須思考將魔法當成遏阻力。」

「遏阻力……嗎？」

「魔法只能以魔法防禦。如果只看威力，核子武器或是化學武器應該勝過魔法。但是在軍事上具有實用性，為了戰鬥目的而開發的魔法占優勢。因為即使沒準備大規模的運輸手段，只要有魔法師就能使用魔法。」

「博士的意思是想要開發戰略級魔法嗎？」

莉娜直接這麼問，史都華回以近似苦笑的表情。

「最終來說是以此為目標。但我認為不必拘泥於戰略級魔法的定義。」

聽不出史都華的真正意圖，莉娜在內心感到納悶。

她沒把這個疑問說出來或是寫在臉上，史都華卻似乎從氣氛察覺了。

「妳知道戰略級魔法的定義吧？」

「知道。」

莉娜點頭回應史都華的問題。

她身為STARS的候補，軍事用魔法的相關知識已經悉數習得。

「是發動一次就能破壞人口五萬以上的都市或是毀滅一支艦隊的魔法。」

「一點都沒錯。」

對於莉娜的回答，史都華以教師的態度點頭。從史都華的年齡來看不可能曾經站上講壇，或許是正值想要假裝成大人的年紀吧。

「但是在局地戰，也有無法使用這種大規模攻擊手段的案例。能夠將強大威力集中在狹小範圍與有限對象的魔法，更能有效剝奪敵方的鬥志，這種案例絕對不算少。」

史都華暫時停頓，觀察莉娜的表情。

可惜莉娜掛著不明就裡的表情。

「我想想……比方說去年的北極祕密戰爭，隔著白令海峽和新蘇聯爆發的那場紛爭，就沒有『利維坦』登場的餘地。戰鬥規模過於受限，沒能掌握到機會投入那個大規模魔法。」

戰略級魔法「利維坦」基本上是用來對付艦隊的魔法，同時在沿海都市也可用來攻擊陸地，不過在這種場合，破壞程度會是大規模，換個方式來說是毫無章法。在「祕密戰爭」的狀況，紛爭當事國的USNA與新蘇聯雙方都想將戰鬥限制在小範圍，所以「利維坦」確實是無法使用的魔法。

「所以要開發效果範圍狹小，但是威力強大的戰鬥用魔法嗎？」

聽到具體的例子之後，莉娜這次看起來理解了。

「不過，只是威力強大就能成為遏阻力嗎？我認為軍方重視的問題到頭來還是被害總量。」

「名為軍隊的集團，是以損害的數字判斷威脅度。」

史都華沒否定莉娜的主張。至少表面上是如此。

「不過名為士兵的個人，是以會不會威脅到自己的性命來判斷。」

但是莉娜不得不承認自己的發言內容不正確。

被說服的是莉娜這一方。

「如果是『祕密戰爭』那樣由少數魔法師暗中交戰，能夠華麗打穿敵方魔法師護壁的魔法應該可以成為遏阻力吧。因為敵方會害怕失去寶貴的魔法師戰力而放棄繼續戰鬥。」

「這就是您說的不屬於戰略級魔法，用來當成遏阻力的攻擊用魔法嗎？」

「沒錯。跟我來。」

史都華向莉娜這麼說，走向房間深處。

放在房間深處的物體，是乍看如同步兵用火箭筒的金屬製圓筒。不過圓筒是中空的，就像是火箭彈發射之後的樣子。

「這就是現在開發中的魔法兵器『布里歐奈克』的試做器。」

史都華一邊說，一邊拿起像是火箭筒空殼的這個圓筒交給莉娜。

乖乖拿著試做器的莉娜沒有踉蹌。圓筒打造得比看起來還輕。

「這根圓筒深處塞入顆粒同樣大小的奈米銅粉。以釋放系魔法將銅粉離子化，成為帶電粒子射出。大略來說，那把布里歐奈克的試做器就是這種構造。」

史都華挑釁般朝著莉娜一笑。

「細節與其由我親口說明，由妳讀取啟動式應該會比較快。」

「知道了。為求謹慎，可以借用發射帶電粒子束也沒問題的房間嗎？」

莉娜之所以做出史都華想要的答覆，與其說是單純更像是意氣用事吧。

「沒問題。跟我來。」

史都華當然二話不說就點頭答應。

莉娜被帶進一間圍繞著高強度抗爆耐熱牆壁的實驗室。

出入口只有一個。對側的牆壁前方設置靶子。莉娜在鳳凰城的訓練設施也使用過相同構造的房間。

『莉娜，聽得到嗎？』

史都華在隔壁房間。是能以透明大窗看見彼此狀況的設計。

「博士，聽得到。」

不過聲音完全隔絕，必須以戴在耳朵的無線麥克風以及骨傳導耳機才能溝通。

『在這個房間，即使將試做器的性能發揮到百分之百也毫無問題承受得住。立刻讀取啟動式看看吧。』

我不會引發爆炸。莉娜原本想這麼說，但是將這句話收進心裡。

「收到。」

莉娜如此回答，為求謹慎將砲口朝向目標，架好試做器。

和隔壁房間視野相通的窗戶前面放下捲門。不，這應該稱為「隔離牆」吧。

這個措施看起來像是不相信莉娜的技術，她的表情頓時變得險惡。

但是內心的不滿只表明到這裡。莉娜不發一語，重新朝著靶子架好試做器。

握柄沒有扳機之類的構造。剛才已經說明只要注入想子就會自動輸出起動式。

莉娜依照說明，從握住握柄的手掌注入想子。

經過短暫的延遲，命名為「布里歐奈克」的試做器輸出啟動式。

（這是什麼……好，好「重」……）

啟動式的分量當然不用說，內容也極為複雜。

雖然這麼說，莉娜並不是以表層意識理解啟動式記述的內容。不只是莉娜，魔法師「一般來說」都適用這個原則，在等同於剎那的極短時間讀取的啟動式並非以表層意識理解，而是在潛意識處理。

魔法師與其說是主動讀取，不如說是被動讀取啟動式，傳送到潛意識領域的魔法演算領域。魔法演算領域以何種方式做了什麼事，對於魔法師自己也是黑箱作業，魔法師只是能夠利用這個結果。通常來說，魔法師讀取啟動式之後，只知道建構出來的魔法式會帶來何種效果，以及建構魔法式會對自己的魔法演算領域造成多少負荷。

而且對於莉娜來說，布里歐奈克輸出的啟動式處理起來非常「重」。

她的魔法處理能力在十二歲就已經凌駕於大部分的魔法師。STARS將她的魔法力評為「相當於一等星級」就是證據。

這樣的莉娜光是「讀取」啟動式就感受到沉重的負擔。依照她掌握的內容，事象改變的空間與時間廣度不是太大的規模。負荷的沉重程度來自事象改變的深度。為了扭曲更為基本，屬於世界基礎的物理法則，試著重複發動並建構好幾層具有相乘效果的魔法。就是這樣的魔法式。

總之，布里歐奈克這個工具的用途，以及史都華想用這個武裝一體型ＣＡＤ做些什麼，如今大致都能理解了。莉娜如此判斷之後，準備將建構途中的魔法式作廢。

『莉娜，就這麼發射吧！』

不過，真的就在像是讀取到她這個想法的時間點，史都華的指示透過通訊機傳入莉娜耳中。

像是萬不得已，不顧一切，近似懇求的聲音。

莉娜反射性地停止「魔法發動程序的中止」。

基於啟動式建構魔法式的程序完成。這個啟動式記述了魔法的對象座標與範圍、改變事象的強度、持續時間甚至是執行的時間點。

換句話說，只要魔法式建構到最後，魔法就會自動發動。

莉娜的身體產生薄薄覆蓋身體的魔法力場。使用以「熾炎神域」為代表的高威力釋放系魔法時，會以這層護盾保護術士，該護盾具有過濾性質，能隔絕超過一定程度的電磁波。

產生這層護盾之後，試做器前端出現激烈的閃光。

從圓筒形砲口射出的瞬間，重金屬電漿塊爆發性地擴散。

真的是電漿爆炸。

試做器的砲管無法承受這股能量而裂開飛散。

破壞試做器的電漿也襲向莉娜。

隔著護盾被電漿沖刷的莉娜，隨即扔掉試做器趴在地面。她已經被電漿爆風沖刷，所以這麼做應該無濟於事，不過這是無暇判斷這種事的反射動作。

耳掛式耳機發出刺耳雜音，莉娜維持趴下的姿勢板起臉。隔絕過剩電磁波的護盾依然發揮效果，但是用在短距離通訊的電波可以穿透，連電漿放電的雜訊也會穿透。

『……娜，聽不到嗎，莉娜？』

「……聽得到，博士。」

放電終於停止，通訊也回復了。

為求謹慎，莉娜就這麼維持護盾站起來。

封鎖窗戶的捲門也上升，看得見隔壁房間。遠遠也輕易看得出史都華鬆了口氣。

『莉娜，解除護盾也沒關係了。』

「收到。」

莉娜解除反電磁波的防禦魔法（正確來說是中止更新），和史都華四目相對。

「不好意思，博士。我把試做器弄壞了。」

『要道歉的是我！但也多虧這樣而收集到寶貴的資料。妳今天可以離開了。』

「啊？……好的。」

雖然史都華說可以離開了，但是實驗才剛開始，時間也還算是早上時段。

不過既然試做器毀損，今天確實也沒莉娜上場的機會吧。看起來沒有備用的試做器。

「那麼，我告辭了。」

莉娜如此回應，就這麼戴著通訊器離開實驗室。

◇ ◇ ◇

莉娜窩在研究所分配給她的房間直到日落。雖然這麼說卻也不是懶散度過，而是以終端裝置收看軍方規定的義務課程。就算是特例從軍也不能無視於義務教育。免除上學義務的代價，就是軍方要負責進行直到高中課程的同等級教育。

到了傍晚，面對不擅長的代數感到頭痛的莉娜，聽到作戰開始的通知之後露出鬆一口氣的表情起身。

——只不過她臉上很快就蒙上陰影了。

想要換裝而打開衣櫃看見作戰用的服裝，莉娜隨即露出比起面對代數課題更憂鬱的表情。

像是小女孩會穿，以滿滿荷葉邊裝飾的膝上十公分迷你裙。

腿上也是小女生會穿的橫條紋過膝襪。低跟包鞋是附上裝飾帶的可愛設計。

短到露出肚臍的貼身平口針織上衣。

附蝴蝶結的手套。

綁在頭上的大蝴蝶結。

只遮得住眼睛周圍，鼻子與嘴巴都完全外露的面具。

明明即將加入青少年的行列……莉娜被一股情何以堪的感覺襲擊。

——不過這是任務。是正式的作戰。

莉娜如此激勵自己，伸手拿起魔法少女的服裝。

（這是魔法戰士的扮裝。這是魔法戰士的扮裝。不是魔法少女，是魔法戰士。）

……她拚命對自己這麼說。而且就算是沒發出聲音的獨白，她也堅持拒絕在「魔法戰士」前面加上「美少女」三個字。

即使出動的時間晚了一小時，在夜晚街道來回的行人也比昨天還多。而且和昨晚不同，拿著攝影機的男性身影很顯眼。

（饒了我吧……）

看見這幅光景，莉娜在內心發牢騷。考慮到她的年齡，光是沒說出口就很了不起吧。不過如果沒說出口就無法讓別人知道。

「莉娜，今晚收到指示要到南區出動。」

代替昨晚的Driver駕駛旅行車的Baffy，以完全沒斟酌莉娜心情的語氣向她這麼說。既然密札爾已經下達指示，莉娜就無法推翻，她在形式上隨著受命的話語點頭回應。

旅行車起步。從西區到南區，載著莉娜的車慢慢行駛在夜晚的波士頓。不提時間，也沒有確定的目的地。她的任務是迅速前往犯罪現場使用魔法給大家看。只要沒發生引人注目的犯罪就只能在街上亂繞。

希望別發生任何事。

即使發生犯罪，也希望可以立刻解決。

莉娜基於稱不上純粹的動機，在內心說出這個善良的願望。

但是說來遺憾，她的不純願望沒能實現。

「發生強盜案件。場所在現在地點北方約三百公尺。是珠寶店。」

「警察呢？」

「已經包圍現場，但是無路可逃的搶匪挾持店員當人質，所以正在伺機攻堅。搶匪以自動步槍武裝。」

如果沒有同車的人在看，莉娜好想仰天嘆出長長的一口氣。

這是重大犯罪吧？但她聽說波士頓在ＵＳＮＡ是魔法研究的中心地所以治安良好。

「是突擊步槍嗎？」

「不，沒那麼好。」

「只要不是高威力步槍，無論是步槍還是卡賓槍都一樣。我要從這裡出動，請開啟天窗。」

「要停車嗎？」

「不，反倒請開快一點。這樣應該比較不會被發現我從哪裡現身。」

「收到。」

在Baffy的操作之下，莉娜座位上方的天窗開啟。

莉娜戴上面具跳到車外。

莉娜身披光學迷彩降落在案發現場對面的屋頂。她的光學迷彩魔法沒達到完全透明化，但是隱蔽效果足以讓她躲在晚上只有微弱光線的場所不被發現。

（總之，看來只要不走到明亮的場所就可以偽裝。）

沒被任何人發現而暫且放心的莉娜，想到自己能使用的另一個偽裝魔法，不由得差點發出「唉呀！」的聲音。

（如果能在作戰時間內一直維持「扮裝行列」，就沒必要打扮成這副模樣吧……！）

雖然克制沒發出聲音，卻無法阻止在內心後悔呻吟。「扮裝行列」是日本人外公傳給母親再由莉娜繼承的系統外魔法，改寫自身和外表相關的情報體之後偽裝成別人的魔法。

以魔法變身是不可能的事。這是現代魔法學的定論。傳說有魔法能將人類變成青蛙或是將自己變成龍，但是現代已知這些古老術式是操縱光線讓人看見幻影，或是干涉精神讓人看見幻覺。若要實現變身，不只要變更組成肉體的分子配置，還必須變換物質甚至變換質量。這種事超越魔法做得到的極限。

莉娜母親從外公那裡習得的「扮裝行列」不是改變自己「外形」的魔法。能夠改變的始終只有「外表」。

操作可視光製作幻影，操作紅外線製作幻溫，使用加重系魔法製作幻體。再套上精神干涉系魔法製作的幻覺，以無系統魔法欺騙讀取情報體的魔法師之眼。

各種魔法逐步組合疊加，不讓人察覺有在使用魔法，偽裝魔法的極致之一。這就是「九島」的「扮裝行列」。

可惜的是以現在莉娜的能耐，「扮裝行列」無法維持五分鐘以上。扮裝五分鐘後就會解除。這樣無法在任務使用。

（這次的任務結束之後就認真練習「扮裝行列」吧。）

至今莉娜以「在戰鬥派不上用場」為理由，不太熱心練習這個魔法。但是即使無法成為戰力也派得上用場。至少可以保護她自己（的自尊心）。

莉娜下定和眼前狀況無關的這個決心，伺機準備衝入警車包圍的店內。

◇　◇　◇

隔天莉娜也自制不在白天行動。密札爾獨自出門收集情報，所以她在研究所待命。

密札爾不在，沒有討論任務的對象。

沒有任何人提到昨晚的「活躍」，對於莉娜來說謝天謝地。

也因為昨天的對手是特地準備自動步槍的重刑犯，所以現場沒有閒雜人等攝影。

相對的，記者帶了攝影師過來。

莉娜從對面樓頂直接衝進店內的身影，被攝影機清楚捕捉。

進攻之前臨時想到而發動「扮裝行列」稍微改變鼻形、下巴線條以及身體曲線，所以基本上不會從照片洩漏身分，不過看到報導標題是「美少女魔法戰士普拉茲瑪莉娜打倒搶匪」免不了令她消沉。

每間報社都像是預先說好般寫上「美少女魔法戰士普拉茲瑪莉娜」。害羞到想要逃往某個遙遠的地方，這是莉娜發自真心的想法。

不過以現實來說，她不可能放棄任務逃走。不是能力上辦不到，是個性問題。善良又正經的她不可能拋下責任。

她為了忘記不必要的事情而打開教科書（不用說，當然不是紙本），可惜完全看不下去。她就這麼度過諸事不順的時間，直到午餐之後才有人找她。

「博士。」

「嗨，莉娜，歡迎妳來。」

明明待在同一間研究所卻說「歡迎妳來」，感覺這句話不太自然，但是莉娜沒有刻意說出這個感想破壞氣氛。

另一個原因也在於她在意實驗室的模樣。莉娜被帶到和昨天不同的房間。牆壁同樣是抗爆耐熱規格，但是沒在房間深處擺放靶子，而是一張單腳桌固定在房間中央，上面擺著一個小砝碼。

莉娜是在隔壁房間隔著窗戶觀看的狀態。這樣不就無法試用昨天名為「布里歐奈克」的試做器嗎？她感到疑惑。

「其實布里歐奈克還沒改良完成。」

大概是從莉娜的表情看出疑問，史都華在被問之前就主動開始說明。

「我昨天說過布里歐奈克是以『熾炎神域』為基礎製作的東西，其實正確來說應該是我預定以『熾炎神域』為基礎創造新魔法，並且以這個魔法為基礎試做了布里歐奈克。」

預定創造？那麼「用為基礎的新魔法」沒有完成嗎？

莉娜如此發問之前，史都華先給了答案。

「這個魔法完成之後確定會命名為『金屬爆散』，但可惜沒有魔法師能實際發動。所以我限制威力並且降低難度，製作了昨天請妳試用的布里歐奈克。」

「……意思是魔法式已經完成，但是需要的魔法力太高，沒有任何人能使用嗎？」

「我確信已經完成。」

對於史都華充滿自信的態度，莉娜不是傻眼而是率直佩服。以常識來說，新魔法是否完成必須實際發動看看才知道。因為模擬的時候無法完全重現魔法演算領域的功能。

理論上必定會發動的魔法式，可以編寫啟動式來建構。但是必須附上「經驗上依照至今的研究可以確認」這句但書。若能斷言「是因為魔法師能力不足才沒發動」可說是具有相當的自信。

如果莉娜年齡再大一點，肯定會覺得這份自信引人反感。但她還是率直地認可科學家權威的年紀。

所以才會輕易被花言巧語所騙吧。

「莉娜，妳肯定能實行『金屬爆散』。」

「我嗎？」

「昨天以超過試做器極限的功率發動帶電粒子砲的妳，肯定可以充分發揮原型魔法『金屬爆散』的威力。不，妳肯定能完美使用！」

「……我會盡微薄之力。」

被抓住雙肩以透露的瘋狂氣息的眼神注視，莉娜僵著表情點頭回應。

史都華給的ＣＡＤ是特化型，槍身比步槍短的突擊卡賓槍形態。莉娜平常使用泛用型，但也能熟練使用特化型。昨天的布里歐奈克也是名為「武裝一體型ＣＡＤ」的一種特化型。

莉娜將槍口瞄準隔壁房間桌上的不鏽鋼砝碼。窗戶拉下捲門，無法以肉眼確認隔壁房間，但ＣＡＤ的瞄準輔助功能記得砝碼的位置。

「開始吧。」

史都華從背後的桌子下令。

「收到。」

莉娜回答之後扣下ＣＡＤ的扳機。

啟動式注入莉娜的魔法演算領域。

雖然啟動式大到可以說是特例，魔法式建構處理的負荷本身卻是昨天的布里歐奈克更大。這是莉娜的實際感受。

只不過，啟動式要求的干涉力很大。要求的干涉力大到非同小可。確實這麼一來，即使能建構魔法式射向目標，也可能無法完成魔法式定義的事象改變。

這樣的想法橫越意識時，「底下」的潛意識領域確實建構著魔法式。

特化型CAD具有瞄準輔助功能。魔法射向的座標會由CAD加寫在啟動式。魔法的規模、強度與持續時間，在這次也由啟動式指定。術士只要維持魔法發動的程序就好。

魔法式射向目標，要求的事象干涉力由莉娜半下意識、半自動地注入。

放在隔壁房間桌上的砝碼「崩解」了。

失去原形變化為噴出火花的雲，變成電漿塊。

空中放電的光形成一個環，水平圍繞著「曾經是砝碼的物體」。

施放魔法的莉娜知道，這是從不鏽鋼砝碼強制分離出來的電子打造的東西。

留在桌上的是鐵、鉻、鎳的原子核氣體。構成沃斯田鐵不鏽鋼的重金屬，核外電子被悉數抽離之後，成為只剩下原子核的陽離子，組成電漿。

之所以沒因為電流排斥力而擴散，是因為受到莉娜魔法的束縛。但是並非集中在一個區域，下一瞬間，重金屬的原子核電漿被上下加壓成為扁平的圓盤狀。

水平方向的束縛解除。

具有正電荷的電漿，高速飛向形成圓環的電子雲。

水平全方位飛散的電漿反覆電解又還原，形成高溫的衝擊波。

組成實驗室牆壁、地板與天花板的抗爆隔板，被小小砝碼產生的衝擊波撼動。莉娜不由得在自己與史都華周圍架設反物理護盾。

壁面的震動很快就停止了。大概是已經確認安全，史都華把遮擋窗戶的捲門向上收。

隔壁的實驗室變得淒慘無比。

固定在地板的桌子支柱折彎，以耐熱鋼打造的桌面稍微融化。

直接受到衝擊的側邊牆壁，被燒焦薄薄的一層表面。

「這威力……真是強大。太美妙了！莉娜，了不起！」

停頓片刻之後，史都華跳了起來。

大概是無法克制情緒亢奮，她牽起莉娜的雙手用力上下搖晃。

「那個，博士……？」

「這種威力可沒有『金屬爆散』那麼小家子氣。這個名稱無法表現這個魔法的真正價值。對了，『重金屬爆散』。這個魔法命名為『重金屬爆散』吧！」

無視於困惑的莉娜，史都華露出興奮模樣大喊。

◇　◇　◇

密札爾回來的時候，從「金屬爆散」改名為「重金屬爆散」的實驗成功算起來已經經過三個小時。但是史都華的興奮幾乎沒有平息。

「莉娜，艾比發生了什麼事？」

密札爾詢問莉娜的語氣感覺不是在開玩笑，是相當認真地擔心。

「不，該說發生了什麼事……」

「什麼事都沒有喔，安吉。」

欲言又止的莉娜話語被史都華的愉快聲音蓋過。不，這是在幫莉娜打圓場。至少史都華肯定是這個意思。

「不提這個，妳回來得比想像的快。得不到成果所以中止計畫了嗎？」

史都華的說法相當失禮，不過考慮到現在的她不是正常狀態，密札爾沒有抱怨。

「相反喔。」

密札爾沒有拌嘴，而是選擇說明任務。

「比想像的更快上鉤了。我們追捕的特務企圖在今晚搭乘從南波士頓出港的小型客船逃亡。看來他們和新蘇聯串通了。」

「是喔……」

史都華回復為嚴肅表情。看來她覺得現在終究不是開心的場合。

「真的很快。普拉茲瑪莉娜明明才出動兩次。」

莉娜臉紅露出苦澀表情。不過說來可惜，史都華與密札爾都不予理會。

「『蒙面美少女魔法戰士』這種莫名其妙的人物登場，看來比預料的更刺激他們的戒心。」

聽到密札爾這段話，莉娜掛著受到打擊的表情輕聲說：「莫名其妙……」

「假設我站在他們的立場也會提防喔。」

莉娜的呢喃被密札爾無視。

「打扮得那麼顯眼又使用魔法恣意妄為，別人只會覺得是示威，覺得這邊居然毫不猶豫就行使魔法。或許對方深入推測那套扮裝是因為這邊要掩飾違法搜查的行為吧。」

「哎呀，不是嗎？」

「我不會百分百否定。」

莉娜露出「咦？」的表情。她沒聽說那套扮裝有這種意圖。但是莉娜發問之前，密札爾與史都華的對話就先繼續進行了。

「所以要怎麼做？今晚離開的特務不是所有人吧？貿然出手的話，我覺得結果可能無法斬草除根。」

「確實有這個可能性，但也不能默默放任他們逃走吧。」

「那麼要出擊嗎？」

「等他們到了海面再下手。」

「要上船逮捕嗎？」

「人員已經安排妥當。具體做法保密。」

「作戰上的機密嗎？」

密札爾以「那當然吧」的表情看向史都華回應。

「安吉。更正，少尉閣下。」

觀察機會要介入兩人對話的莉娜，趁著以視線溝通而停止說話的空檔插嘴。

「請問下官也可以參加逮捕作戰嗎？」

「莉娜，我理解妳的心情，不過上船的都是習慣祕密強攻作戰的成員。不好意思，請妳死心吧。」

「——知道了。」

但是密札爾的回答令莉娜失望。

「不介意的話告訴我吧。逮捕特務之後要怎麼處置船隻？」

史都華無視於低頭的莉娜，詢問密札爾。

密札爾再度轉身面向史都華。大概也覺得比起隨便安慰，讓莉娜自己接受才是為了她好吧。

「要炸燬。」

「乘客與船員都下落不明……是嗎？」

「嗯。」

如果在波士頓港內或是麻薩諸塞灣炸燬船隻，波士頓的海運會受到不小的損害。但是軍方比起維護機密更優先這麼做。

「既然這樣，那艘船可以給我做實驗嗎？」

史都華的提案也完全沒有考慮到他人的損害。

「實驗？新魔法的？」

「多虧莉娜，『重金屬爆散』應該快完成了。再來只要實戰測驗順利成功，STARS將會獲得強力的戰術級魔法。」

密札爾稍微睜大雙眼。

「我徵詢總部的意見看看。」

大概是聽到戰術級魔法之後判斷不能忽視吧。密札爾看起來沒思考太久就這麼回答史都華。

◇　◇　◇

晚上九點。以太陽能為動力的船舶大多在上午出港。在這個時段會動的都是入港的船舶。

其中有一艘例外的小型船舶正在離開碼頭。刻意做得這麼顯眼感覺是下策，不過應該是以盡快撤離為優先吧。莉娜如此心想，等待著即將映入眼簾的小型客船。

她站在波士頓郊外，溫斯羅普南方的鹿島東岸海面的小型遊艇上。不是那套「魔法少女」的扮裝，是不起眼配色的毛衣加長褲。反光墨鏡型的護目鏡遮住鮮豔眼眸，耀眼金髮塞進鴨舌帽。

『莉娜，準備好了嗎？』

耳掛式通訊機傳來史都華的聲音。她也在同一艘遊艇上，不過正在船艙監視各種儀器。

「隨時都可以。」

莉娜重新抱好手上突擊卡賓槍形態的特化型ＣＡＤ這麼回答。是用來輸出新魔法──從「金屬爆散」改名為「重金屬爆散」啟動式的ＣＡＤ。

密札爾徵詢是否能以新魔法破壞船舶，總部的回答是「准許」。總部積極……更正，心急到密札爾不敢領教的程度。

果然是急著補充先前在「祕密戰爭」失去的戰力吧。以一等星級組成的幹部層在想什麼，二等星級的密札爾沒有立場詳細打聽，但是一等星級缺了六人的現狀應該令他們感到焦急吧，這種事可以輕易想像。

莉娜獲選進行這項任務，也是因為她只看魔法力的話被評為相當於一等星級。依照新魔法的威力，肯定想要立刻錄取莉娜成為STARS的正規成員吧。密札爾如此推測。

不論這個推測是對是錯，密札爾只需要順從總部的決定。其實密札爾不想將莉娜這樣的少女拖上血腥戰場，但是她沒帶入私情。她通知莉娜與史都華說上級已經許可，同時為兩人安排新的船隻，詳細指定攻擊地點。

然後現在，莉娜和史都華一起在海上埋伏。

特務用來逃亡的船，預定在鹿島與內港群島之間的海域——波士頓南方海峽擊沉。船在這個時間點肯定已經沒人駕駛，所以應該不是形容為「用來逃亡的船」而是「用來逃亡之後的船」。

『發現那艘船了。資料也傳送給妳。』

「拜託了。」

特務用來逃亡的船隻資料，從形狀到螺旋槳聲都詳細調查以備使用。是安排這艘遊艇的密札爾預先在船上電腦輸入的資料。

莉娜覺得真的是無微不至。這是她第一次參與正式的任務，所以無法判斷如此周全的做法在STARS是理所當然，還是密札爾特別為她精心準備。

『話說回來，安吉的工作表現還是一樣完美。不愧是前情報部的祕密王牌。』

雖然不是聽到莉娜的疑問，但史都華說出這種話。

應該不是說給莉娜聽的。八成是自言自語。

『啊……』

證據就是揚聲器立刻傳出像是在說「唉呀！」的聲音。

通訊機沉默了。看來史都華沒叫莉娜保密，也不打算繼續說明。

莉娜也沒提到史都華的「失言」。畢竟假裝沒聽見才是「大人」的應對方式，而且現在必須將注意力集中在另一件事。

莉娜試著將ＣＡＤ朝向特務的船。特化型ＣＡＤ具有瞄準輔助功能。光是「槍口」朝向目標對象，就可以得知目標對象在情報次元的大致座標。只要知道座標就可以讀取某種程度的情報，得知座標內部與周圍有哪些東西。

聽說世界上有某些魔法師具有「精靈之眼」的特異能力，可以像是閱覽般讀取情報體記錄的詳細情報。但是莉娜能做的只有隱約掌握該處存在哪些東西。即使藉由瞄準輔助系統也只能讀取到暴露在外的物體存在。

但是反過來說，莉娜使用特化型ＣＡＤ就可以掌握到遠方物體的存在。雖然不知道密閉的船內隱藏什麼物體，但是不同於望遠鏡，即使是位於障礙物後方的物體，只要ＣＡＤ正確朝向該處就可以認知。

莉娜現在透過特化型ＣＡＤ，認知到複數人影正要摸黑進入小型客船。

「少尉閣下他們似乎攻進敵船了。」

『但這邊還沒收到聯絡……妳看得出來嗎？不愧是最接近STARS正規隊員寶座的候補生。』

莉娜這次也無視於史都華這句不必要的話語。

是否最接近寶座，莉娜本人不得而知，所以無從回答。

『嗯？啊啊，現在我也收到聯絡了。看來對方沒有特別抵抗。是要在法庭控訴軍方蠻橫行事的作戰嗎？還是說要找媒體控訴？』

「這種機會不會來的。」

莉娜之所以開口回答，大概是因為拗不過死纏著搭話的史都華吧。

『說得也是。安吉——STARS不可能這麼好心。他們不是被軍方逮捕，而是因為船隻發生不明的爆炸而失蹤，無法對任何人控訴。』

大概是得到回答而滿足，史都華暫時閉嘴。

直到莉娜確定目標的小型客船沒剩下任何的乘客與船員，史都華才再度搭話。

『安吉的作戰結束了。之後是妳的工作。』

「收到。」

『目標大約……五分鐘後會到達擊沉座標。攻擊的時機由我來通知。』

「收到了。待命行動。」

莉娜搭的船也開往外海。不是因為魔法射程不夠，是避免陸地觀測到魔法的行使。

浪不算太大。莉娜在甲板上任憑遊艇緩緩搖晃，以雙手將突擊卡賓槍形態的ＣＡＤ抱在身體前方等待通知。

『——莉娜，目標抵達座標。』

剛好五分鐘後，史都華傳來通知。

「收到。」

莉娜以立射姿勢架起特化型ＣＡＤ。

「ＣＡＤ無異狀。」

不只是反光墨鏡型的頭戴式顯像裝置顯示相關資料，莉娜也從注入想子時的感觸確認ＣＡＤ沒問題。

『展開啟動式。』

「重金屬爆散，展開啟動式。」

莉娜復誦史都華的指示，按下扳機形狀的按鍵。

將數位資料轉換為想子訊號的啟動式，從ＣＡＤ被吸入莉娜的身體，送進她精神層面潛意識底下的魔法演算領域。

『重金屬爆散，發動。』

「重金屬爆散，發動。」

史都華的指示與莉娜的話語幾乎同時響起。

隔著約兩公里的距離，莉娜建構的魔法式射入小型客船的輪機部位。

下一瞬間。

閃電在海面肆虐。

隨著蓋過船隻爆炸聲的雷鳴，噴濺激烈火花的光雲逐漸擴散。

接近過來。

莉娜反射性地按下隱藏在腰帶應急用的單一目的特化型ＣＡＤ按鍵，發動反電磁波護盾魔法包覆遊艇。

或許該說幸好，群聚而來的電漿雲距離莉娜搭乘的遊艇約五百公尺時沉入海中。

魚群就像是取代電漿雲般上浮。

海面被翻肚的魚群填滿。

大概是觸電了吧。

『該怎麼說……這真是慘狀。』

對於史都華毫不修飾的感想，莉娜笑不出來。

也說不出任何話語。

這該不會算是破壞環境吧？還是妨害漁業……？

『在實戰條件下的第一次發動，破壞規模超過直徑兩公里嗎……我先前說這是戰術級魔法的推測是錯的。「重金屬爆散」是戰略級魔法。』

「…………」

史都華的聲音沒有喜悅，也沒有興奮。平淡的聲音大概是因為她嚇破膽吧。

莉娜完全陷入混亂。

（戰略級魔法？我會成為戰略級魔法師……？）

現在各國公布公認的戰略級魔法師共十二人。自己會加入這個行列嗎……

莉娜覺得自己承擔不起。

「十二使徒」更新為「十三使徒」。

這是最新最強力之國家公認戰略級魔法師誕生的瞬間。

◇　◇　◇

「戰略級魔法問世」這個意料之外的事態，使得莉娜肩負的「魔法少女作戰」任務被迫急遽中斷，就這麼不了了之。

應該還躲在波士頓的特務，交給密札爾處理。

莉娜不是回到鳳凰城，而是被叫去羅斯威爾的STARS總部，艾比格爾．史都華也半強迫被邀請前往STARS總部。

總部強烈要求史都華盡快完成戰略級魔法「重金屬爆散」，也要求加速完成「布里歐奈克」以便在局地戰也能使用「重金屬爆散」。

莉娜升任為少尉，並且確定被任命為一等星級。但是還需要一些時間決定賦予哪個代號，所以受命這段時間維持STARLIGHT的身分在總部研修。

她暫時不會外出執行任務，在基地裡是由第一隊隊長卡諾普斯照顧。外型是出類拔萃的美少女加上個性「隨和」的她，很快就在第一隊被當成吉祥物看待。

「普拉茲瑪莉娜，可以給我咖啡嗎？」

「我不是普拉茲瑪莉娜！」

「美少女魔法戰士普拉茲瑪莉娜，也給我一杯冰的。」

「起碼請叫我『莉娜』啦！」

就這樣，私底下的安潔莉娜・希爾茲成為了「莉娜」。

（美少女魔法戰士普拉茲瑪莉娜　完）

The irregular at magic high school

I F

※本篇故事是原作《魔法科高中的劣等生19 師族會議篇〈下〉》之後的故事。
尚未閱讀的各位請注意會洩漏後續劇情。

高中二年級的第三學期再兩週就結束。四月開始終於升上三年級。

我應該不會迎來風平浪靜的每一天吧。我在這方面已經死心。

但我想讓深雪度過平穩的高中生活。

——這恐怕是無法實現的夢。

不過既然無法冀望平凡，起碼讓她度過和平的時光吧。

非凡也好。至少是和血腥鬥爭無緣的和平歲月。

為了實現這個願望，我願意做任何事。但我不知道該做什麼。

無數的選項。選項前方的無數可能性。

但是能選取的未來只有一個。人生沒有存檔&讀檔。

也不是所有選項都能自由選取。我知道到頭來只能在被賦予的狀況下，持續進行心目中最佳的選擇。

即使如此，我還是會經常這麼想。

或許可以預先模擬出正確的選項組合，引導深雪邁向和平生活的未來。

分岔為無數的因果之系統樹——或許可以稱為「時間樹」吧。在時間樹上往返於現在與過去的經驗，令我懷抱這份夢想。

未來的時間樹打造出無數分岔的可能性。我夢想著可以在時間樹上旅行，邁向每一個選項的前方。

【1】

二〇九七年三月十日。我與深雪目送暫時在一高獲得席次（不是「學籍」）的一条將輝返回金澤之後，回到魔法協會關東分部的會客室。

名義上是我母親，實際上是我姨母的四葉真夜，已經坐在沙發等待。

「母親大人，讓您久等了嗎？」

這裡是魔法協會關東分部。雖然應該沒人膽敢偷聽四葉家當家與下任當家的對話，但我使用名義上的稱呼以防萬一。

「不，達也，還沒到約定的時間。」

姨母裝出一如往常只有蠱惑可言的假笑如此回答。

我有確認時鐘，知道還沒到預定的時間。但如果姨母覺得我讓她等了，這種事就失去意義。

這句回應令我暫且放心。自家人的摩擦只會浪費時間與勞力，可以避免的話是最好的。身旁的深雪也傳來鬆一口氣的感覺。

「你們兩人都坐吧。」

姨母不是以命令語氣，而是以慈祥語氣邀深雪與我坐下。像是在觀察我們心情的這個聲音，不是平常「四葉真夜」的聲音。

因為這次沒被刁難，所以我重新繃緊放鬆的心情。

深雪不知所措。和我的待遇不同，姨母至今肯定都以柔和的態度對待深雪。即使如此，她似乎還是忍不住對於四葉真夜現在的態度感到疑惑。

但是在這個場合，就這麼站著反而不周到。我先行坐下，藉以促使深雪就坐。

幸好深雪立刻明白我的意圖。

兩人一起坐在沙發前緣，看向姨母。

我們還沒開口，姨母就先說話了：

「達也抱歉，雖然你剛處理完顧傑的事情沒多久……」

背脊竄過一陣冰冷的緊張。

大漢出身的恐怖分子引發的事件，以「結束」的意義來說已經處理完畢，但還不算是解決。

比方說警方還在繼續搜查，國會也熱烈討論防止事件連續發生（不是再度發生）的方案。

恐攻事件沒以理想的形式解決，這一點我已經謝罪得到原諒。不過這種事隨時都會反悔或是翻舊帳。我不認為姨母這麼快就會翻臉，但她或許會交付難度較高的任務。

「但我想再拜託你一件工作。」

我自認並未表露戒心。姨母這次微笑告知時的態度和以往沒有兩樣。

「其實只要您吩咐一聲，在下就會前去向您報到。」

但我以更勝於以往的慎重心態回應。

「不用這麼費心沒關係的。我也正好有事要來這裡一趟。」

確實是這樣吧。如果只是要交付任務給我，打一通電話叫我過去就好。也可以派葉山先生、花菱先生或是分家的某人傳送命令書就好。

既然像這樣來到東京橫濱區域，我知道應該是有事情要辦，也猜得到是要辦什麼事。

四葉家並非不食人間煙火的仙人。在那座山間村落不可能自給自足。

不，那裡的整座村莊原本都是軍方的祕密研究設施。有必要的時候必須斷絕和外部交流保護研究成果，基於這個前提並非不能自給自足。不過即使自己消費的食衣住能夠自給，有時候還是需要金錢。

四葉也有用來賺取金錢的旗下企業、客戶以及贊助者。例如FLT就是四葉暗中支配的企業之一。知道「隱情」的客戶以及贊助者，有時候當家也需要親自拜會吧。

我不認為自己的推測是錯的，所以對於姨母這趟的來意沒興趣，等待她進入正題。

「這次想拜託的工作……與其說是你，應該說是以深雪為主。」

但是聽到姨母的這段發言，我也不知道自己為何會強烈感到意外。以言語來形容就是「某方面不太對」的感覺。

「我認為世間果然不能老是害怕我們。」

「說得也是。」

內心湧現不明的突兀感。我在覺得困惑的同時出言附和。

如同姨母所說，四葉家所處的現狀絕對不理想。

不得碰觸之物。不可侵犯之禁忌。

即使不是魔法師，只要稍微涉入魔法師的世界，應該會一度聽聞四葉的惡名吧。但是詳細知道實情的人肯定不多。形容為「幾乎沒有」或許比較妥當。

外界人們對於這一族所知道的唯一事實，就是四葉曾經實質上獨力推翻一個國家。之後只有「別對日本的四葉出手，出手的人會毀滅」這句毫無根據的警告逕自傳播。

關於四葉家的不祥傳聞之中，也有一些傳聞捕捉到事實。

例如「二〇九五年十月底的『灼熱萬聖節』是四葉魔法師引發的」這個傳聞是事實。因為當事人不是別人正是我。

「國際犯罪組織『無頭龍』的毀滅有四葉魔法師參與」這個傳聞也是事實。我也有參與。

「北美利堅大陸合眾國的最強魔法師部隊STARS敗給四葉魔法師」這個傳聞，也有一部分是事實。其實應該說「STARS總隊長安吉・希利鄔斯個人比不過四葉家下任當家及其未婚夫」，不過或許有人會覺得這種說法比較震撼。

但我在前幾天被STARS搶先收拾顧傑了。雖然沒有證實，不過那個「分子切割」應該是STARS隊長級成員使出的。說不定是STARS的第二把交椅，擁有「老人星」代號的魔法師幹的好事。基於這層意義，四葉對於STARS不算是單方面在實力上占優勢。

從這一點來看，「四葉家的力量足以對抗國家」的評價也是錯的，卻不能說毫無根據。因為如果修正為「四葉家的力量足以推翻一國政府」就沒錯。在近代戰爭相關的知名著作，提出了防禦比攻擊容易的守方有利論點。但是軍隊如果不是正面硬碰硬，而是躲在黑暗裡祕密進行破壞行動，攻方就壓倒性地有利。

某些傳聞反映了這種事實或是部分事實，反過來說，也有不少例子是把實際上完全無關的事件說成是四葉家所為。

例如正在香港發生的軍方大量逃兵事件。很多人謠傳是四葉在幕後指使，但是本家與分家肯定都沒涉入這個事件。關於驚動日本與美國的「吸血鬼事件」，「該不會是四葉家進行危險實驗的結果吧」這個傳聞也相當廣為流傳，但是四葉家在日本的事件是四處奔走解決的這一方，和美國的事件毫無關連。

總歸來說，只要發生和魔法相關的重大案件，總之先懷疑四葉參與其中。這種風潮不只在日本，也在亞洲與北美區域形成。歐洲或非洲發生的事件終究不會怪到四葉家頭上，不過這是理所當然的事，完全沒成為任何慰藉。

被世人害怕並非只是壞事。無論是畏懼、恐怖還是惡名，「要是出手會吃不完兜著走」的評價會成為逼退敵人的遏阻力。

話是這麼說，不過先不提惡名，動不動就揹黑鍋的這種狀況，即使有著遏阻敵人的優點也還是不令人樂見。為了成為文明社會的一分子活下去，和平的交易是不可或缺的，而且在真正有必要的時候，有人相挺肯定比沒人相挺來得好。

所以姨母說出「想試著扭轉我們老是被世人害怕的現狀」這個意見，我並不覺得奇怪，反倒該說是理所當然吧。但是關於姨母——四葉真夜接下來親口說出的事情，知道她懷著破滅願望的我不禁感到疑問。

何況她是在這個時候，在這個地方這麼說的。

我今天在這裡受命接下的任務，應該是更加不同的任務吧……？

但是我沒聽錯姨母的發言。現在這才是「現實」。我應該斬除雜念避免思緒變鈍。

「四葉家確實被誤解了。如果只是被提防就算了，動不動就揹黑鍋的現狀應該不太好。但是具體來說請問要做什麼？」

我將注意力集中在眼前的現實，自行推動話題。

「這件事不只限於四葉家喔。魔法師絕對不是國民的敵人。許多國民敵視魔法師的現狀，對於這個國家來說不是好事。」

但是姨母的回答令我覺得愈來愈不對勁。這位姨母不只為了一族，而是為了全體魔法師；不只為了魔法師，而是為了整個國家追求利益，這樣真的很「奇怪」。難道我知道的姨母不是「四葉真夜」的全部嗎？她現在的模樣和我知道的「四葉真夜」有某種決定性的差異。

「達也，怎麼了？」

「沒事。」

「該怎麼掩飾」的這個思考在瞬間掠過意識。但我換個心態認為這時候應該老實回答。

「在下覺得有點意外。因為難得聽母親大人不只提到魔法師的利益，還提到國家的利益。」

這段話或許會招致姨母不悅。但是依照姨母的反應，我或許會得到線索可以查明剛才感覺到的「差異」。如此心想的我刻意給予近乎真心話的答覆。

這是一種賭博。

「確實很難得。但我只是平常沒說出口，心裡總是在想這件事喔。」

然而結果令我感到掃興。

聽她說了這麼多不同於以往的「正派話語」，我不得不體認到繼續試探也無濟於事。

「這真的恕在下失禮了。」

「不必道歉喔。得知連你都覺得我只為四葉的利益著想，我反倒對自己的演技有自信了。」

演技？我不禁在內心低語。之所以沒脫口而出，只能說我運氣好。

總覺得和「平常」相比，我對自己的控制變得鬆散。思考比行動還難以隨心所欲。簡直像是有另一個自己在隔著一張薄紙的場所觀察對方的思考與言行，令我感到不耐。

這樣下去或許會落入意外的陷阱。

「所以姨母大人，請問我要做什麼？」

深雪之所以這麼問，或許是看出我狀況失常而出言相助。被應該保護的對象保護，我內心過意不去，但是老實說，我很感謝她幫忙爭取時間讓我重整態勢。

「我認為魔法師需要一個被人們喜愛的象徵。」

從姨母的回答摸不透真意，我與深雪只能等她說下去。

「雖然應該不必重新向你們說明，不過魔法師主要是在國防、維安、災害對策的領域為社會貢獻良多。但是我們至今並沒有強烈主張自己的功績，反倒是處處注意留心不讓魔法師的參與過於顯眼。」

姨母說的確實沒錯，但這絕對不是因為魔法師充滿謙讓的美德。

「我們魔法師之所以低調不邀功，不是為了避免無法使用魔法的人們被刺激戒心嗎？」

如同深雪的論點，魔法師沒主張自身對於社會的貢獻，是想避免被人畏懼與嫉妒。

人們害怕強大的力量。如果知道這是自己無法利用的力量，就會試著遠離、封鎖並且抹殺。

人們嫉妒強大的力量。即使知道這是自己無法利用的力量，也會試著搶奪、糟蹋並且毀損。

就算知道魔法對社會有益，只要這份貢獻的力量愈強，無法使用魔法的人們就愈是希望魔法消失在世間。

社會即使沒有魔法也會成立。魔法在現狀沒成為社會根基的一部分，只不過是如果有魔法會比較有利罷了。魔法師的立場很脆弱，而且因為明白這一點，所以魔法師自制避免過於高調。其中當然也有血氣方剛的傢伙想要高聲主張自己的實績，但是這種人至今都被率領魔法師的長老或領袖制止。

「是的。但是我們已經被害怕、被嫉妒了。」

「您認為反魔法師運動的動機，在於人們對魔法師的恐懼與嫉妒嗎？」

我為了釐清論點而刻意明說。

「一點都沒錯。」

「而且母親大人計劃要積極宣傳魔法師對於社會的貢獻，爭取人們的共鳴嗎？」

「是的，但不只是這樣。」

我原本想反駁說「如果只是要宣傳魔法師對於社會的貢獻，沒必要由深雪擔任發言人」，不過看來問題沒這麼單純。

「我們對社會貢獻良多，所以希望大家認同我們是社會的一分子……不只是這種消極宣傳，我認為必須更加積極宣傳，讓人們對魔法師抱持好感。」

「積極讓人們對魔法師抱持好感？請問這種事做得到嗎？」

聽到深雪的反駁，姨母露出愉快的笑容。

「我認為有勝算喔。但應該沒辦法適用於世上所有人吧。」

「……方便在下請問您的根據嗎？」

姨母的笑容過於邪惡卻感覺不到惡意，這樣的矛盾令我不得不這麼問。

——但我立刻後悔心想早知道別問。

「因為啊，深雪不是非常漂亮嗎？沒有男性討厭美女吧？」

◇◇◇

逃回家裡的我們無力癱坐在客廳沙發。是的，心情簡直是敗逃兵——雖然實際上沒有敗逃的經驗。

深雪難得放鬆背部力氣躺在椅背。沒直接受害的我也精疲力盡。被硬塞不合理難題的深雪或許疲勞到連坐正都很吃力吧。

我們默默陷入沙發的這時候，水波端咖啡過來了。我的是泡得很濃的黑咖啡，深雪的應該是加入滿滿砂糖與牛奶的咖啡歐蕾。對於我們非比尋常的模樣，水波一臉想詢問發生了什麼事。但我的氣力還沒回復到能為她說明。

坐在正對面的深雪撐起上半身拿起杯子。剛才那件事是深雪受到的精神打擊較大。既然深雪已經試著重振心情，我也不能繼續懶散下去吧。

我也效法深雪，決定以咖啡轉換心情。

「哥哥……我接下來到底會怎麼樣呢？」

但是放下杯子的深雪按著臉頰嘆氣說出這句憂愁的話語，我差點手滑沒拿好咖啡。水波驚愕睜大雙眼。她將托盤用力按在圍裙胸口，肯定是因為剛才差點摔到地上。

「應該不會做太奇怪的事吧。」

原本開頭要說的「暫時」兩個字，我在最後一刻拿掉了。

「姨母大人也說要以學業為優先，也不可能讓妳這個下任當家接近真正危險的現場。」

「可是那個……必須打扮成對媒體宣傳的模樣吧？」

「不……要是在災害現場打扮得過於招搖，別人會認為不檢點而造成反效果吧？或許服裝多少會比較顯眼，但我認為應該不會穿上電視裡武打女主角那種服裝。」

「是這樣的話就好……」

嘴裡這麼說的深雪看起來明顯沒接受。

這也是當然的吧。我也覺得這只是字面上的安慰。

到最後，深雪即使猶豫依然說出真心話。

「一高放長假的這段期間，我不認為會湊巧連續發生需要魔法師出面的大規模災害。即使是姨母大人，應該也不會親自策劃火災或是事故吧。」

「說得也是。」

她果然發現了嗎？

「姨母大人說的積極宣傳，我實在不認為只限於魔法師平常會進行的活動。」

深雪的雙眼不安晃動。

但我無法回答「不可能是妳想的那樣」消除深雪的預感。

「妳真的不想做的事，即使對方是姨母大人，我也不會允許。所以如果妳覺得『不想做』或是『做不到』，就不用客氣老實告訴我，我會想辦法。」

「……好的。哥哥，您是我的靠山。」

說來遺憾，深雪的眼神沒有百分之百的信賴。水波明確向我投以「這種事做得到嗎」的懷疑視線。

我不打算責備這一點。能夠排除姨母的意向到何種程度，我自己也沒有堅定的自信。

【2】

姨母將伴隨著不祥預感的任務交付給我的隔天。為了準備畢業典禮而較晚回家的我們，像是被抓準返家的時間點般收到來自姨母的「贈禮」。

當然不是提前兩週貼心送給深雪的生日禮物，而是如果可以的話想要拒收，連「添麻煩的好意」都稱不上的麻煩禮物。

只不過物品本身不是奇怪的東西。必須承認品質與品味都是一流。但我們也因而更加體認到「姨母是認真的」而變得憂鬱。

「……意思是要我穿上這個進行活動嗎？」

「應該吧。」

姨母寄來的是一套服裝。

軍事風格的長袖連身裙與窄管褲、手套、直筒靴。穿上街應該也不會被覺得是多麼與眾不同的設計吧。即使如此，也是身材姣好的女性穿起來確實會引人注目的設計……應該吧。

深雪發現一起裝在紙箱的信，拿起來要遞給我。我以眼神制止她的手，催促她打開來看。

「……看來這果然是宣傳活動用的衣服。」

我完全不覺得意外。但是或許可以說這麼一來不必額外在各方面更加操心所以幫了大忙。

「為求謹慎，要不要穿看看？」

「……說得也是。」

深雪一副興趣缺缺的樣子，拿起連身裙與褲子。

「我去試穿……尺寸不合的話可以退貨嗎？」

「……應該可以吧？」

我們無力地相視而笑。為深雪量身製作宴會禮服的服裝店實質上由四葉家經營，姨母不可能不知道深雪的服裝尺寸。

姨母為深雪準備的服裝比想像的還要無礙。正如第一印象，正常穿上街也沒問題。亮面長褲和緊身褲一樣貼身，所以從短裙底下露出的大腿很迷人，但是並非看得見肌膚。

整體來看是比起嬌媚更給人帥氣感覺的穿搭。這樣應該不必擔心被媒體批判「這是在討好觀眾」或是「在被害者面前不夠檢點」。不過這套服裝當然早就有考慮到這一點。

「那個……請問怎麼樣？不會奇怪嗎？」

深雪以害羞的聲音問我。

我自認沒有注視太久，不過看她眼角泛紅移開視線的模樣，我應該是不禁看到入迷了。

「雖然不甘心，但姨母大人的選擇是對的。很適合妳。」

「這樣啊……」

深雪的聲音聽起來像是鬆了口氣。雖然不是自己挑選的衣服，不過與其被說「不適合」，被說「適合」果然會比較開心吧。

「不過，我覺得不一定每次都是從這個家直接前往現場……意思是這套衣服要隨身攜帶嗎？還是說每次出任務都要先回家換裝？」

深雪剛才說過，姨母的信裡寫到她現在穿的衣服是宣傳活動用的服裝。換句話說是叫她以這身打扮出動。但深雪與我都不是整天都待在家裡。不對，難道是要我們在長假期間都在家裡待命準備出動嗎？

「哥哥，其實……」

深雪視線瞥向就這麼放在客廳桌上的信。

「姨母大人說，這套衣服是用來確認是否不方便行動以及詳細尺寸的樣本，移動基地會準備相同的東西……」

我拿起姨母那封寄給深雪的信。

「——我可以看嗎？」

確認深雪點頭之後，我從信封取出摺疊的信紙。信裡提到已經準備了有髮妝師常駐的移動式更衣室。

◇◇◇

今天是三月十六日，星期六。是畢業典禮的隔天……肯定如此。

我覺得時間感似乎變得模糊。大概是不知不覺累積了疲勞吧。

但是現在不能悠哉說自己累了。今天放學後必須去向姨母報到。姨母指示不方便的話只要深雪過去就好，但我當然不會選擇只讓深雪赴約。

雖然是回家再過去也來得及的時間，不過必須早點離開學生會。畢業典禮剛結束，當前只剩下結業典禮要忙，所以先離開也沒問題吧。畢竟入學典禮還有充分的時間準備。

我如此心想，決定今天只處理日常業務。

雖說是乏味的例行公事，卻莫名提不起勁。想休息一下的我抬頭一看，發現一名學妹比我更無心工作。

「泉美學妹，今天怎麼了？發生什麼頭痛的事情嗎？」

深雪似乎比我更早就在擔心泉美的狀況。

「不……不好意思！」

泉美表情大變，起身深深鞠躬。看來她有察覺自己的異狀。她本人努力想提起幹勁，不過大概是被別的事情占據意識，無論如何都無法專心。

「我並不是在責備喔。」

深雪站起來這麼說，然後走到泉美面前，像是包覆般以雙手搭住泉美肩膀，泉美的身體隨即一顫。

深雪扶起泉美的上半身，從正面觀察她的臉。

泉美的雙眼一陣朦朧。

「妳的狀況和平常不一樣，所以我在擔心。有什麼掛念的事嗎？方便的話要不要說說看？」

深雪繞到泉美側邊，像是摟肩般帶她去會議桌。

泉美完全沒違抗，任憑深雪擺布。從那張表情來看，我甚至懷疑她意識是否正常。即使依照深雪的引導坐下，琵庫希也端茶過來，泉美依然像是魂不守舍般恍惚。

深雪露出為難的笑容看向我。

我懷著慫恿的意圖點頭回應。

「泉美學妹。」

深雪稍微加重語氣叫泉美的名字，同時行使了無系統魔法。

只是讓小小的想子塊在泉美面前漲破，毫無威力，像是騙小孩的術式。

「啊……！」

但是完成了將泉美意識拉回現實世界的職責。

泉美轉動眼睛，感覺她因為自己不知何時移動到這裡而困惑。看來她的意識真的雲遊了。

深雪掛著若無其事的表情坐在泉美身旁。看來她也明顯學會了和泉美的相處方式——應該說駕馭泉美的方式。

「泉美學妹，看妳今天好像沒辦法專心，有什麼掛念的事嗎？方便的話要不要說說看？」

深雪重複剛才的問題。

「啊哇哇，深雪學姊居然為我擔心……這是我的榮幸！」

正如預料，泉美看起來不記得剛才的對話。

「不提我的擔心，把妳的煩惱說給我聽吧？」

「啊，好的。」

泉美以琵庫希端來的茶潤喉……即使是在深雪面前，我覺得她不用這麼緊張也沒關係。

「呼，恕我剛才失禮了。那個，雖然不是在煩惱……」

深雪微微歪過腦袋催促她說下去。

不過深雪，我認為妳最好避免做出這種可愛的動作喔，因為泉美可能又會僵住。

「……啊，是的！」

泉美……看來她順利掩飾了。

「其實是關於姊姊的事……」

「七草學姊怎麼了嗎？」

泉美的姊姊不只是七草學姊，香澄好歹也是雙胞胎姊姊。不過泉美說的「姊姊」應該是正在就讀魔法大學的學姊吧。

「與其說她怎麼了，應該說不知道她接下來會怎樣……其實父親吩咐姊姊一件奇妙的事。」

「奇妙的事？」

「是的。父親命令姊姊進行提升魔法師形象的宣傳活動。」

深雪倒抽一口氣，水波則是更明顯地讓身體顫了一下。我也沒資格說別人，臉頰差點抽動。

「深雪學姊？」

不愧是泉美，對深雪觀察入微，沒看漏深雪表現的細微驚慌。

「沒事。」

但是既然聽深雪這麼說，泉美就無法繼續追問。這方面在基本上是一樣的。

「不提這個，妳說的宣傳活動是什麼？是會讓妳煩心的事情嗎？」

「細節沒告訴我，不過聽說第一步是要打扮成像是藝人的花俏模樣，在電視或網路宣傳魔法師的實績。」

「妳說『第一步』……所以不只這樣嗎？」

深雪維持著沉穩的笑容。事後稱讚她一下吧。

「是的。其實我是在意這件事……父親好像見過電視圈的人士、廣告代理公司的職員以及演藝經紀公司的人。」

泉美移開視線，憂鬱般嘆了口氣。深雪的心情肯定也差不多吧。

「感覺父親遲早會要求姊姊在電視上唱歌跳舞……我猜到時候也會把我拖下水，所以心情有點沉重。」

「這……真是辛苦耶。」

深雪這句話隱含著不只是同情的共鳴。

泉美說著「這是我的榮幸」以及「您好溫柔」開心不已，但深雪肯定不是擔心她的未來。

深雪真的和泉美懷抱相同的心情。在她們前方冒出的不祥烏雲肯定造成恐懼。

◇　◇　◇

聽過泉美的說明，我就有這種預感了。

「哎呀，達也學弟、深雪學妹……難道你們兩人也被要求參加這項計畫嗎？」
在我們被叫來的場所，七草學姊已經先到了。
「七草學姊也是嗎？」
深雪也不太吃驚。她果然預料到這種狀況了吧。
「我是陪深雪過來的。」
應該在一開始進行的問候語失蹤了，但是事到如今無須在意。雖說吃驚程度不大，精神上的打擊卻沒有減輕多少。
我們被姨母叫來的這個場所有七草學姊。這意味著本次的「宣傳活動」是四葉家與七草家的共同作戰。應該要認定這個計畫比最初預測的規模大得多吧。或許真的連深雪的「演藝圈出道」都納入考量。姨母究竟是不是認真的？
姨母認真想讓「四葉家下任當家」成為媒體的玩具嗎？
……不妙。我急著在思考未來的可能性。
我安撫自己差點冒出殺氣的心。
「先不提家父，沒想到四葉閣下會參加這種鬧劇。」
「鬧劇嗎……」
學姊尖酸這麼說，深雪低調附和。

但她實際上肯定在想類似的事。

我也贊成學姊的意見。

不過我們還沒有發言權，只能按照上頭的決定行動——這一點令我火大。

聽到一個呼叫深雪與七草學姊的聲音。

看來面前的拖車是移動式的「更衣室」。

深雪向我點頭致意，學姊向我揮了揮手，兩人走到拖車後方。

目送兩人背影的我，肯定露出像在強忍嘆息的表情。

學姊的服裝也和深雪很像。像這樣站在一起，看起來真的是偶像雙人組。不過這個時代的偶像大多是CG。聽說最近連歌聲與聲音都是真人取樣之後以電腦合成。

不過考慮到這一點，以不經CG加工的即時影像登上媒體，或許會意外地受到歡迎。畢竟物以稀為貴，而且如果是這兩人就完全不輸CG……不妙，不祥的預感愈來愈真實了。

「兩位準備得真快。」

總之在遠處旁觀也無濟於事。我走到兩人面前。

「學姊，很適合妳喔。」

「哎呀，謝謝。」

首先向學姊說幾句客套話。不對，事實上確實很適合，所以不是客套話。

「深雪也是，比起在家裡看見的時候還要亮麗。是因為化妝嗎？」

深雪的美麗不變，但我覺得比起在家裡試穿的時候還要合適。

「謝謝哥哥。大概是因為化妝與髮型吧。」

聽她這麼說，我察覺髮型也稍微改變。取下平常的髮飾與髮帶，鬢髮——兩側前方的頭髮綁成細辮束在頭後。搭配頭上的貝雷帽，軍事風格的形象更加強烈。

「所以，今天接下來要做什麼？」

我問的對象是深雪，回答的卻是剛從拖車下車的女性。

「今天只是打個照面，所以這樣就結束了。」

這個聲音聽起來很熟悉。

「藤林小姐？」

獨立魔裝大隊隊長的副官——藤林響子中尉。以大隊成員活動的時候稱為「藤林中尉」，但現在的她不是穿軍裝而是套裝。考慮到這一點，我避免以軍階稱呼她。

「達也，總覺得害你白跑一趟了。」

「一如往常」的親切語氣。我對此感到不對勁。藤林中尉不是會和我保持心理上的距離嗎？

……最近這種事情很多。或許可以形容為「反既視感」吧。不是「我看過這個狀況」而是

「這個場面肯定不是這樣才對」的矛盾感。連續發生到這種程度，我不禁懷疑其中另有玄機。

但是實際上只是我的誤解，不可能有這種事。

「藤林小姐也有參與這次的任務嗎？」

「是透過外公找我協助的。這對於國防軍來說也不是壞事，所以派我過來。畢竟如果和網路有關，我會比真田少校適任。」

中尉如此回答之後發出「哎呀？」的聲音，從外衣口袋取出情報終端裝置。女性一般來說似乎不會把東西放在口袋，不過使用手機造型CAD的女性魔法師習慣放在外衣口袋以便隨時可以取用。看見這一幕就覺得中尉也是道地的魔法師。

要是別人聽到，或許會覺得如今還說這什麼廢話而傻眼。但我很少看見藤林中尉使用魔法。雖然認識至今已經整整三年多，然而包括之前為了「消除」無頭龍成員而入侵橫濱港灣高塔的那一次，我目擊她在「外面」使用魔法的次數屈指可數。

恐怕是提防被我偷走術式吧。就我來說這是太高估我了，但我可以理解國防軍想避免「電子魔女」能力外洩的這份謹慎心態。比起我的「質量爆散」，中尉擁有的特殊技能在軍事上應該更有價值。

我思考著這種事注視中尉。大概是察覺到這雙視線，她抬頭露出酷似上司的壞心眼笑容。

「在意嗎？」

「是的。我猜發生了預料之外的事態。」

這不是很難的推理。如果是不太重要的事情，中尉肯定早就將終端裝置收回口袋。

「不到完全正確的程度就是了。」

中尉說完換成正經表情。

「真由美小姐、深雪小姐。」

「有。」

「什麼事？」

深雪與學姊依序回應中尉的聲音。

「雖然很突然，不過這是第一份工作。名古屋市的摩天大樓發生大規模火災。滅火裝置沒運作，狀況據說持續惡化當中。」

「滅火裝置沒運作？全部？」

「是的。滅火系統好像被入侵破壞了。」

對於學姊的疑問，中尉回以正如預料的答案。

「請等一下。這個時間點再怎麼說也太巧了吧？」

我忍不住插嘴。不得不插嘴。

「摩天大樓的火災本身，記得已經兩年沒發生過了。」

摩天大樓的火災管制比普通大樓嚴格，肯定也有義務配備高規格的滅火裝置與防燃措施。

「而且那場火災是魔法師縱的火。」

兩年前的火災是逃走的實驗體魔法師縱火，因為縱火速度高於滅火設備的能力，所以結果釀成火災。和那種魔法無關的摩天大樓火災，上一次是發生在將近十年前。

「該不會這次也有魔法師涉案吧？」

如果是這樣，對於主流媒體的宣傳不就成為反效果了？

「不是啦。我說過是滅火系統被入侵破壞吧？如果是用魔法縱火就不會刻意這麼做。」

感覺這不能當成理由，但也沒有否認中尉這個說法的根據。

關於系統的入侵與破壞是中尉比較精通。我就別繼續發表不經證實的空論吧。

「可以了嗎？那就出動吧。」

確認我點頭之後，中尉向深雪與學姊這麼說。

「好的。不過現場在名古屋吧？現在趕過去來得及嗎？」

「沒問題。」

中尉立刻回答深雪的問題。大概是早就料到會這麼問吧。

不過深雪的指摘很中肯。這裡距離名古屋約兩百七十公里。搭乘直升機不用一小時，但是即使如此，以處理火災來說還是太花時間了。名古屋也有魔法師，總不能讓他們等待我們抵達。

「因為有準備新裝備。」

中尉說完看向第二輛拖車。

收到視線的指示，拖車的後門開啟，斜坡板向下延伸到路面。

「來吧。」

中尉的視線不知為何也朝向我。我向深雪點頭回應，跟在中尉身後。

收納在拖車上的是四人座的四輪車。

「這……不是自動車吧。也不是車站的電動車廂。」

形狀近似四人座的電動車廂。但是電動車廂應該不會刻意用拖車載運。完全沒有意義。

「我說過是新裝備吧？這正是我們獨立魔裝大隊的最新傑作。」

我在這時候應該慌了一下吧。直到我不禁轉頭環視，才察覺這裡所有人都知道隱情。

只不過，中尉、學姊與深雪應該都沒察覺我的脫線行動。

「這是搭載重力控制魔法式飛行系統的『飛行車』。」

因為三人都看著這輛「飛行車」。

「……是把飛行魔法安裝在四輪車上嗎？」

「為什麼要多此一舉？」

學姊接續深雪的話語提出這個冒失的問題，中尉似乎沒因而壞了心情。

「妳說的『多此一舉』，是因為明明只靠自己的身體就能飛，為什麼要加上車輛的多餘質量一起上浮嗎？」

「嗯，總之，就是這樣。」

剛才的疑問似乎是「不小心脫口而出」的類型，學姊同意中尉這段話的時候回答得很結巴。

「因為飛行魔法和質量沒什麼關係。」

反觀中尉似乎完全不在意。不過中尉，我認為這樣形容會招致誤解。

「雖然不是完全無關，不過飛行魔法是改變重力方向，朝指定方向落下的魔法。質量會大幅影響加速度，但是相較之下對於飛行本身可以說影響不大。」

然而無須我擔心，中尉詳細說明了。

「而且，原版的飛行魔法是阻斷地球重力形成獨自的重力場，這輛飛行車採用的飛行魔法卻改寫為積極利用地球重力的方式。依照自身運動狀態而產生主觀變化的地球重力，必須隨時以客觀認知的形式縮小到不會造成魔法師負擔的大小組合到啟動式，所以得追加重力感應器以及用來自動改寫啟動式的電腦。」

所以成為這輛車的大小是吧。

「不過因為利用了地球重力，所以這種程度的質量對於魔法師來說只在誤差範圍。因為做比較的對象再怎麼說都是地球的質量。理論上大型船舶也能以個人的魔法力飛上天……可惜『認知之壁』成為阻礙，所以目前的極限只到這樣。」

原來如此。如果是這種方式，也可以挪用在民生用的物流需求。

「不提這個，這輛車可以加速到次音速，即使考慮到加速與減速的時間，抵達名古屋也只要二十分鐘左右。」

——下次我試著實際著手改造魔法式吧。

「知道了。」

「那麼兩位請上車。達也，麻煩駕駛。」

學姊點頭回應，中尉催促上車。不知為何也包括我。

「啊？我嗎？」

突然被提及，我被強制拖出思考的世界。感覺好像想了一件上帝視角的事……但是現在先放在一旁。

「我沒有駕駛執照或是飛行執照啊？」

「飛行車不是自動車也不是飛機，所以不需要執照。飛行許可也由軍方當成災害出動許可的一環而一併取得了。」

「一併取得……？這種事有可能嗎？」

我的疑問被中尉無視。

「而且，無論從飛行魔法的熟練度還是想子的存量來說，最適合駕駛飛行車的都是你。」

我決定不再抗辯，乖乖打開滑軌車門坐進駕駛座。

深雪接下來要去工作，我可不能無所事事吧。擔任駕駛或許恰到好處。

看我坐進駕駛座之後，深雪上車坐在我的斜後方，學姊坐在我後方。

中尉坐在我身旁的副駕駛座。

「我來負責導航。」

「麻煩妳了。」

駕駛座設計成和座艙式的固定型ＣＡＤ差不多。放在儀表板上方的眼鏡式護目鏡應該是頭戴式顯像裝置。只要戴上護目鏡，「飛行車」的狀態就會以數值顯示在視野角落。海拔六公尺是拖車車斗的高度，接地面的相對高度是零。速度與加速度也都是零。

「達也，知道使用方式嗎？」

「知道，沒問題。」

我將附掌托的駕駛操作面板拉過來，調節位置。

「要怎麼幫你導航？」

「正常用箭頭指引我到目的地上空就好。」

回答中尉問題的時候，我將想子注入飛行車的車載ＣＡＤ。

「收到。」

視野上方中央顯示箭頭。不是飛行車該行進的方向，是顯示目的地方向的長條狀箭頭。

「行進方向有高層建築物嗎？」

「最高的是五百公尺。」

「收到。倒車出庫，垂直上升到六百公尺高度之後一口氣加速。慣性的中和請自己處理。」

「唔嘿。」

不太淑女的這個反應來自於誰，我沒有特別追究（也沒這個必要），讓飛行車倒退完全離開拖車之後一口氣上升。

飛行車的操縱不像可動裝甲那樣只以意念進行，而是併用油門踏板。地球重力的增幅率以踏板決定，設為定數輸入啟動式。不過即使是第一次，這種操縱方式也沒令我困惑。簡直像是我的幻想就這麼化為實體。

「請標示目的地。」

「收到。」

即將抵達名古屋的時候，我追加這個要求。

不遠處的前方出現紅色光點。那裡就是受災大樓吧。

我讓飛行車降低高度接近。周圍也有消防用的直升機與報導用的直升機飛行，為了避免相撞還滿費神的。

中尉開始忙碌進行通訊，大概是被逼問這台機械是什麼吧。如果中尉的說法可信，這輛車肯定有取得飛行許可，所以外觀不可能沒登錄在資料庫。明明自己調查比較快，沒想到居然有這麼多人發問，這邊又不一定會老實回答……

不過即使傻眼也沒完沒了。何況現在不是這種場合。

「中尉，已經和當地消防署與魔法協會說好了嗎？」

「——嗯，沒問題。」

死纏著要核對身分的應該是媒體，中尉一邊耐心回答，一邊抽空回答我的問題。這股毅力我實在是模仿不來。

但我也不想模仿就是了。

我讓飛行車靜止在空中，轉身朝向後座。

「深雪，準備飛行演算裝置。」

「已經準備好了，達也『大人』。」

……啊啊，對喔。深雪是這麼稱呼我的。我「想起來」了。

「以飛行魔法接近之後滅火。可能有人來不及逃，氣溫別下降過度啊。」

「請交給我吧。」

「開啟左後方車門。」

確認深雪的回應之後，我以語音指令開門。

「我出動了！」

深雪跳到空中。

火災的熱度捲起相當強烈的氣流，卻無力擾亂深雪優美的身影。

長髮輕柔拂動是移動時產生的氣流使然，有經過深雪的許可。

強風與高溫都無法違反深雪的意願碰觸她的身體。

深雪停在斜向俯視大樓樓頂的位置。

我知道報導直升機的鏡頭一齊朝向她。平常我不會允許這種粗魯的舉動。不過這次的任務就某方面來說是要讓媒體拍攝的工作。雖然我很想拆掉所有攝影機，但是今天就忍一忍吧。

在我解決這個小小糾葛的時候，深雪已經完成發動魔法的準備。

如今深雪不再觀察我的反應。我已經做完指示。

「平息吧。」

深雪以自己的呢喃為暗號發動魔法。

使用的魔法是「凍火」的廣域型版本。「凍火」的原始版本是將目標物體保有的熱量抑制到一定水準以下的魔法，但深雪現在使用的魔法是將目標「領域」的「溫度」抑制到一定水準以下的事象改變。

將高達三百公尺的摩天大樓完全吞沒的巨大事象干涉力場。深雪原本就是擅長在寬廣領域引發大規模事象改變的魔法師，最近這個特性琢磨得愈來愈精湛。要是以這個步調成長，深雪的冷卻魔法或許會在五年內達到戰略級的水準。是否要公布就另當別論。

魔法的持續時間是三十秒。

經過三十秒的時候，大樓火災完全熄滅了。

「我要降落到樓頂。請學姊以『多重觀測』搜索需要救助的人。」

「知道了。」

我讓飛行車慢慢下降。

途中深雪來到駕駛座旁邊，一起降落在大樓樓頂。

[3]

這天的出動被媒體大幅報導。至於深雪，說她一躍成為家喻戶曉的偶像也不為過。

以「深雪是魔法師」這個理由敵視她的勢力並非不存在。但是這種雜音在「從天而降瞬間熄滅大火的絕世美少女」的影片面前毫無說服力。雖然我自認早就知道，卻感覺重新認識到影音媒體的影響力與恐怖。

所以結果正中姨母他們的下懷。比起白費力氣，計畫成功當然比較好。但是想到今後的事情就不能只顧著開心。

不，深雪與我從一開始就沒開心。

幸好在二十一世紀末明顯強化了高中生以下的私生活保護。「報導自由」與「保護隱私」的對壘已經是例行公事，不過在加上「保護未成年」之後，暫且成功抑制了盲目的報導自由主義。

多虧這樣，深雪免於被記者糾纏或是被迫上電視，但是七草學姊受到池魚之殃。大概因為學姊也未成年，或是七草家當家暗中周旋，記者的採訪攻勢剛開始不太激烈。不過就像是彌補缺憾般，電視台的通告接踵而至。

「今天是靈異節目的來賓嗎……」

電視上的學姊坐在播放毛骨悚然音樂的攝影棚布景中央，畫面映出她不安的表情。

「總覺得七草學姊的表情是不是很緊繃？」

坐在我身旁的深雪以詢問的方式述說感想，引得我不禁失笑。

「與其說緊繃，她那樣應該是完全僵住了。」

雖然裝作若無其事，但其實在害怕吧？看來學姊也對靈異話題沒轍。

雖然常被誤解，但是「魔法師不怕靈異現象」的事實不存在。許多女性魔法師生理上無法接受靈異話題。

「超自然」與「靈異」的差異暫且放在一旁，魔法師和普通人一樣會對於真相不明的事物感到恐懼。

魔法師知道「魔法」這個現象的真相，所以不怕魔法，如此而已。比方說如果不知道「寄生物」，我肯定會害怕「吸血鬼」，害怕到只要發現就可能二話不說消滅掉的程度。

不過，女性之所以抗拒靈異話題，應該不只是這個理由吧。

像是很多腳（例如多足類）或是沒有腳（例如腹足類），黏滑或是溼亮，即使是生物天經地義具備的這種屬性，害怕的人還是會放聲尖叫。

這麼想就覺得，即使對於生物不可能具有的醜惡模樣感到難以承受的厭惡，也不是什麼奇怪的事。進一步來說，電視喜歡採用的鬼故事往往都有黏滑或是溼亮的性質。

「不過，上這種節目令我不以為然。」

「您說不以為然的意思是？」

對於我這句不得要領的自言自語，深雪老實出言回應。

「沒事……參加這種和前幾天大樓火災完全無關的綜藝節目，顯示那次出動已經失去新聞價值。只出現少許犧牲者是不幸中的大幸，但是犧牲較小的事件或災害比較容易被遺忘。為了讓人們留下強烈印象，必須在被害程度擴大之後再出動，或者是增加出動次數……」

「等待被害程度擴大的做法沒有天理。」

深雪立刻插嘴——不，雖然是理所當然，但我當然也沒這麼想。

「那當然。不過就算這麼說，需要魔法師出動的大災害或是大事件也不會這麼經常發生。」

說起來，姨母他們想利用救助活動拉攏輿論的這個計畫，我不得不認為從前提條件來看根本不可能成功……

◇　◇　◇

一反我的預料，進入春假早早就再度出動了。

這次是水災救助。下到昨天的異常豪雨導致河川潰堤，造成數十年以來的大規模洪水。

……八成是先前大戰時遭受空襲受損的地方疏於修復的結果吧。財政健全化是好事，但俗話不是說「水至清則無魚」嗎？如果連必要經費都吝嗇提供，人們的生活甚至生命都會受到威脅。

但是救助人命沒什麼好拒絕的。先不提我，對於深雪來說，肯定比起上戰場對付敵人舒坦許多。雖然不一定能拯救所有生命，目睹災害造成的犧牲也肯定會心痛，但是精神上的負擔比起戰鬥小得多。

留下水波看家的我們立刻出門。反正深雪到時候會換上「工作服」，所以服裝儀容達到低標就好——我只是「司機」，所以穿便服肯定也沒關係。

抵達車站一看，那兩輛拖車停在該處。

「深雪小姐，立刻換裝吧。」

「好的。」

今天也穿套裝的中尉招手示意之後，深雪跑向有更衣室的拖車。我在被中尉指使之前就進入車庫。

……不過重新看就覺得這輛飛行車的烤漆很花俏。珍珠白與金屬紅的色調搭配。紅白雙色非常喜氣。雖然可以理解這輛車必須引人注目的意圖……但在戰場上會成為絕佳的目標。

不，現在不是思考這種事的場合。即使再怎麼不想進行這項任務，一旦鬆懈就可能犯下出乎意料的失敗。不如先進行出發前的安檢吧。我向技師搭話，請他讓我看看車體狀況的監視畫面。

「達也大人，讓您久等了。」

和技師聊兩三句話的時候，換好服裝的深雪進來了。

……「達也大人」嗎？

我還沒習慣。

或許我比深雪要花更多時間習慣。

「走吧。」

「好的。」

深雪從工作人員打開的車門坐進後座。

我與中尉自己開門坐進前座。

「請先開到七草家。」

「收到。」

我依照中尉的指示發動飛行車起步。

在七草家迎接換上工作用軍事風格連身裙的學姊之後，在香澄「要是害姊姊受傷可不會放過你」以及泉美「要是害姊姊大人受傷絕對不會原諒你」的話語目送之下前往目的地——香澄說的

「姊姊」是學姊，泉美說的「姊姊大人」是深雪，我不用她們說明也聽得懂。

今天的現場沒有很遠。十分鐘左右就抵達當地上空。從上方看起來，並沒有成為房屋被沖走或是聚落被孤立這種極端嚴重的狀況。大概是在過往的水災受到教訓吧。

即使如此，要是坐視潰堤的現狀，被害程度肯定會逐漸擴大。出動救災的國防軍無線電告知已經發現死者。

早知道別帶學姊過來比較好……

但現在不是猶豫的場合。

「學姊，妳能遵守保密義務嗎？」

「怎麼突然這麼說？」

我的問題令學姊嚇了一大跳。哎，這是當然的吧。突然被問這種問題，即使完全沒做虧心事也肯定會嚇到。

「接下來我要使用指定為機密的魔法。如果學姊說無法貫徹保密義務——」

「你說的機密指定魔法是『重組』嗎？那我已經聽深雪學妹說明過了。」

……這麼說來也對。橫濱事變那時候，我治療五十里學長與桐原學長的傷之後，深雪說她被眾人詢問而說明了「重組」的事，為此向我道歉。平常的我不可能不記得這件事，搞不懂我為什麼沒察覺。

「……說得也是。那麼請學姊繼續遵守保密義務。」
我回以這句只算是逞強的話語，然後向深雪說明作戰。
在依然算是小雨的雨勢中，深雪佇立在堤防破損處的上空。
為了以防萬一，我請學姊去搜索並拯救來不及逃走的居民。除了我們之外還有國防軍與消防署的魔法師參與這項救助活動，所以也請學姊幫忙和他們協調。
我將飛行車停在深雪後方，委由中尉駕駛。我也是第一次進行這種規模的「重組」。需要專注發動單一魔法。
『達也大人，準備好了。』
又來了嗎？明明不是這種場合，突兀感卻在內心激起漣漪。難道我希望一直當深雪的哥哥？這是我的真心話嗎？
母親說過，對於「妹妹」的愛情是唯一留在我身上的真正情感。
姨母也說過同樣意思的事。
從我身上奪走感情的那些傢伙異口同聲這麼告知。我將其解釋為對於「深雪」的愛情。覺得這樣沒錯。
但是——我錯了嗎？我內心渴求的不是名為深雪的女性，而是名為深雪的妹妹嗎？我的心扭曲到這種程度嗎……？

『達也大人？』

「抱歉。這邊也ＯＫ了。開始吧。」

不行不行。嘴裡說必須專注發動「重組」，我卻分心注意別的事情。我把平常會下意識避免去想的這個念頭趕到內心一角。

『開始。』

成材懂事的未婚妻深雪，沒有質疑我的不自然態度。

大規模的……規模可以形容為巨大的魔法式在眼底展開。

性質本身是單純的冰凍魔法。將水的分子運動減速使其凍結，抑制分子的振動達到無法切斷分子結合的水準，只是把水結凍的魔法。

值得強調的是速度與範圍。沿著潰堤的河岸轟然作響肆虐至今的河水瞬間停止，河面寬度的四分之一在一瞬間化為冰壁。

濁流衝撞冰壁。

面對大自然的凶猛威力，違抗自然法則出現的白色冰壁何其脆弱，看起來隨時會崩毀。

但我需要的是這短短數秒的緩衝時間。

我將左手所握的手槍造型ＣＡＤ——銀鏃改造版「三尖戟」朝向飛行車的底盤。

無視於底盤，以「精靈之眼」看向損毀的堤防。

【追溯情報體的變更履歷】

這段文字從魔法演算領域傳送到意識。換言之是潛意識領域發送給意識領域的系統訊息。

【確定復原點】

【重組／開始】

肉眼所見的損毀堤防像是被薄霧吞沒，輪廓模糊不清。

但是映在「精靈之眼」的「景色」，是應該存在的「過去」重疊在應該改變的「現在」形成的雙重影像。

【重組／完畢】

在現實世界，輪廓也取回實體。

堤防復原成為崩塌之前的模樣。

「修復完畢。深雪，拜託了。」

『遵命。』

但我只能復原到依然容易潰堤的缺陷狀態。我的「重組」依然被二十四小時的時限束縛。

補強堤防也是深雪的工作。

剛才在濁流之中展開的魔法式，這次以修復的堤防為目標施放。

堤防結冰了。

即將融化的冰壁和堤防合為一體。

堤防整體變成凍土壁，暫時提升強度與防水性。

堤防內部的冰持續被水溫較高的河流沖刷，扔著不管應該會立刻開始融化。

然而即使只是暫時性的，完全阻斷氾濫的濁流具有很大的意義。

無論是使用魔法還是科學技術，與其將流動的地下水凍結，將土裡已經結凍的冰降溫會比較容易。即使不是深雪也足以維持凍土壁。實際上，剛才和學姊交談的國防軍魔法師小隊，已經開始對修復的堤防使用冷卻魔法。

「辛苦了。任務成功。可以回來了。」

我將ＣＡＤ「三尖戟」收回懷中，向麥克風這麼說。

『是。』

深雪的簡短回應洋溢著成就感。

[4]

第二天出動的迴響比第一天好。以規模來說是令人耳目一新的第一次比較大，但這次是以看得見的形式和其他出動救災的魔法師合作，成為宣傳魔法對於社會貢獻度的好機會。

被派去上綜藝節目的學姊也重新回到報導節目成為寵兒。對於深雪的採訪申請變得踴躍，但也和上次一樣拿高中生的身分當成擋箭牌。姨母他們看似漏洞百出的計畫目前順利進行。

不過終究沒有演變成短時間內接連發生災害或案件的結果。

第二次出動的五天後。在見異思遷的大眾差不多失去興趣的時期，這道命令來了。肯定比我更在意話題趨勢的姨母他們在這個時期開始有動作，我對此沒特別感到奇怪。

但我有種「沒想到真的來這一招嗎……」的意外感。

「『母親大人』，您真的打算讓深雪去模仿這種諧星在做的事情嗎？」

我自覺這種說法險惡又沒禮貌。但我不打算改口。覺得能夠懲罰我的話就試試看吧。我無法否定自己現在是這種好戰心態。

『不是諧星，是藝人。如你所說，只是在模仿。我認為你不必想這麼多。』

我打電話給姨母的地點不是自家，是在被叫去的攝影棚。我一聽完說明就借用視訊電話使用普通線路打給姨母。現場不只是深雪與水波，還有學姊以及陪學姊來的香澄與泉美，也有演藝經紀公司的人員，但我不管這麼多。你們就儘管目瞪口呆到眼睛彈出來的程度吧。

「就算是模仿也肯定是藝人。無法避免深雪的隱私受損。」

說來氣人，姨母對我的抗議嗤之以鼻——不，光看外表只是嫣然微笑，但是在內心肯定捧腹大笑。

『這是沒辦法的。身為十師族直系的繼承人，某種程度來說必須請她認命接受。七草家的千金應該也有許多必須犧牲隱私的經驗吧？』

我沒轉身看學姊。因為不用看就明顯知道她在點頭附和。

學姊至今確實將私人時間用在十師族的工作。不過這是以魔法師名門「千金」的身分，不是庸俗的電視藝人。

何況——平常就總是躲在自己世界的姨母沒資格這麼說。

「但在下認為十師族的責任與義務，不包括犧牲個人隱私成為藝人。」

不知為何，香澄與泉美頻頻點頭附和我的話語。

不過只有我看得見她們兩人的樣子，姨母用來確保視野的鏡頭沒拍到——哎，假設她看見也肯定不在意吧。

『十師族的責任與義務，是盡力避免住在這個國家的魔法師生活受到威脅。』

「您的意思是說，不是貴族的十師族也身負貴族義務嗎？」

『沒那麼誇張就是了。不過既然十師族被視為代表這個國家魔法師的集團，也不能完全不負責任吧？』

「姨母大人，我知道了。」

這段無益的議論，因為深雪從旁插嘴而畫下休止符。

我也覺得差不多該收手了，所以沒阻止深雪說話。

「具體來說，請問我該做什麼？」

『說到能向大眾廣為宣傳的方式，就是唱歌與跳舞吧。畢竟音樂是世界共通的語言。』

然而姨母對於深雪這個問題的回答過於驚人，我實在無法坐視。

「請問……彈奏樂器的話不行嗎？」

深雪的語氣也出現慌張心情。想必如此吧。因為從「唱歌跳舞」率先聯想到的是如今連正職都廣泛以CG演出的「偶像」活動。

『能夠向大眾宣傳的話就無所謂……但我認為這方面的門檻比較高吧？真由美小姐，妳不這麼認為嗎？』

「嗯，說得也是。」

即使突然被徵詢意見而難掩狼狽，學姊最起碼還是以沉穩語氣回答。大概是最近上遍媒體鍛鍊出來的技能吧。

「這不是我們的本行，應該很難以演奏吸引大眾。但我覺得唱歌也不例外。」

學姊反駁得真漂亮。正因為學姊的小提琴功力被評為半職業級，姨母才想藉由她讓「樂器演奏難以吸引人」的道理具有說服力吧。然而既然對於熟練的樂器都無法抱持自信，就沒道理能夠表演自己不熟練的唱歌跳舞。

『不用這麼擔心沒關係，船到橋頭自然直。因為真由美小姐非常可愛。』

「……不，沒這回事。」

學姊沒被姨母說得心花怒放。

大概是因為被說習慣了，或者是——因為深雪在旁邊。

『我知道會在技術方面不如人，但反正也不是以歌喉或舞技為賣點，所以只要博得觀眾好感就好。』

什麼……！

「意思是要讓深雪在鏡頭前面諂媚大眾嗎？」

即使知道無濟於事，我還是忍不住這麼問。

『我沒要命令她諂媚大眾，因為應該沒這個必要。』

這算什麼安慰！

我明知這麼做不太妙，卻瞪向映在畫面的姨母臉龐。

『看來達也稍微過於低估深雪了。』

不過聽到這句話，我自己也知道氣勢被打了折扣。

低估……？

『用不著諂媚，觀眾也絕對不會對深雪視若無睹吧？』

不是不會，是無法。

我意識裡的一部分同意姨母說的沒錯。

即使如此，我還是繼續抵抗。

「不過深雪還是高中生。」

這句萬般無奈的抗辯也打擊不了姨母的從容。

『這也沒問題喔。百山校長也說會在這方面盡量給個方便。』

連校長都拖下水嗎……

看來不行了。

垂死掙扎也到此為止吧。

我在心中舉起白旗。

被姨母……應該還有七草家當家叫來這裡的演藝經紀公司人員，是負責教學的老師。

「Bravo！真是美妙的聲音。音程也穩得驚人。妳至今真的沒上過聲樂課嗎？」

自稱是聲樂老師的中年女性，盡顯興奮心情稱讚深雪。

……我的心情實在複雜。

「深雪姊姊……原來連歌聲都是女神級……好美妙。太美妙了……」

泉美超越以往的程度完全著迷。能夠發自真心感動的泉美令我有點羨慕。

聽到深雪被稱讚，我比自己被稱讚還開心。

不過，既然演藝經紀公司的人員讚不絕口，上媒體表演的時間也會提早。至少如果學姊唱得五音不全該有多好。

「大小姐也具有卓越的音感。不只是小提琴，您也有學習聲樂嗎？恕我失禮，我認為這不是業餘水準。」

但她也被認定可以立即成為戰力。

哎，看來唱歌的部分令眾人期待了。沒辦法從這方面拖延時間。

只能依賴舞蹈嗎……

如果跳得很差該有多好。

……不過深雪與學妹的運動細胞都很好，應該沒什麼希望吧。

「達也大人，教練找您。」

在走廊角落設置的簡易休息區讀書的我，聽到水波來叫我的聲音而抬頭。

我在舞蹈課開始的同時被趕出練舞室。因為學妹說被看見會害羞。

深雪沒特別說什麼。沒有出言同意學妹，相對的也沒有為我辯護。我隱約感覺到她忸忸怩怩的氣息，所以她其實想讓我看，但還是會害羞吧。

不過這樣的話，真希望在換裝之前就對我這麼說。看見她們身體曲線畢露的緊身衣造型，我也不知道眼睛該擺哪裡。應該好好看著她們率直稱讚？顧全禮貌移開視線？還是應該裝出不時瞥視的害羞態度？無法做出自然反應也有利有弊。

不過，三小時嗎……我不知道這時間是長是短，不過如果一直跳舞應該會很累吧。

「水波，深雪與學妹一直在練習嗎？」

「是的。大家都有芭蕾的經驗，所以課程進行得很順利。」

原來如此。深雪直到小學都有學芭蕾做為「千金教育」的一環，學妹也是如此吧。

……大家？

水波這句話令我覺得有點怪，但是水波在我開口之前就打開練舞室的門。

「呀啊！」

「不准看！變態！」

原來如此……「大家」是這麼回事啊。

補充說明，最初的尖叫來自癱坐在地板的泉美，再來的怒罵來自雙手撐著膝蓋喘氣的香澄。

為什麼這兩人也穿著緊身衣？

香澄與泉美都是汗如雨下。汗水沾溼緊身衣，格外凸顯身體曲線。

大概是因為這樣，所以兩人精靈般的纖細身材帶著不同於以往的豔麗。

尤其是以女生特有坐姿癱坐在地板，雙手交叉遮住胸口的泉美，醞釀出誘人犯罪的魅力。

這麼一來確實難免被說「不准看，變態」。

只不過既然有力氣罵我，還不如快點去淋浴室比較好。我在各方面這麼認為。

「不好意思。」

猶豫該對兩人說些什麼時，舞蹈教練向我搭話。

幸好獲得這個自然而然的契機，我從兩人身上移開視線。

「今天的課就上到這裡為止。」

但是教練的言行也令我困惑。

為什麼要對我說這個？

難道誤認我是經紀人嗎？

「謝謝。」

總之我先回以這句最不會出問題的話語。

「大家都跳得很好。我想這麼一來應該立刻就可以出道。」

「這是我的榮幸。」

我不太感謝教練這樣打包票，但表面上還是裝出惶恐模樣。

「出道曲的舞步也請務必交給我設計喔。」

在最後精明地為自己爭取工作機會之後，舞蹈教練穿過門前往隔壁房間。

如同和她對調般，學姊從另一扇門現身。

身上不是穿著緊身衣，是一開始穿的女用上衣與裙子。

頭髮有點溼，所以門後應該是淋浴室吧。

「達也學弟，久等了。」

學姊向我露出笑容舉起手，然後傻眼看向香澄與泉美。

「妳們兩個，快點去把汗水沖掉吧。不然會感冒的。」

「是……泉美，我們走吧。來。」

「香澄，謝謝妳。」

泉美抓住香澄伸出來的手起身。

雖然兩人看起來一模一樣，不過香澄體力比較好吧。明明體型與肌肉分布是一樣的，所以我感覺有點不可思議。

兩人拖著腳步前往淋浴室。

我壓低音量避免她們兩人聽到，向學姊提出剛才就抱持的疑問。

「她們兩人好像也有參加舞蹈課，不過是要做什麼？為學姊伴舞嗎？」

「咦，伴舞？不對不對。」

看來我的問題對於學姊來說出乎意料，她露出有點吃驚的表情搖了搖頭。

「小澄與小美預定會以雙人組合出道喔。」

「那兩人也要嗎……」

雖然自己聽不出來，但我的聲音肯定充滿意外感。不過聽她這麼說就覺得很妥當。看來我對於演藝活動懷抱的否定情感比自覺的還要強烈，判斷力也因而失準。

我重新看向精疲力盡的兩人背影。是率直令人同情的身影。

「哎呀，泉美學妹與香澄學妹也是現在要洗嗎？」

但是一看到深雪從目的地的門後現身，泉美迅速端正姿勢。

「是的，深雪學姊。我們很快就好。」

而且不是用力立正不動，而是擺出靜靜佇立的姿勢。

「慢慢來沒關係喔。我不會留下妳們兩人自己離開。」

「好的！」

只有那張開心的笑容不是演技而是發自真心吧。但她優雅離開的腳步逞強……或者說假惺惺得令人佩服不已。

說到裝乖的能力可說是爐火純青。說不定更勝學姊一籌。

泉美的那一面，我由衷覺得了不起。

——只是說來遺憾，深雪已經沒在看泉美了。

深雪筆直走到我面前，然後深深低頭。

「達也大人，對不起。」

深雪在為什麼事情道歉，我心裡有底。

「什麼事？」

但我刻意裝傻。

——不用說，原因當然不是她稱呼我「達也大人」的突兀感。

「那個，剛才讓您等這麼久……還把您趕到走廊……」

「這妳就錯了。」

我在中途打斷深雪的話語。

「咦？」

看來這出乎深雪的意料。

不知道我要說什麼而有點不知所措。

「開始上課之前，光是看見換好緊身衣的妳與學姊，我就不知道眼睛該往哪裡擺。如果上課的時候我一直待在裡面肯定受不了。」

深雪害羞般移開視線。這是當然的反應吧。現在的說法意味著我是以「這種目光」看待。事實上，我不敢說自己沒有想入非非。

「所以我請教練讓我逃到走廊。」

深雪臉蛋羞紅，默默握拳敲我的胸膛。

「……達也學弟，我也可以打你嗎？」

接著連學姊也這麼說。

「不可以。」

要是不小心答應，可能會受到非同小可的傷害，所以我立刻拒絕。

「哎呀，真可惜。」

學姊以不像是在開玩笑的語氣說。

◇◇◇

加入香澄與泉美的課程一星期就結束了。

說來遺憾，不是因為計畫半途而廢。

是因為決定出道了。

……但我覺得再怎麼說也太揠苗助長了。演藝圈，這樣可以嗎？

不過最近在媒體「露臉」的盡是CG偶像，所以在這個時代光是無加工的美女與美少女上節目，或許就能拿到不錯的收視率吧。

設定在今天拍攝，肯定是考慮到新學期將從明天開始。因為開課之後就很難一起排行程。

雖說是出道，卻不是一開始就到電視台的攝影棚上節目。是拍攝在專門頻道播放的MV以及在宣傳節目播放的背景歌曲。現在的新人歌手好像大多從這裡起步。

今天我也在拍攝之前就被趕出攝影棚。從第二次上課之後，我都在換裝之前就被趕到走廊，不過今天起碼是被趕到像是大廳的等候區。

由於也沒有螢幕，所以我不知道裡面在拍什麼樣的影片。她們以什麼樣的衣服與舞步唱著什麼樣的歌，老實說我一無所知。

只要我發問，深雪大概會告訴我吧。但我下意識避免發問。這樣就像是對於妹妹的演藝活動感到好奇，我覺得不好意思。

只不過，如果說我不好奇就是騙人的。雖然很快就能從電視或情報終端裝置收看，但是親眼欣賞的印象果然會不一樣才對。

即使是姨母他們也應該不會要求舉辦現場演唱會，所以這或許是親眼欣賞的最後機會。只要這麼想，想偷看的心情就源源不絕地從內心湧現。這不是強烈到無法壓抑的慾望，所以反而緊貼在意識一角。

我以讀書排解這股慾望時，香澄走出等候室了。她身穿拍片用的繽紛服裝。雖然裸露程度不多，展露身體曲線這方面卻和緊身衣沒有兩樣。或許是不知道我在這裡吧。

但是香澄像是不在意我的存在，橫越我的視野站在飲料供應機前面。奇怪，等候室應該也有準備飲料才對。

「有了有了。」

我正在納悶時，這句自言自語傳入我的耳朵。看來等候室的飲料供應機沒有她想要的飲料。

「司波學長。」

香澄拿著附蓋子的飲料杯轉過身來，像是現在才終於發現我，向我搭話。

「您不進去嗎？」

她說得令我意外。

「因為我不想妨礙。」

但我可沒忘記「不准看！色狼！」這句話喔。

「要是在意我的視線而拿不出實力，我會過意不去。」

大概是聽不懂我的發言，香澄疑惑皺眉，但她突然露出「啊！」的表情。

「啊～～啊，啊哈哈哈哈哈……」

大概是想要辯解卻想不到怎麼說吧，所以在中途改成以笑容掩飾。

「我……我認為沒問題喔，學長！反正會播放到全世界，要是在意學長一個人的視線就談不上表演了。」

總覺得語氣變得相當親切，香澄是一慌張就露出本性的類型嗎？

「──那麼，我想差不多該輪我上場了。」

喔，語氣變回來了。香澄就這麼拿著飲料匆匆前往等候室。

話說回來，播放到全世界嗎……雖然不正確，但是本質上也沒錯。ＭＶ只會在日本的電視頻道播放，不過上傳到網路的影片可以從全世界連線收看。

在魔法層面來說，只要知道名字與長相，就可以成為通往實體的路標。雖然並不是只要這樣就能以魔法攻擊，不過確實比較容易連接到當事人的情報體。被素昧平生的對象設為目標的風險肯定增加。要是達到全世界的規模，不知道我是否能完全顧及……

讓深雪模仿藝人在做的事情，果然是弊遠大於利。姨母明明不可能不懂這一點。難道四葉家打算搾乾深雪的價值嗎？

基於和剛才不同的意義，我想要闖入正在拍攝的攝影棚了。要是現在立刻毀掉一切，不知道將會多麼舒坦！

即使知道不可能，這幅光景看起來也非常吸引我。誘惑過於強烈，甚至觸發內心的限制器。

我能夠懷抱的情感有極限。情感要是超過一定的水準，這份意念就會像是被吸入無底洞般消失。應該作用為情感的精神能量，會切換為維持人造虛擬魔法演算領域所需的能量。

除了唯一的例外，那就是對於妹妹深雪的愛情。

我的精神裡有一個大大的虛無領域。我在這種時候會實際感受到這個塌陷的空洞。

如果唯一的真正情感會被深雪喚醒……

那麼我大多是在思念深雪的時候，實際感受到自己缺乏情感。

即將被熱情吞沒的時候能夠回復為冷靜狀態，這是身為護衛、身為戰士樂見的事情。現在也是，即使是緊貼在意識一角，想要偷窺攝影棚內部的這個小小慾望，也像是被刮除般消失。

然而身為「人」來說又如何？

人類具有理性。人具有意志與思考力。這是人類的特徵。

但是人類同時也有情感。被無法控制的心情煎熬，不也是人類的特徵嗎？

我這個魔法師還能繼續當人類嗎？

只以我的狀況來看，敵視魔法師的狂信徒們提出的主張或許正確。

我這個魔法師或許是跳脫人類框架的怪物……

◇◇◇

幸好深雪演出的ＭＶ沒造成太大的話題。

上線第三天就有瘋狂的粉絲追隨，這一點令我頭痛，但這也僅止於小小的缺憾。姨母說只要播放深雪的影片就會吸引大眾，這個預測看來落空了。

這也是當然的吧。在這個時代，知道一年到底有幾名歌手出道嗎？肯定不下一百或兩百人。最近不紅的ＣＧ偶像套上別的虛擬外型再度出道的宣傳手法也被當成天經地義般進行。包括實質上再度出道的組合在內，或許突破一千人的大關。

即使只看流行音樂領域，現在的觀眾也是沉溺於作品之海的狀態。也可以說是抓著「搜尋小幫手」這塊浮板勉強將頭探出水面的狀態。在名為「口碑」的不準確羅盤帶領之下，無止境漂流在作品之海。不對，漂流本身如今已經成為一種娛樂。

免費服務、訂閱制服務成為娛樂領域的主流，也是反映了一邊漂流一邊享受的這種作風吧。因為如果沒有多到可以盡情「試用」的內容就無法安心漂流。

除非採用非常強力的宣傳手法，否則肯定不可能在這種市場短時間內就創造大流行。若是從「反魔法主義的短期對策」這個宗旨來看，這次的嘗試可以認定是以失敗收場吧。

——直到昨天的我是這麼想的。

這到底是怎麼回事？

為什麼現在會演變成要出動救災，並且在受災者面前上臺表演？

不，我知道表面上的理由。

進入當地小學體育館避難的人們之中，湊巧有那部MV的熱心追隨者。回應這名少年的懇求唱歌之後，周圍的受災者提出想看舞台表演的要求。

就是這麼回事。

而且前來採訪災害現場的電視臺，也湊巧委託說想在新聞播放這場表演。

雖然也覺得稍微過於稱心如意，卻沒有決定性的不自然要素。

但是——對，過於稱心如意了。

阻止大規模災害擴大的魔法師，以歌聲安慰受災者。

這是連反魔法主義者都很難抨擊的佳話吧。

而且這則新聞肯定會吸引許多觀眾注意。

這或許會成為掀起莫大波瀾的宣傳活動。

這份「不祥」的預感從剛才就在腦中揮之不去。

香澄與泉美以完美契合的舞步（當然也有唱歌）受到熱烈的喝采下臺。

深雪在體育館的簡陋舞臺登場了。

超脫現實的美貌，使得人們的意識脫離艱辛的現實而游離。

鴉雀無聲的空氣，由深雪嬌憐的聲音撼動。

翩翩起舞的舞步，與其說是舞蹈更像是日本舞踊的風格。

深雪從軍事風格的英勇服裝換成音樂活動用的華美女人味服裝。不對稱的裙襬微微搖晃，若隱若現的美腿曲線吸引眾人目光。

避難的受災者人數不到百人，但是看得目不轉睛的視線隱含匹敵上萬觀眾的熱氣。

舞臺上與舞臺下。這份寧靜的狂熱由一台攝影機持續傳送到電視台。

臨時安排的這場舞臺表演，由報導災害用的攝影機實況轉播。雖然是扛在肩膀上，以現代基準來說相當大型的機器，但是只靠這台攝影機無法指望能有什麼演出效果。

正因如此才有的真正現場感就在影片之中。

雖然也有物以稀為貴的新聞價值（大規模土石流災害的當天在避難場所舉辦「偶像歌手」的演唱會，這種活動終究很罕見），不過這部影片成為不小的獨家新聞反覆在無線電視台播放。

不是「魔法師成為偶像歌手」，是「偶像歌手其實是魔法師」。

就我看來很奇妙的這種逆轉現象，在觀眾之間產生了。

博得人氣的不只是深雪。從「被當成偶像看待」的這一點來說，香澄與泉美的雙人組比深雪更加顯著。

被拿來和兩人做比較應該是好事吧，學姊被評價具有「大人的魅力」而芳心暗喜的樣子。

我不知何時被拱為四人的經紀人，落得必須辛苦調整各處不斷提出的演出委託。

◇　◇　◇

一度創造聲勢之後，事態就會無止境地持續加速。

最近我深刻又實際地感受到這個道理。

出乎意料獲得成功的偶像計畫到了五月依然進行中。

在ＣＧ偶像的全盛時代，以容貌不輸ＣＧ（或者是遠遠凌駕）的歌手進行的演唱會，也深深抓住年輕人的心吧。深雪、香澄與泉美都變得無法好好上學。學姊也沒上大學。

而且，影響到的不只是這四個人。

今天終於誕生了新的犧牲者。

雖說事前就知道這一天會來臨，不過百山校長說的「積極協助」原來是這個意思……我重新這麼覺得。

「穗香，不用這麼害羞啦。」

「就算這麼說……艾莉卡居然不以為意耶……」

新的犧牲者是艾莉卡與穗香。

這兩人今天要拍攝出道用的ＭＶ。

深雪等四人今天休息。七草姊妹盡情享受久違的女大學生生活以及女高中生生活，不過深雪和水波一起陪著我。

——不知為何，我今天也在做像是經紀人在做的事。關於這兩人的雜事好像都扔給我了。

差不多是開始拍攝的時間了，但是穗香還在忸忸怩怩。

深雪悄悄朝我使眼神。

不得已了……

「穗香，這身打扮很適合妳，所以要有自信。」

「是……是這樣嗎？」

「達也同學，我呢？」

「艾莉卡這身打扮也很適合。」

穗香的叫做馬甲禮服嗎？是緊緊束起腰部強調女性體型的服裝。反觀艾莉卡是穿短褲露出雙腿的運動風格服裝。

和深雪她們出道時相比，該怎麼說，偶像特色更強了。不知道該說是去除生澀氣息還是明顯鎖定某些族群，穗香會害羞也是在所難免。反倒是面不改色的艾莉卡很了不起。

劇組人員出聲表示準備完畢。穗香露出充滿決心的表情，艾莉卡掛著老神在在的笑容進入拍片的攝影棚。

「達也大人，您不進去嗎？」

等候會合區目前除了我們以外沒有任何人。

即使如此，深雪也不是稱呼我「哥哥」而是「達也大人」。

「達也大人」這個稱呼已經在深雪心中落地生根了嗎？

考慮到我們的將來，這樣確實比較理想吧。

但我還不習慣被深雪稱為「達也大人」。

「那個，達也大人……？」

看到我沒回應，深雪疑惑地再度詢問。

不行，這種事……

「妳們拍片的時候，我也是在這裡等。如果只在穗香與艾莉卡的時候進去看也很奇怪吧？」

「因為那時候……是第一次。」

深雪看起來懷抱些許歉意，大概是因為曾經讓我一個人在外面等待而憂心吧。不過對我來說這樣也比較輕鬆。

因為就算問我感想，我也沒自信做出貼心的回應。

「而且……如果是達也大人，我就算被您看見也不會在意。」

啊啊，又來了。

「……那個，請問怎麼了嗎？難道是您心情不好……？」

「不，沒這種事。」

身體沒有異狀。心情也沒有不好。

不過，確實稱不上是萬全的精神狀態。

「深雪。」

我注視深雪雙眼這麼說，並不是想特別問她什麼事，沒有這種明確的意圖。

「有……？」

不過，深雪應該比我自己更敏感察覺我的氣氛改變了。深雪以略含緊張的眼神注視我，我在意識到之前就開口發問。

「妳再也不會叫我『哥哥』了嗎？」

因為沒有意識到才說得出口的軟弱問題。

……自我厭惡的感覺襲向我。「後悔莫及」這句話說得真好。

「……不——」「達也大人。」

不，忘記吧。

我要說這句話的時候被深雪打斷。

「只要是達也大人的希望，我什麼都願意做。無論是任何事。」

深雪雙眼蘊含意想不到的強烈光輝，這次是我畏縮了。

「只要達也大人吩咐，任何命令我都會照做。可是……」

我停止呼吸等待深雪的話語。

等待她的真正回答。

「說實話，我再也不想稱呼您『哥哥』了。」

「這樣啊。」

「我希望自己是達也大人的未婚妻。希望成為您的妻子。」

「這樣啊……」

「是的。所以我不想回去當那個無法和您長相廝守的妹妹。」

深雪的回答超乎預料打動我的心。

應該不是打擊。

首先造訪的是「果然如此嗎」的接受感。

接著前來的是內心彷彿失去一大塊的失落感。

最後降臨的則是……

喜悅。

喪失的東西不是愛情。

即使深雪拒絕當我的妹妹，我內心僅存的唯一愛情也絲毫沒受損。

我不知道失去的東西是什麼。

但我現在依然可以為深雪搏命。

我的心繼續堅守這個原則。

「不過，如果達也大人堅持……」「不。」

這次是我打斷深雪的話語。

「深雪，妳維持這樣就好。」

「——好的。」

深雪就這麼注視著我的眼睛點頭。

就這麼四目相視，視線動也不動。

深雪的嘴唇微微蠕動。

想要說出某些話。

她的眼睛訴說著某些事。

期望著某些事。

「——咳，咳咳！」

不過突然傳來咳嗽聲，使得深雪連忙移開視線。

我也從害羞低頭的深雪移開視線，轉身看向背後。

咳嗽的是滿臉通紅的美月。她身旁是雫，背後是雷歐與幹比古。
「美月，妳還好嗎？這裡的空氣應該沒這麼乾燥才對……」
「和溼氣沒關係吧？看見那種光景，喉嚨難免會乾渴喔。」
「這樣啊。雷歐，你究竟看見了什麼？」
我表現的恐嚇態度，當然是裝出來的。
「沒，沒有啦，為什麼呢……」
「我什麼都沒看見！」
所以不用這麼慌張也沒關係喔，雷歐。連幹比古都這樣，搞不懂你在慌張什麼。
這是我的心裡話。
我現在的心情無法寬容到說出這些話讓他們放心。

「穗香。」
穗香走出攝影棚的時候，雫向她搭話。
「雫？」
穗香的臉蛋立刻染紅。
比我那時候還要顯著。看來穗香是比起被異性看見，被朋友看見會更覺得害羞的類型。

「結束了嗎？」

雫肯定也知道穗香正在全力害羞，卻完全不以為意。不知道是因為交情很好，還是因為雫的個性……

「不，還沒……妳來為我加油嗎？謝謝。」

「其實我想更早來就是了。可以看嗎？」

「應該沒問題。」

穗香這麼說之後，像是觀察般看向我。

我當然也點了點頭。

「那個，我也可以嗎？」

「好的。我們一起進去吧。」

回應美月的是深雪。

深雪、穗香、雫、美月、水波等五人一起進入拍片中的攝影棚。

雷歐與幹比古沒有隨後跟上。

◇　◇　◇

第二波出道的ＭＶ從播放當初就成為一大話題。因為深雪等人的活躍，所以在公開之前就受到眾人注目。

或許可以說聲勢正旺吧。五人（除了大學生的學姊）都已經達到學業受影響的程度。

——不過校長說過「會多加關照」，所以或許不必擔心成績問題。

最近的偶像活動正常來說，時間似乎不會這麼受到拘束。

會製作無法和本人區別的３ＤＣＧ虛擬人物，包括歌聲在內的語音樣本以及包括舞步在內的動作樣本一次收錄完畢，讓虛擬人物套用樣本說話、唱歌與跳舞。演唱會則是讓立體影像站上舞臺唱歌。

大致上是這種模式，「歌手本人」或是「舞者本人」過著匿名不受干擾的日常生活，這是最近的偶像業界祕辛。

從這一點來看，我們的作風可說是相當另類。或許可以形容為返祖現象。不過看在見異思遷的大眾眼中反而新奇，這方面應該沒錯。

光是這樣當然無法說明這份異常的人氣。加上在全國網路新聞吸引注目，應該是素材的優秀程度發揮效果吧。尤其是ＣＧ遠比不上的深雪美貌，給予人們近似驚愕的感動——

這段話不是我自己說的。明明這邊沒有委託，娛樂記者卻以這樣的內容大肆宣傳。雖然沒委託，但還是有許可他們宣傳。

今天也有娛樂雜誌的採訪。雖說今天「也有」，不過以其他偶像的狀況，大多由負責聲音的人代表受訪。一名ＣＧ偶像由提供外貌素材的藝人、提供歌曲的歌手、提供舞蹈的舞者組合而成的例子並不稀奇。只以ＣＧ製作虛擬人物，其他部分都由一名偶像包辦的例子反倒比較少。以上是那位幫忙大肆宣傳的娛樂記者提供的業界祕辛。

這邊的狀況是和出動救災的那時候一樣，繼續由學姊代表受訪。麥克風當然也會朝向深雪或泉美她們，不過學姊在這時候也會巧妙主持。對於學姊來說比起被迫唱歌，陪記者聊天似乎也比較輕鬆。

只不過，並不會只以聊天做結。

攝影師來了。因為是偶像所以附帶拍照環節。

這邊也知道要拍照。雖然六人都不是穿舞臺裝，卻是和平常便服路線不同的可愛衣服。

不，我只知道深雪的便服穿著，不過從印象來說，平常就可能打扮成這樣的……在這之中應該只有泉美吧。

那麼，輪我出場了。

最近市面上出現了看似普通相機，卻能穿透衣服以相當接近膚色的色調拍照的機種。這是運用傳統的紅外線攝影技術，不過以前是黑白照片，現在的是彩色照片。技術上有著這樣的差距。

一般的店沒有販售。不用說當然是非法機器。而且檔案會在拍照的同時傳送出去，之後檢查的時候只留下普通的照片檔案，這方面的小動作非常精細。

我的職責是監視現場以免這種非法工具被使用。不是以魔法，而是以機械監視。為此我向國防軍借來高性能的防諜裝置。

其實藤林小姐在的話就輕鬆得多，但是出動救災就算了，演藝活動無法借用現役軍官。反正不是經紀人也不是助理的我總是負責打雜，考慮到這是周邊戒備的一環，我比較習慣做這種事。

攝影師按下器材開關，防諜裝置同時顯示出掃描結果。

這次沒動手腳。畢竟是新興卻創下佳績的知名娛樂雜誌，看來不會亂來。

只不過雖說有名氣也不能放心。幾天前，擁有一百五十年傳統的知名出版社攝影師，就帶來了不必使用掃描裝置也看得出來的非法相機。聽說那間公司經營不善，所以大概是人窮志短……不對，應該說窮斯濫矣吧。

攝影順利結束，前往下一個現場。這次是有線電視臺，而且是現代少見的現場直播節目。我覺得時代倒流的宣傳方式逐漸成為我們的主打風格。

◇　◇　◇

進入六月了。

荒唐的任務（就是演藝活動）還在繼續進行。

最近對於每天如何度過沒什麼印象，大概是因為太忙吧。甚至隱約覺得像是以摘要方式快轉度過每一天……不對，不是這樣。感覺像是為了在事後符合邏輯，所以偽造出實際上沒發生任何事，甚至「不曾存在過」的每日記憶。

——內心像這樣胡思亂想，看來我相當累了。

最近在出動救災這方面完全沒有上場機會，是開店休業的狀態。雖然這麼說，只靠當地消防人力與國防軍普通部隊無法處理的大型災害要是太常發生也很頭痛。接連發生摩天大樓火災與土石流災害的那一個月才異常。

但是過著這樣的生活，會差點忘記自己是魔法師。看著深雪人氣高漲並且受人吹捧，我甚至差點迷失自己的目的。

經由演藝活動，魔法師也能受到社會接納的現實。

然而這不是以魔法師的身分接納。

相較於把魔法師當成兵器接納，兩者在本質上沒有兩樣。

但是從這種意義來說，我的想法不也一樣嗎？

讓魔法師成為「經濟活動不可或缺的要素」，在社會打造容身之處。

單純不是被當成兵器，而是成為「偶像」受到社會接納的現狀，和我的想法哪裡不同？

如果只考慮深雪的平穩，讓她不再以魔法師的身分活下去，就這麼繼續進行演藝活動，不就更能享受和平的生活嗎？

這樣的迷惘掠過我的內心。

「達也同學，你在想事情嗎？」

「穗香，現在是休息時間？」

「嘻嘻，是的。」

我們現在位於電視台的攝影棚。正在進行音樂專用頻道的節目彩排。

上節目的不只是我們。還有主要進行演唱會活動，略帶偶像要素的年輕歌手們同臺演出。雖說年輕，不過和我們年齡相近或是大了四到五歲。

歌手本人演出的這種節目最近好像增加了。今天的一位演出者半開玩笑地說「託妳們走紅的福」向我們道謝。頭銜是製作人的電視臺人員也對我說預定會增加現場直播節目。深雪她們的活動對演藝圈造成出乎預料的影響。

但是在另一方面，既然有人登上媒體的次數增加，相對來說就會有人的曝光機會減少。利用CG偶像為賣點的經紀公司似乎對我們恨得牙癢癢的。

在另一個節目同台的樂團經紀人告誡我「要小心醜聞」。男公關迷倒女藝人藉以打造醜聞的手法似乎相當常見。

先不提是否會被壞男人勾引，這種高調的戀愛遊戲看起來確實在演藝圈橫行。即使不是為了工作，穿著與妝容也逐漸變得花枝招展，肯定也是因為這種隱情。

我們家的成員也受到這種影響。既然其他女藝人都打扮得亮眼奪目。這邊像是不服輸般（應該說避免丟臉）打扮成類似的風格應該是在所難免。即使是影響較小的深雪，最近的便服色調也變得鮮豔。

深雪、學姊、香澄、泉美、穗香、艾莉卡。六人當中最受影響的是穗香。她的便服在每次去雫家玩的時候都會接受檢查所以沒有變得粗俗，卻明顯逐漸變成一般人不會穿的款式。頭髮最近也大多沒綁起來。

目前她還沒換成正式上臺用的服裝，依然是便服。不過她原本就變得花俏，今天還因為有電視通告而用心打扮。就我的印象來看，和她唱歌時的服裝差不多。

「所以，達也同學在想什麼？」

穗香在服裝以外的變化也很明顯。變得相當積極的同時也多了一份從容。年初那時候的她洋溢一種走投無路的氣息，不過現在消失了。雷歐半開玩笑地說「光井臉皮變厚了」，但我不認為這是不好的變化。穗香原本就有觀察別人臉色的傾向，臉皮厚一點應該剛剛好吧。

「不是什麼重要的事。」

不提這個，應該回答她這個問題嗎？反正我沒在想什麼不能回答的事。

「我在想這種生活會持續多久。」

我說完之後，穗香以表情顯示意外感。

「達也同學，你不喜歡嗎？」

這句反問令我陷入意外感。

「我不是當事人，所以身為當事人的妳們如果喜歡，我會陪妳們走下去……」

不會不喜歡嗎？我以言外之意這麼問。

「我不會不喜歡喔。雖然現在還是會不好意思，但是不必去做危險的事情不是很好嗎？」

不危險是嗎……這正是我在穗香過來之前一直在想的事。

和平度過的每一天。

生命不會被威脅的生活。

戰鬥當然不用說，出動救災也有風險。時機稍微有個差錯就被災害殃及導致魔法師受重傷的案例不算少。在救難活動殉職的案例也無法只以單手數完。

另一方面，因為演藝活動而受重傷的可能性幾乎是零吧。想像得到的例子是業者疏失導致大型器材倒塌而遭殃，不過這種事真的能以魔法解決。比方說可以在舞臺服裝的飾品混入思考操作型ＣＡＤ，必要的話由我來分解消除就好。

記得我也聽過藝人被粉絲心態扭曲的暴徒襲擊的新聞。不過這種事真的只要有我的「眼」在監視就不可能發生。即使我不在，不是職業戰鬥員的區區暴徒也傷不了她們。即使是六人之中最不適合戰鬥的穗香，戰鬥力也高於活動會場的警衛。

「我身為魔法師，想以魔法之力造福社會的想法並沒有消失……但我最近開始覺得這種工作也不錯。」

穗香靦腆但是看著我的眼睛清楚這麼說。

「不覺得在舞臺表演的時候使用魔法也很好嗎？我想我的魔法應該適合用在這裡。」

「這是魔法的和平利用吧。」

我不經意說出這句話。

「對！就是這個！」

穗香回以出乎預料的強烈反應。

「如果有一些用來創造歡笑的魔法應該也不錯。因為魔法肯定擁有帶給眾人笑容的力量。」

魔法是帶給眾人笑容的力量嗎……

可惜我無法同意。我的魔法會帶來恐怖、悲嘆、憎惡與怨恨。

不過在這個世界上，如果有穗香所說的魔法也不錯。

我如此心想。

[5]

「演唱會嗎？」

「沒錯。MV的銷量順利成長，電視台的通告也多到接不完。想要現場欣賞下任當家閣下唱歌的聲浪也在粉絲之間逐漸高漲。」

稱呼深雪「下任當家閣下」的是七草家當家——七草弘一。

我至今一直避免見到這位人物，但是開始這份工作之後就由不得我這麼任性。因為代替一如往常窩在根據地的姨母，實質上管理這項計畫的就是這個人。

「我覺得差不多是時候了。要是在這時候將數萬人規模的群眾直接納入影響，人們對於計畫成員的好感度會因為傳染效果而在地域社會擴散到無法忽視的規模，也會難以對成員的母體，也就是魔法師社群懷抱惡意。在這個首都圈，對於魔法師的攻擊行動將會失去大眾的支持。」

「首先征服首都圈，再逐漸擴張到其他區域嗎？」

「一點都沒錯。」

弘一先生點頭回應我的話語。他在室內也沒取下墨鏡所以很難看出表情，不過沒有心懷鬼胎的樣子。

只不過，在這一連串的任務或許沒必要這麼深入探討。既然找我談這件事，姨母肯定也已經同意。

「所有人都要登臺嗎？」

「我是這麼打算的。」

原本提防他會提出讓深雪舉辦獨唱會的胡來要求，但我想太多了。他剛才使用「傳染效果」這個字眼像是暗示會使用魔法，所以我以為是要深雪在演唱會使用精神干涉系魔法。

「已經徵得其他成員的同意了嗎？」

我以明顯看得出來的動作，看向坐在弘一先生旁邊的學姊。

現在只有我、弘一先生以及學姊共三人位於這裡。我讓深雪在家裡念書。房間外面從剛才就傳來香澄與泉美正在偷聽的氣息，但是弘一先生置之不理，所以應該可以不用管她們吧。

學姊承受我的視線之後聳肩。她臉上露出死心之意。我不會使用讀心術，對於學姊現在的想法卻瞭若指掌。

——事到如今就算抗拒也無濟於事。

都已經在主流媒體曝光到這種程度，確實可以形容為「事到如今」吧。

不過學姊，我覺得這種想法有點天真。

「我家的女兒們都答應了。千葉艾莉卡小姐與光井穗香小姐也說，只要下任當家閣下參加，她們就會參加。」

「換句話說，敝家的深雪實質上掌握了決定權嗎……」

我在心中對自己這句話嗤之以鼻。沒什麼決定權可言，這是已經決定的事項。

但是表面上必須當成是我代表深雪的意願做決定。

必須以此為證據，以免四葉家在事後控訴是被七草家強逼的。

「知道了。這邊也會讓深雪登臺演出。」

「謝謝。日期與場所之後再聯絡。」

七草弘一先生也知道這是在做個形式。他之所以脫口說出「謝謝」，肯定是因為劇本上寫著這句臺詞。

兩天後，七草家當家聯絡告知日期與場所。

「兩週後的星期六下午六點，場所是東京巨蛋嗎……」

「突然就要辦在這麼大的會場嗎？」

看來深雪終究也吃了一驚。不對，不只深雪，我也吃了一驚。

改建為可開關式巨蛋的第二代東京巨蛋球場，從一開始打造就考慮到會用為演唱會會場。

「打開巨蛋，以戶外演唱會的形式進行嗎？這是妥當的做法。」

企畫書看到這裡，老實說我鬆了口氣。深雪也稍微放心吐氣。想子與靈子都無法以物理性質的天花板封閉，但是「被封鎖」的概念會造成想子滯留。關於靈子，目前還沒有足夠的觀測案例能夠導出結論，但是推測也具有相同的性質。

數萬人聚集在封閉空間，意念一齊朝向舞臺。我光是想像這種狀況就差點發抖。雖然成員都是擅長控制想子的優秀魔法師，但同時也具有高度的想子感受性。

情感高漲而活化的龐大靈子，以及受到靈子影響的大量想子。

選擇可以切換成戶外形式的巨蛋球場，應該是為了將這種集中砲火的影響抑制到最小吧。

如果是為了對觀眾的心——對大眾的精神進行魔法形式的干涉，封閉的會場反而便於行事。不過這次重視的是風險迴避。

即使如此，要是巨蛋球場擠滿觀眾，這份壓力恐怕非同小可吧。即使我在本質上是旁觀者，也輕易就能想像到這種程度。

先別說魔法性質的壓力，但願她們不會被唱歌的壓力擊垮。

◇　◇　◇

從那天起，大家為了演唱會而開始猛烈特訓——肯定如此。

但是不知為何，我不記得這部分。雖然不可能分頭行動……但是例如宣傳、委託售票或是布景道具的準備，必須進行的準備「好像」多不可數，所以我應該是在忙這些事吧。

準備期間也只有兩週，短到匪夷所思。動員五萬名觀眾的大規模演唱會不可能在這麼短的期間準備完成。即使是容納人數百分之一的會場也不可能吧。不知道到底使用了什麼「魔法」。

就像這樣，我們莫名其妙就迎來演唱會當天。

天氣是陰天，沒有下雨的徵兆。巨蛋按照預定計畫完全開啟。

而且觀眾席已經客滿。

「……好多人耶。」

學姊像是傻眼又像是害怕般輕聲說。

被震懾的不只是學姊。

我也一樣傻眼。

沒想到真的座無虛席……雖說因為演出所需，觀眾席數量比預設的容納人數減少約三成，我聽到門票賣光的時候以為是宣傳用的誇飾。

不過像這樣看見觀眾席完全坐滿……不得不覺得演藝資歷只有短短三個月的新秀歌手演唱會

居然能集結這麼多人。

雖然至今也不時有這種感覺，但也過於稱心如意了吧？

……不對，比起不順利來得好。總之現在不是分心思考這種事的場合。

已經是開幕時間了。

「小澄、小美，會緊張嗎？冷靜下來，以平常心面對就沒問題了！」

……學姊，請不要說這種施加壓力的話。

「沒問題的，姊姊。」

「我才要說姊姊，請冷靜吧。」

泉美，我也有同感。

不過，這兩人果然有膽量。起用她們負責開場是正確解答。

「我上臺了。」「我要上臺了。」

我們所有人目送她們兩人移動到舞臺下方設置的機關。

我們位於背景螢幕前方設置的舞臺裡側。球場中央另外設置一個圓形舞臺，以狹長道路和這座舞臺連結。設計舞臺的業者將這邊的舞臺稱為主舞臺，將圓形舞臺稱為中央舞臺。我不知道嚴格來說是否合適，但我也這麼稱呼。

香澄與泉美移動到中央舞臺底下。

燈光變暗。看來兩人就定位了。

演唱會終於開始。

手臂被拉的觸感引得我轉頭一看，深雪緊抓著我的左袖。雖然裝作面不改色，但是果然在緊張吧。

在深雪上場之前還有一段時間。暫時隨她高興吧。

開始播放歌曲的前奏。

觀眾席鴉雀無聲，但是熱氣反而增強。與其說是暴風雨前的寧靜，感覺形容為火山爆發前的寧靜比較合適。

前奏逐漸減弱，樂聲完全消失的前一剎那。

臺上奏出激烈的旋律。

所有樂器放聲咆哮的同時……

淡藍色與淡紅色，身上服裝只有色調不同但造型相同的雙胞胎「飛躍到」中央舞臺上。

歡呼聲響起。

叫喚聲響起。

正如字面所述從深淵飛躍而出的香澄與泉美，在空中揮手回應粉絲的叫喊。

兩名精靈背對背描繪螺旋軌道降落在舞臺。

即使相互背對，兩人依然表演起精準同步的舞蹈。

曲調明顯變得激烈，踩踏舞步的兩人雙腳離開地面。

「飛行魔法果然很有看頭耶～～」

換上舞臺服裝的艾莉卡，擺出比平常還高的姿態自言自語般呢喃。

如她所說，香澄她們在空中飛舞是飛行魔法使然。這次的表演除此之外還會展現許多魔法。

弘一先生抱怨在申請許可的時候費了許多工夫，不過既然要求魔法師成為藝人，付出這種程度的心力也是理所當然吧。

「艾莉卡，妳也學她們那樣比較好嗎？」

艾莉卡的表演沒有使用飛行魔法的演出。

「不可能。我只顧這個就沒有餘力。」

如此回答的艾莉卡，就這麼將視線固定在中央舞臺指向腳下。

她穿著直排輪鞋。

「但我認為妳的精彩程度不會輸喔。」

「是嗎？謝謝。」

艾莉卡平淡回答，我學她將視線移回舞臺。

同時將「眼」朝向觀眾席。

觀眾早早就陷入狂熱。

第一首歌曲迎來最高潮。

香澄與泉美背對背交叉手臂，一邊旋轉一邊逐漸昇上夜空。

兩人的左手在空中相繫，彼此在對方周圍環繞。

歌曲進入最高潮。

燈光熄滅，兩人的身影融入夜空。

照明重啟，歌曲再度開始。

舞臺上，泉美她們熱情唱出最後一段歌詞。

兩人連續唱了四首歌，在主舞臺向觀眾行禮之後回到後臺。

取而代之衝上舞臺的是艾莉卡。

勇猛連打的打擊樂。不是爵士鼓，是康加鼓、邦哥鼓、天巴鼓這些拉丁打擊樂器和日式太鼓的搭配組合。

以喚醒原始狩獵本能的節奏洪水為背景，穿著直排輪鞋的艾莉卡高速奔馳。

馬達驅動的滑輪搭配慣性控制魔法。連我都無法以那種速度轉彎，應該會來不及控制身體而立刻摔倒吧。艾莉卡卻在唱歌的同時高明做出這種動作。

打擊樂加入銅管樂器的聲音。小喇叭、中音與低音薩克斯風。接著是弦樂器。吉他與貝斯。

比起唱歌更像在叫喊的艾莉卡聲音加入了旋律。

自由自在奔馳在舞臺上。目不暇給的表演未曾停止。

燈光閃爍。

利用慣性控制進行的緊急加速與起步。

殘像化為虛像留在舞臺。

主舞臺出現了五名艾莉卡。

不是立體影像。

觀眾應該也直覺理解到這一點。

這是藉由魔法與照明實際演出的分身。

會場撼動。

球場充滿像是尖叫又像是吶喊的叫喊聲。

艾莉卡唱完三首歌回來了。雖然比香澄她們少一首，觀眾卻沒有對此感到不滿的樣子。觀眾與艾莉卡都像是燃燒殆盡般疲憊不堪。

原本有提案在這時候休息片刻，但是這個方案沒被採用。

取代中場休息的廣播通知，平穩又感傷的旋律在會場輕聲響起。中央舞臺浮現光芒。並不是燈光打在臺上，是如同空氣發光的神奇光芒。連知道真相的我們也覺得不可思議，所以在觀眾眼中應該是幻想般的光景吧。

光芒籠罩舞臺。淡淡的光輝成為層層重疊的帷幕藏起舞臺。

前奏結束，穗香的歌開始在會場響起。

一邊唱歌一邊使出這個魔法嗎？穗香的精細控制力果然出類拔萃。

帷幕隨著歌聲緩緩解開。

光芒象徵著花瓣。

觀眾們倒抽一口氣。

淡淡閃耀的蓮花綻放。

在蓮花的中心，身披同色光輝的穗香揮手示意。

靜悄悄的觀眾席像是產生反作用力般沸騰。

花瓣化為繽紛的落英，化為隨風飄舞的雪，或是化為星星逐漸消失。

絕大多數的觀眾都認為是精心製作的立體影像吧。

因為這個誤會，所以沒有被驚訝心情妨礙，純粹享受著這幅美景。

穗香在球場中央設置的圓形舞臺歌唱。

無論從哪個方向觀看，她身上的光也沒有褪色或變形。

恐怕沒有觀眾對此覺得不可思議。

現場觀賞舞臺表演的人們，沒有從高處俯瞰或是從複數角度觀看會場的方法。

所以即使覺得不可思議，也還是會接受。

所以不會想太多，就只是盡情享受這場表演。

和激發驚喜與興奮的艾莉卡表演成為對比，可以放鬆享受的穗香表演逐漸令觀眾入迷。

舞臺導演不插入休息時間的演出手法，獲得預料之中的成果。

穗香回到後臺，學姊抓準觀眾席稍微開始喧鬧的時間點前往舞臺。

「那麼，我上臺了。」

說完之後，學姊揮手走到聚光燈下。

恬靜的抒情旋律開始演奏。

舞臺服裝是蕾絲交疊的優雅晚禮服。

嬌媚成熟的可愛氣息是學姊身為歌手的賣點，不過今天刻意主打她成熟的一面。

不使用華麗的舞臺布景。

也不使用魔法。

只使用照明的舞臺演出，甚至讓人有種懷舊感，熱烈營造出成熟的氣氛。

觀眾甚至沒打拍子，專心聆聽學姊的歌。

唱完一首歌之後，聚光燈打在學姊身上。

「大家晚安。謝謝各位今天蒞臨會場。」

MC由學姊擔任。這一點無須任何人提議就自然決定。

「……按照慣例，接下來會繼續以死板的話語問候各位。」

咦？風向似乎……

「但我今天想和年輕人一樣放飛自我！」

在這麼說的同時，學姊將身上的禮服撕裂了！

……不對，疊在外層的蕾絲是可以拆卸的。

老實說，我嚇了一跳。

學姊宣稱「我要自由發揮」當成擔任MC的條件，但我沒料到她會展現這麼大膽的表演。

「各位～～玩得開心嗎～～？」

不同於以往的亢奮情緒令觀眾不知所措，但是搖身變成大膽細肩帶迷你裙禮服風格的學姊高聲一呼，眾人還是「喔～～！」地高聲回應。

「看臺座位區的大家也玩得開心嗎～～？」

比剛才更響亮的叫聲撼動球場。

「好的～～謝謝大家～～」

學姊大幅揮手回應觀眾。

看起來好開心。

其實她喜歡這種風格嗎？

「這麼多人前來聲援，我們所有人都嚇了一跳。明明剛出道不久，真的很高興。我最喜歡大家了！」

此時學姊送出飛吻。

粉絲們以歡呼聲回應。

……不過學姊真的是演員。沒想到是這麼高明的演技派。

香澄與泉美也目瞪口呆喔。

「話說各位，我們有一個共通點，你們知道嗎～～？」

對於學姊這個問題，觀眾席各處發出「魔法使！」以及「魔法少女！」之類的聲音。

……不知為何沒有「魔法師」以及「魔女」這兩個答案。

「沒錯！我們所有人都是魔法少女！」

唔哇……雖然是按照劇本演出，但她說出來了……

不過學姊的氣勢比彩排的時候強得多，所以應該不以為意吧。

……難道她心情這麼亢奮，是為了說出現在這句話？

在平常的狀態應該說不出口……我這個想法過於穿鑿附會嗎？

「喂喂喂，是誰啊～～？是誰壞心眼說我不是少女啊！」

是我。

雖然這也是按照劇本演出，但她興致高昂的程度令我忍不住想要配合。

「平常的我們不是童話中的魔法少女，但是在舞臺上就和各位熟悉的魔法少女一樣，我們的工作是將夢想送給各位！」

觀眾再度發出狂熱的叫聲。

學姊完全掌握會場氣氛。

「而且，前來將夢想送給各位的人，不只是舞臺上的我們！」

啊？

劇本肯定沒有這句話才對……

「同樣是魔法少女的好朋友跨海而來，要帶來精彩的表演幫各位加油！」

學姊指向的巨大螢幕，播放解析度和螢幕尺寸相符的亮麗影像。

「來自美國的魔法少女，絲特拉·安吉！」

那是誰啊——我只在瞬間這麼心想。

在螢幕登場的無疑是莉娜。

本名是安潔莉娜·庫都·希爾茲。

擁有天狼星代號，ＵＳＮＡ軍最強魔法師部隊STARS的總隊長。

莉娜身穿清涼的搖滾服裝，率領樂團站在麥克風架前面。

竟然連莉娜都有相同的境遇……

『日本的各位，晚安～～！』

莉娜開朗問好。

沒有自暴自棄的感覺。反倒是興致勃勃。

『聽我的歌吧！』

隨著似乎在哪裡聽過的這句話，畫面中的莉娜拋媚眼開始唱歌。

不，看起來真的很快樂。

比起軍人，莉娜肯定更適合當歌手。

但我沒想到居然準備了這種驚喜企畫。

這麼說來，學姊在開場之前一臉嚴肅地閱讀工作人員給她的字條，難道是這件事嗎？這麼一來就代表學姊也是被隱瞞到最後一刻。

姨母也好，弘一先生也罷，是不是有點過於孩子氣了？

無視於我們的驚訝，觀眾們欣喜若狂。

客觀評價的話，莉娜是不輸深雪的美少女。

在神祕性這方面略遜深雪，吸睛程度卻是莉娜勝出。

至今沒看過的金髮碧眼超級美少女，在高解析度的巨大螢幕演唱日文歌。

要大家別興奮才不合理吧。

「真受歡迎耶。」

「學姊，您的上臺時間還有剩吧？」

學姊不知何時來到我身旁看著播放會場狀況的螢幕，我試著開口提醒。

「要我在這之後唱歌？達也學弟真是天生的虐待狂耶。」

慢著，不必這樣瞪我吧。

這次突然變更節目內容，我可沒有參與。

「為了加入希爾茲小姐的直播演唱，時間變得很緊湊，所以等一下以ＭＣ收尾之後，我的表演就結束。也幫我向深雪學妹這麼說吧。」

學姊從裝模作樣的聲音換成公事公辦的語氣這麼告知。
聽她這麼說就覺得沒錯。
能夠使用球場的時間有限。
我走到坐在椅子抬頭看螢幕的深雪身旁。
「深雪。」
「啊，哥哥……更正，達也大人。」
大概是沒察覺我接近，深雪似乎嚇了一大跳。
……不對，不是這樣。
「不安嗎？」
「是的，不，那個……」
反射性地叫我哥哥，肯定是不安的表現。
看來我這個未婚夫不太值得依賴。她依賴的是身為哥哥的我嗎？
感覺又是開心又是難過，這種心情真的很複雜。
「莉娜臨時參加演出，所以順序提前了。等到莉娜唱完，學姊以ＭＣ收尾之後，妳就要立刻上場。」
「——好的，我知道了。」

她的幹勁相當充足。不對，是在逞強。

「深雪。」

「達也大人？」

我以不會弄亂髮型的力道輕撫深雪的頭髮，她大吃一驚。

「在這種地方……」

我捧起長長的髮梢，深雪害羞別過頭去。

「放輕鬆上臺吧。無視於觀眾也關係。」

「可是……」

深雪就這麼別過頭去，只以視線悄悄朝向我。

「妳只要意識到我在看妳就好。」

不知何時湊過來偷聽的穗香與泉美，從喉頭發出「咻！」這個半哀號的聲音。

我與深雪當然都無視於兩人。

說不定深雪甚至沒察覺。

「您會……看著我嗎？」

「我發誓眼睛絕對不會離開妳。」

我的誓言使得深雪笑逐顏開。

看到深雪的表情不再逞強，我也不禁點頭回應。

『謝謝大家～～！後會有期喔！』

莉娜在螢幕裡揮手。

響起令人誤以為是地鳴的歡呼聲。

「以上是來自美國的魔法歌姬，絲特拉小妹的演唱！」

上半身繼續露出香肩，在迷你裙外面套上一件過膝片裙的學姊，拿著麥克風走上舞臺。

不過……絲特拉「小妹」是吧。希望她在演唱會結束之後不會意氣消沉。

「非常漂亮又可愛對吧？」

學姊將麥克風朝向觀眾席。

觀眾的叫喊已經無法判別是在說什麼了。

「ＯＫＯＫ，但我們也不會輸喔～～」

聲音的炸彈再度撼動球場。

「準備好了嗎？接下來終於輪到我們的歌姬登場了。司波深雪～～！」

這已經不是歡聲了。是音浪。

不是撼動空氣，是攪亂空氣的暴風。

面對化為物理衝擊迎面而來的熱烈歡呼，我後知後覺思考著「畢竟莉娜是那種個性，還是避免用本名比較好吧」這種事。

──人們說這種行為是「逃避現實」。

雖然剛才對深雪那麼說，但她能夠無視這股氣氛嗎？

我覺得自己給的建議嚴重失準。

然而這是我多慮了。

深雪在主舞臺中央停下腳步，聚光燈照亮她的瞬間，觀眾席安靜到連一根針落地都聽得到。

這幅光景彷彿是以天堂顏料描繪的一幅宗教畫。

浮現在一道光芒之中，雪白潔淨的少女。

接受祝福的聖女。

她的身影不只莊嚴甚至神聖。

深雪不拿麥克風開始唱歌。

增幅歌聲使其滲透的單純魔法。

其中沒加入任何多餘的東西。深雪的歌聲原本就具有音韻，絲毫沒有需要裝飾的要素。

甚至也沒有電子形式的轉換與重現。

伴奏也都是原聲樂器，樂聲就這麼以魔法增幅。

深雪的魔法撼動五萬人的耳朵。

滲入胸口，滲入心臟。

囚禁眾人的心。

深雪開始輕輕擺動手腳。

與其說是舞蹈，更像是舞動。

曲調絕對不是只有慢節奏的部分。

不是只有溫和的部分。

然而即使再怎麼激情歌唱，或是哼出輕快的旋律，也絕對不會影響她的優雅。

深雪如同沒有體重、沒有肉身的精靈般舞動，她的腳，她的趾尖，逐漸離開舞臺地面。

緩緩上浮。

凌空飛舞。

觀眾全都屏氣凝神。

別說打拍子，身體甚至連動都不動。

就只是陶醉地注視深雪。

在空中飛舞的深雪唱完一首歌。

踏風而行的雙腳著地，優雅行禮。

觀眾的情感化為統一的尖叫炸裂。

最後一首歌結束，深雪回到後臺。

所有人並排在主舞臺向粉絲們道謝。

然後以廣播告知演唱會結束。

但是觀眾沒有任何人起身離席。

並不是在要求安可。

簡直是忘我。

以魂不守舍的狀態坐著不動。

唔～～以魔法傳送人聲的做法果然太過火了嗎……

雖然發誓沒使用精神干涉系的魔法，卻造成類似的結果。

然而這不是操作意識的魔法，所以我束手無策。

只能任憑他們自然回復。

之後交給工作人員處理，我們從球場打道回府。

〔6〕

演唱會隔天。

我們……更正，我與深雪得知自己做得太過火了。

昨天的演唱會被全國網路的報導節目製作專題報導。不是娛樂新聞，是社會新聞。具體來說是把觀眾在演唱會結束之後的虛脫狀態視為問題。

「居然說是『黑彌撒』……」

看電視的我不禁輕聲自言自語。

今天是星期日，不過即使是平日也不會去學校吧。一高甚至以校長名義寄警告郵件要我們別出門。

「難道是我下意識讓魔法失控了嗎……？」

「不。昨天的演唱會沒使用精神干涉系魔法。觀眾暫時失去自我並不是魔法效果。」

看深雪過於不安而自責，我抱持自信斷言。

這不是安慰。深雪上臺的那段期間，我一直沒移開「眼」。不只是企圖干涉深雪的魔法，深雪輸出的魔法我也悉數掌握。觀眾變成那樣不是魔法使然，是感動使然。

只不過，比方說使用魔法性質的布景撼動情感，或是以魔法操控內心等等，媒體誹謗的這種事實絕對不存在。

「……可是，既然以這種形式鬧出問題……」

「這次的任務應該到此為止吧。」

這次的任務——也就是演藝活動的目的，是要向魔法師以外的人們博得好感。昨天的演唱會以獲取人氣的意義來說應該是成功的，卻賦予媒體「濫用魔法」這個題材來抨擊魔法師本身，這一點可說是致命傷。

至今只能隱藏對於魔法師的惡意旁觀深雪她們活躍的媒體，肯定會趁機以這個莫須有的罪名為材料，加強對於魔法師的攻勢。

我不認為昨天演唱會的演出是失策。掌握觀眾內心的這個目的順利達成。

然而這麼做違反了「反魔法師運動的封鎖作戰」這個基本目的，所以果然不得不說失敗了。

只能承認在戰術上成功卻在戰略上失敗。

算了，反正不是我想做而持續至今的任務。考慮到因為演藝活動而犧牲了私生活，反倒應該歡迎任務中止。

長相已經眾所皆知，大概得暫時避免外出，不過也只要忍耐一陣子吧。群眾都是三分鐘熱度又健忘，這是慣例。

這兩天姨母應該就會斥責並且命令任務中止吧。我決定等待電話打來。

才剛思考這種事，姨母就在晚餐後打電話過來。

不過說來意外，從姨母口中說出來的話語，是對於昨天活動成功的祝賀與慰勞。

「這項任務不中止嗎？」

聽姨母說今後也要以這個步調好好努力，我不由得反問。

『中止？為什麼？』

但是姨母真的露出「從來沒想過」的表情，我不知道該如何回答。

『啊啊，難道是因為媒體形容成「黑彌撒」的中傷？不必在意那種東西喔。』

「可是，用來提升魔法師形象的活動，卻反而給予媒體中傷的題材……」

『我們原本就想要利用媒體，所以這種程度的中傷報導早就在計畫之中。而且大眾的忠誠度意外地高。』

「……您的意思是？」

我不是在裝傻，是真的聽不懂。

『即使是不在乎自己被否定的人，也無法忍受自己喜歡的事物被否定。如果聚集為群體，這種傾向就會增幅並且強化。』

我無法率直接受姨母的回答，但是另一方面，內心某處的我卻可以認同。

「狂信的原理嗎……」

『居然用「狂信徒」這種稱呼，達也你說話真難聽。他們好歹也是深雪的粉絲喔。』

雖然字面上是在規勸，畫面中的姨母卻愉快掛著笑容。

『不過，也對……既然沉迷到這種程度，應該會發生有趣的事。』

有趣？姨母這句話聽起來只像是不祥的預言。

不過說來遺憾，我也有同感。

◇◇◇

雖然不是莫非定律，但是不好的預感常會命中——要是我這麼說，大概會變成一種迷信吧。

然而不好的預感在這次（或許應該加個「也」）成真了。

深雪她們一直沒有醜聞題材，如今終於有機會打擊她們的演藝活動，保守派的主流媒體群起進攻。

如果不是魔法師，就不知道是否有使用魔法。

因為不知道，所以敢說有這種可能性。

主流媒體追究當初爆紅契機的那場災區表演，以「使用魔法操控人心而走紅」這個論點開始攻擊我們，主要是針對深雪。

我們當然也沒坐視。

在演唱會使用的魔法都有知會警方。因為知道會使用魔法，所以警方在會場設置偵測器。我們公開核可資料與檢測資料，當成證明自身清白的證據。雖然主流媒體視若無睹，但是看好我們進行演藝活動的新興媒體，根據這些資料提出各種論點幫忙辯護。

然而最熱心又強烈擁護深雪等人的是社群網站。

首先反駁這種中傷報導的，是參加演唱會的粉絲上傳的貼文。

強調「我們絕對沒被操控」的憤怒留言。

比我們的反駁早得多。

而且不是一兩則。光是已經確認的就有上千則留言。

對此，主流媒體似乎也受到驚嚇。

不過袒護媒體的言論立刻開火。

這些言論果然也來自社群網站。

匿名留言以反駁粉絲的形式在網路蔓延。

「你們被騙了」這種說法還算是比較溫和。
還被撂下「狂信者」的謾罵。
也有「共犯」的誹謗在網路瘋傳。
粉絲這邊也嚥不下這口氣。
「偏見」、「嫉妒」、「媒體的奸細」、「歧視主義者」等等。雙方陣營朝對方投以「狂信者」的謾罵。
這場紛爭脫離我們這些當事人的掌控，甚至脫離媒體的掌控。
大眾分成兩個陣營惡言相向。
這麼一來，遲早會迎來正式的破滅吧……
直到昨天，我都懷抱著這份擔憂。

然後到了今天。

在這種狀態最好停止舉辦活動。我勸說過好多次。
然而弘一先生充滿自信告知「已經和媒體談妥了」，強行舉辦向粉絲宣傳新歌的活動。
主角是香澄與泉美。

深雪與學姊也預定上臺。

這場活動即將開始之前……

就在會場大門開啟，粉絲開始進場的這個時候……

會場外面爆發激烈的暴動。

至今以匿名留言板為主戰場使用話語互毆的雙方陣營，終於以血肉之軀爆發衝突。

足以麻痺聽覺的警車警笛聲。

即使警察趕到也繼續互罵的怒號。扭打與互毆。

催淚彈射進化為暴徒的支持者與反對者之間。

——看來沒救了。

我如此心想。

——「這個未來」無法採用。

另一個我做出決斷。

下一瞬間，世界化為一片漆黑。

我拋棄了「我」，脫離到可能性的外側。

睜開眼睛的我，需要一秒鐘才回想起來這裡是哪個地方，現在是什麼時候。

今天是西元二〇九七年三月二十八日。

時間是下午六點前。

為了阻止大亞聯軍脫逃部隊以及支援的澳大利亞軍特務執行的破壞任務，我正在遊艇上要前往久米島西方外海建造的人工島「西果新島」。

我從船艙的椅子起身。

站起來檢查西裝是否出現皺摺。

我朝著鏡子裡的自己投以自嘲的笑。

時間的流動，形成「時間樹」的無數選項。位於前方的無數可能性。

看來我為了尋求「能讓深雪在未來和平度日的正確選項組合」，不知何時迷途闖入時間樹。

但是該處甚至存在著「沒實現的可能性」。

如同我剛才觀測到的「從西元二〇九七年三月十日分歧，沒能成真的世界」。

說起來真是諷刺。

能夠預先觀測得到的「正確組合」不存在。

那裡甚至存在著沒實現的可能性。

結果我們只能自己摸索前進。

以嚴格意義來說，預知未來的能力不存在。

能夠判明這一點，就是這場「實驗」唯一的成果。

（下接魔法科高中的劣等生第二十集《南海騷擾篇》）

The irregular at magic high school

續・追憶篇—冰凍之島—

二〇九二年十二月。聖誕節也快到了，街上洋溢著熱鬧的音樂與開朗（感覺有點白費力氣）的聲音。

但是在郊外的醫院裡，籠罩著鴉雀無聲的寧靜。

探病的訪客也沒在走廊吵鬧。即使和超脫塵世的美少女擦身而過也一樣。也可能是連聲音都發不出來吧。

身穿國中制服的少女臉上留著稚氣，胴體也尚未成熟。但她即使年幼也已經具有傾城之美。在尚未成熟的階段，散發的氣場也令人一看見她就忘記呼吸。再過兩三年肯定會讓人覺得以「絕世」形容她反倒算是保守。不像是世間應有的美貌，或許會令接近她的人們從現在就感到不安，以為她或許會被眾神一見鍾情而蒙天寵召。

不過，少女自己的想法不一樣。

她擔心的不是自己，是在這裡住院的母親。

她行經熟悉的路線，輕敲單人房的門。

「母親大人，我是深雪。」

「進來吧。」

房內傳出的聲音很微弱，要不是環境這麼安靜應該很難聽到。

「打擾了。」

深雪禮貌知會之後進入深夜的病房。

床上的母親氣色比昨天好一點。但是血色不足以形容為健康。母親平常就給人嬌弱的印象，這個傾向在住院之後愈來愈強烈。

深夜從沖繩回到東京之後一直悶悶不樂。雖然沒有嘆氣或是發牢騷這種好懂的訊號，但至少女兒深雪知道母親被深沉的憂鬱囚禁。

最大的原因應該是失去櫻井穗波。雖然深夜本人絕對不承認，但穗波不是單純的守護者。形容為「像是一家人」應該太超過了。雇主與雇傭。兩人直到最後——直到生命的最後一刻都堅守這條界線。

不過，若說只是雇傭的其中一人也不對。穗波對於深夜來說是最能信賴的心腹部下，是股肱之臣，甚至是視為左右手仰賴的存在。

失去這個精神支柱，深夜不是被不安折磨到歇斯底里，而是失去處理事物的氣力。她自己不肯承認這一點，所以毫無氣力的狀態一直惡化下去。

然而深夜鬱悶的原因不只如此。深雪認為自己也是原因。

不能把他當成哥哥。不能在沒有外人的地方叫他哥哥。

母親的這個命令，深雪從「那一天」之後就沒有遵守。不對，應該說是反抗。

對於哥哥的待遇並不適當。深雪在那一天如此確信。哥哥是比我出色許多的人，是優秀的魔法師。這個想法在經過四個月的現在只有增強不曾減弱。所以她不想改變自己對哥哥的態度。

只不過，違背母親的命令令她內心過意不去。母親說不准把達也當成哥哥的這個命令雖然不講理，卻不是沒有理由。正因為明白這一點，所以深雪更無法完全反抗。

像這樣看見母親臥病在床的模樣，內心就湧現想要為她遵守命令的心情。想要成為父母心目中的好孩子。深雪也有這種孩童會有的情感。但是只有關於達也的這部分無法妥協。

在「那一天」之後，將達也視為「哥哥」仰慕，成為深雪心中的既定原則。

今天是結業典禮。明天開始放寒假。

從這個樣子來看，深雪應該會在醫院過年。

深夜正在檢視塞滿情報終端裝置的學校通知。注視這一幕的深雪打算在寒假盡量陪伴母親。

「深雪，魔法的練習有在進行嗎？」

看著女兒所遞交的成績單全都是最優評等，深夜以這個沒有直接關係的問題詢問依然站著的深雪。

「是，母親大人。除了『冰霧神域』，您吩咐的魔法都完全學好了。」

深夜從住院之前就沒有直接指導深雪的魔法修行。深夜經常生病是因為過度使用魔法，如今光是擔任教師就會對身體造成沉重負擔。深夜不是直接指導，而是指示四葉家為深雪派遣的家庭教師如何安排課程，以這種形式參與深雪的魔法教育。

「『冰霧神域』學得不順利嗎？對於身為魔法師的妳來說，這明明會成為主軸才對。」

「……對不起。」

「我想妳應該知道，『悲嘆冥河』是不能輕易使用的王牌。向世間宣傳的時候，妳必須使用冷卻系魔法，而不是妳天生的精神干涉系魔法。所以『冰霧神域』是最適合的魔法。」

「是的，我明白。」

深夜以稍微溫柔的眼神，看著消沉低頭的女兒。

「妳自己覺得是什麼原因呢？」

聽到深夜這麼問，深雪拚命尋找答案，以免害得母親失望。

「……我想應該是有所猶豫。因為要是控制失敗導致冰凍範圍擴大，會造成嚴重的損害。」

「冷卻程序本身做得來吧？」

「是的……這部分，我想應該做得來。」

「這樣啊……」

深夜稍微點頭，思考片刻。

「那就為妳準備一個練習場吧。這次休假的期間，妳去那裡把『冰霧神域』學好。」

「冰霧神域」是最高階魔法之一。術式本身不複雜，要求的事象干涉力卻遠遠不是普通魔法能夠相比。改寫大自然事象的程度愈大，魔法的控制也愈為困難。雖然已經學會一半，但是要在短短兩週完全學好，深雪認為應該是不可能的事。

「——是，母親大人。」

但深雪不敢說出「做不到」三個字。「成為優秀魔法師」是賦予她體內血統的義務，「魔法」是她們母女之間的牽絆。由於哥哥在這方面違抗了深夜，深雪不想更加害得母親傷心難過。

◇◇◇

寒假第二天早晨，深雪從東京的住處出發。

「深雪，保重身體。」

在大型轎車駕駛座向深雪說話的人，是深雪的父親司波龍郎。他特地親自駕駛公司的車子載女兒來到機場。

「千萬別勉強自己喔。」

「是，父親大人。」

內心對於父親緊張兮兮的話語感到不耐煩的深雪，露出鄭重表情點頭回應。

如果是利用出發時間固定的航空公司定期班機，深雪應該會婉拒接送吧。利用大眾交通工具會比較快抵達機場。行李只要支付額外的運費就好。領取行李的工作可以交給達也，所以不需要龍郎。

如果是搭乘自家飛機也要看機場何時方便，並不是隨時都能在想要的時間起飛。但是肯定比定期班機容易通融。至少不會因為趕不上預定起飛的時間而被拋棄。

所以在龍郎偶爾想表現父親應有的一面時，深雪甘願接受這份強加於人的好意，但是她開始後悔了。

「達也，要好好保護深雪喔。」

龍郎的目標轉向達也。達也接受這個無須嘮叨的指示，以缺乏情感的表情愛理不理般回答：

「我知道。」

「達也，對家長用這種語氣——」

「有什麼問題嗎？」

達也冰冷打斷龍郎的話語。

龍郎的小小怒氣頓時萎縮。

在四葉家的序列之中，達也還只是深雪的守護者。即使如此，立場還是高於不被允許進入四葉本家的龍郎。

達也並不是利用父親發洩鬱悶。親子之情被消除的達也，只是覺得不必恭敬對待龍郎罷了。

「父親大人，差不多該出發了……哥哥，我們走吧。」

深雪在這時候介入，是朝著被兒子嚇到的父親伸出援手。

達也在深雪的心目中已經成為至高無上的存在，卻也殘留著尊敬父親的心態。深雪對司波龍郎這個人感到心灰意冷，是在母親去世短短半年之後，龍郎就迎娶母親在世時外遇的女性——古葉小百合為後妻的那時候。

「說得也是。」

行李已經從車上搬到推車。達也只微微點頭致意就背對龍郎，開始將推車推走。

「我們出發了。」

深雪和立志成為淑女的少女一樣，整齊併攏雙腳交疊雙手向父親行禮。

然後沒有和龍郎惜別，追在哥哥的身後離開。

◇　◇　◇

深雪與達也搭乘的小型飛機降落在距離東京約一九〇公里，位於三宅島東方海面約五十公里處，名為「巳燒島」的小島。

該島是由二〇〇一年巳年的海底火山活動形成的。「巳燒島」這個名字，來自鄰近島嶼三宅島名稱由來之一的「御燒島」，再將「御」換成該島誕生年分的地支年「巳」而命名。由於是二十一世紀第一年形成的島嶼，所以也稱為「二十一世紀新島」。

熔岩原形成的島嶼面積約七平方公里。二十年世界連續戰爭的時候，也曾經在這裡設置國防軍基地，不過二〇五〇年代屢次火山爆發導致基地作廢，現在在島嶼西側設置魔法師罪犯的監獄設施。

深雪的練習場選在這裡，是因為這整座島嶼都是四葉家的私有地。負責管理魔法師監獄的不是警方而是國防軍，但實際上的經營是經由空殼公司委託給四葉家。這件事在十師族之間也不為人知。

這座監獄之所以由國防軍管轄，是昔日把魔法師當成兵器看待的時代餘痕，不過另一個原因在於收容的魔法師包括許多外國特務。這種非法特務是不受法律保護，本應不存在的罪犯。不知道什麼時候會被處刑。即使被除掉也沒人有意見。因此他們絕對不是乖乖被關在這裡，隨時都在尋找逃走的機會。

送進這座島的魔法師，盡是必須以大海為護壁，從平民居住區隔離出來的各方高手。為了阻止他們逃走並且鎮壓抵抗者，看守人員也必須具備強大實力。四葉家是國防軍委託這份工作的最佳對象。

對於四葉家這邊來說，對付企圖逃走的魔法師罪犯，也是貴重的實戰經驗。

世界情勢距離穩定還差得遠。日本也不能置身事外。短短幾個月之前，沖繩與佐渡就曾經成為戰場。

雖然這麼說，但日本周邊也不是隨時維持在戰鬥狀態。能夠不問雙方生死累積魔法戰鬥經驗的機會並不多見。巳燒島就是這種重要的舞臺。

「哥哥。」

在機場入境大廳等待接送的深雪，向坐在身旁的達也搭話。

語氣之所以有點結巴，是因為依然帶著嬌羞氣息。

深雪開始以尊敬的語氣稱呼達也「哥哥」，還是短短四個多月前的事。在這之前是不曾以兄妹關係交談的狀態。

沖繩在八月遭受外國勢力侵略的那一天，深雪與達也終於成為真正的兄妹。從那一天開始，深雪將達也視為哥哥由衷尊敬仰慕，但因為以往沒有任何時間是以一家人的身分共度，所以深雪不只將達也視為「值得依賴的哥哥」，也視為「出色的異性」。

這肯定是暫時性的吧。

深雪如此分析自己的情感。

深雪認為自己不是把親哥哥當成異性看待的不正常人種。這份困惑是暫時性的，只要以兄妹身分共度的時間逐漸累積，這份情感肯定會逐漸自然整合為親情，整合為兄妹之情。

在這之前難免會覺得害臊。因為我和哥哥的關係才剛開始而已……深雪如此心想，藉以說服自己。

「深雪，怎麼了？」

但是達也回應深雪的聲音極為自然又溫柔，洋溢著愛情，昔日像是局外人的冷淡語氣就像是虛幻一場。這也令深雪感到困惑，但是如果動不動就害羞，對話就無法成立。深雪好不容易鎮靜慌亂的心，擠出話語繼續發問：

「那個……哥哥您來過這座島吧？」

「是啊，這是第三次。」

達也回答得若無其事，然而深雪很不巧地知道達也在這座島受命做過什麼事。雖然沒打聽到細節卻知道概要。

這座島是魔法師罪犯的監獄，從四葉家派遣過來的人員受命處理逃犯。這裡建立起一種治外法權。

達也曾經在這座島接受殺人訓練。

殺人的技術是在四葉根據地的設施（但是不在本家境內）傳授。達也在這裡接受訓練的著眼點，是去除內心對於殺人的顧忌。

傷害他人，殺害他人。

要是在出手的時候猶豫，有時候會害得護衛對象暴露在危險之中。

手腳不必動作也能使用魔法。即使眼睛看不見，即使耳朵聽不到，即使五官全部損毀，成為連一根指頭都無法動彈的狀態，還是有魔法可以取人性命。

面對沒被殺死就不會停手的暗殺者，要是猶豫下殺手就沒資格擔任守護者。

四葉家將守護者定位為這種存在。

但幸好達也因為「強烈情感」被剝奪的副作用而不認為殺人是禁忌，所以這項訓練進行兩次就畢業。當時「處理」的魔法師合計超過七人，但是和他在今年二〇九三年夏天立下的戰果相比就不是太大的數字。

話是這麼說，不過套用世間普遍的基準完全是屠殺。奪走這麼多的性命卻面不改色，不得不說這樣的人性扭曲至極。包括達也以及下令的四葉家都是如此。

達也自覺這樣的個性很扭曲。他知道妹妹對於殺人感到顧忌，也不希望妹妹失去這種正常的感覺。

「但我覺得無法提供妳參考。因為和我那時候的課題不一樣。」

這句回答是達也這份想法編織成形的話語。

這次深雪被賦予的課題是要習得廣域冷卻魔法「冰霧神域」。這個魔法不是以人為目標，是將廣範圍的領域完全吞沒。不需要和達也那時候一樣故意讓囚犯逃獄當成獵物。不需要殺人。

「說得也是……不過，如果關於這座島有什麼應該知道的事，請您告訴深雪。」

深雪表情蒙上陰影，是對於達也被迫殺人感到悲傷。她還不知道達也不會顧忌殺人，所以認為受命處理逃犯的哥哥內心肯定痛苦糾結，對於哥哥的嘆息懷抱同情與哀傷。

達也之所以間接暗示「不必殺人也沒關係」，是因為達也自己曾經因而受苦。深雪是這麼解釋的。為了不讓哥哥的這份關懷白費，她努力露出笑容。

◇◇◇

設置在這座島的監獄，正式名稱是「巳燒島軍事刑務所」。之所以不叫做俘虜收容所，是因為這裡也收容日籍魔法師罪犯。原本應該在監獄這個刑事設施服刑的罪犯如果是強力魔法師，也會以無法充分管理為理由送來這裡。此外即使正式的俘虜是魔法師，也可能基於某些理由沒收容在這裡。

深雪向刑務所的最高負責人，也就是所長打過招呼之後（所長不是四葉家的人，卻是早就有掛鉤的軍人），由擔任所長秘書的女士官帶領前往宿舍。

宿舍和刑務所不同棟。房間雖然不華麗卻又大又氣派，明顯是為重要人物準備的。

「請問……是住同一間嗎……？」

深雪在獨立於寢室的客廳錯愕反問，別著上士階級章的女性秘書露出詫異表情看向她的臉。

「上面是這麼指示的。」

首先「誰指示的？」這個疑問掠過深雪腦海。

她立刻得出答案。

這裡是受到四葉家影響的設施，自己是本家的下任當家候補。能夠下這種指示的只有兩人。

不可能是母親。既然這樣，這個安排是……

（……姨母大人，您為什麼要這樣？）

「下官先告退了。有什麼需要的時候請用那邊的內線電話吩咐。」

大概是看見深雪默默佇立在原地，判斷她已經接受吧。帶路的上士將兩人留在房內之後返回刑務所。

留下深雪與達也兩人。

深雪看著關上的門，以僵硬動作轉過身來。

「那個……」

深雪試著向面無表情看著她的達也開口，卻說不出後續的話語。看著妹妹陷入超越困惑的混亂狀態，達也以缺乏情感卻隱約透露死心念頭的表情回答：

「這是沒辦法的。我基於立場必須陪在妳身旁。」

守護者必須以身體保護守護對象。深雪立刻理解這就是達也所說的「立場」。

「妳可能會抗拒，但我會避免進入寢室，所以妳暫時忍耐一下吧。」

「那個……我絕對不會抗拒。」

這是深雪的真心話。即使如此還是因為害羞而有點結巴。

成為國中生之後，即使是從出生之後就住在一起的和睦兄妹，在同一個房間起床也還是會覺得不好意思。以深雪的狀況來說，她直到今年才終於開始和達也共度時光，從八月才剛開始以一家人的身分交流。光是說出「住在同一個房間也不會抗拒」就覺得自己淫亂無度。

「我去放行李。」

深雪害羞不敢看達也的臉，拉著裝有換洗衣物的行李箱逃進寢室。因為滿腦子都在思考不必要的事，所以深雪在這時候沒注意到「達也要睡哪裡」這個重要的問題。

◇　◇　◇

吃完午餐之後，深雪立刻開始練習「冰霧神域」。

場所是巳燒島東半部的熔岩原。巳燒島有兩座火山口。位於島嶼西側的矮火山是西岳。二

○○○年代被觀測為島嶼的就是這座火山。在二○二○年代，西岳的東側山麓噴出岩漿，沿著斜坡在島嶼東側形成遼闊的熔岩原，這個新火山口是東岳。東岳幾乎位於現在巳燒島的正中央。收容所在西岳的西側，深雪用來練習的場所在東岳的東側。

陪同練習的只有達也一人。駕駛電動車來到這裡的也是他。

然而達也並不是深雪的教練。他知道妹妹要做什麼，是要習得廣域冷卻魔法「冰霧神域」。

但他不知道為此該怎麼做，沒聽本家說過什麼指導方法。

即使如此，深雪卻從剛才就讓ＣＡＤ維持在預備狀態，頻頻窺視達也的臉，一副就像是在問「請問我該怎麼做？」的表情，看起來也似乎有點無所適從。

「……首先，試試看現階段做得到什麼程度吧。」

也不能就這麼杵在原地，總之達也這麼「建議」。

「啊，說得也是。那麼……」

深雪收到達也的「指示」，露出像是鬆一口氣的笑容，然後就這麼環視熔岩原操作ＣＡＤ。

在活化的想子作用之下，開始塑造動態的情報構造體。達也的「眼」可以「看見」這一幕。

達也集中意識，將「精靈之眼」朝向魔法的發動過程。

放眼望去的整片熔岩原都寫上魔法式。以光景來說，形容為「投影」或許比較近似。形容為「放眼望去」有點誇大，但是以深雪為基點，正前方九十度視野的空間都填滿魔法式。

只不過，最遠以及最邊緣的部分，寫入魔法式與沒寫入魔法式的空間交界處，情報體的構造變得模糊。剛好像是圖畫紙邊緣溼掉導致水彩顏料暈開的感覺。

在以「精靈之眼」觀測情報次元時延展的時間中，達也可以「看見」魔法的最終程序正在實行。建構的魔法是號稱在振動減速系廣域魔法之中最強力的術式「冰霧神域」。

「啊……」

深雪嘴唇發出失望混合羞恥的嘆息。

「冰霧神域」沒有發動。

「那，那個……」

轉身看向達也的深雪，嘴裡只發出顯示慌張的聲音。

「瞄準的設定太鬆散了。」

深雪還沒編織出具有意義的話語，達也就先指出她失敗的原因。

「魔法發動失敗，是因為沒能明確定義事象改變的境界面。除此之外的部分我覺得都很好。魔法式有確實建構，注入的事象干涉力也十分足夠。」

「是……」

深雪之所以含糊回應，不是因為無法接受達也的說明，而是吃了一驚。

「那個，哥哥……」

「什麼事？」

「我絕對不是在懷疑哥哥的說明……但您只看一眼就知道得這麼詳細嗎？」

應該是真的沒懷疑。深雪的語氣只傳達出驚訝的情感。

那她是在對什麼事情如此驚訝？疑問在內心成形的同時，答案浮現了。達也察覺還沒向深雪說明自己的「眼」。

「這麼說來，還沒對妳說明我的異能吧。」

「異能……嗎？」

深雪歪過腦袋。不是「魔法」而是「異能」。深雪聽不懂這個意思。

「就是以前被稱為『超能力』的能力。魔法進入實用階段之後，超能力不再是『超』，所以在魔法學以及相關領域大多稱之為『異能』。」

「這樣啊……」

「總之，這是題外話。」

深雪在和正題無關的部分感到佩服，達也將她的注意力拉回來。

「應該更早對妳說明才對。深雪，我只能使用與生俱來的『分解』與『重組』兩種魔法。這兩種魔法常駐於魔法演算領域，所以我沒有餘力使用其他魔法。」

「常駐的意思是……？」

「坐下來聊吧。」

達也覺得說明要花的時間會比想像的長，引導深雪上車。

讓深雪坐在副駕駛座，自己坐在駕駛座之後繼續開始說明：

「使用CAD發動現代魔法的步驟，通常是依照讀取的啟動式，在魔法演算領域從零開始建構魔法式。魔法發動完畢之後，魔法演算領域的魔法式會被刪除，確保下次建構魔法式所需的資源。魔法師就像這樣可以靈活使用各種魔法。」

「這我學過。也知道使用完畢的魔法不能一直留在自己體內，減輕魔法演算領域的負擔是很重要的事。」

「沒錯。人的意識有限，同樣的，人的潛意識也限制了個人能使用的容量。能夠同時保有的魔法數量有限。」

「是的，這我知道。」

「不過我因為天生的缺陷，所以魔法演算領域無法回到能夠建構任何魔法的初期狀態。如果普通魔法師的魔法演算領域是用來建構魔法式的系統，那我的魔法演算領域就是只用來建構『分解』與『重組』的系統。換個方式來說，建構魔法的系統裡固定存在著建構『分解』的副系統以及建構『重組』的副系統。」

深雪單手摀嘴，睜大雙眼。別說驚叫，甚至沒發出倒抽一口氣的聲音。

「建構魔法式的系統全被『分解』與『重組』的副系統覆蓋，所以無法建構其他魔法式。我專精於這兩種魔法，算是一種BS魔法師。」

BS魔法師。也可以稱為「先天特異能力者」或是「先天特異魔法技能者」，是專精於特定能力的異能者。達也之所以說「算是一種」，在於BS魔法師的定義是專精於難以改造為魔法技術的異能，但「分解」與「重組」是已經技術化的魔法。

「……可是我記得哥哥也會使用自我加速或是衝擊傳導的魔法啊？」

「這是多虧了後來增設的人工魔法演算領域。」

深雪再度語塞。「人工魔法演算領域」這個名詞令她事到如今才回想起母親的說明。

達也身為魔法師的缺陷，以及人造魔法師計畫。

之所以沒能立刻回想起來，是因為「常駐於魔法演算領域」這個形容方式很陌生。不過在沖繩被捲入戰爭漩渦的那一天，她確實在國防軍的避難所聽過這段內容。

「非常抱歉！」

深雪扭動上半身朝向駕駛座，以這個狀態低頭到幾乎倒下。如果不是在車上，她或許會跪伏在地面磕頭。

「怎麼了？我覺得沒有任何妳必須道歉的事吧？」

達也不慌不忙這麼說，將手按在深雪臉頰。

就這麼輕輕扶起深雪的身體。

突然的肌膚接觸，而且是情侶才會進行的肌膚之親，使得深雪滿臉通紅。但是她沒有試著逃離達也的手。

「……不，沒事。」

不小心掏挖達也此生不會康復的舊傷，深雪懺悔自己的罪過，想要接受符合罪狀的懲罰。這是她的真心話。但是既然哥哥表現得若無其事，要是糟蹋哥哥的這份貼心，深雪認為會加重自己的罪。

「妳這傢伙真有趣。」

達也的手離開深雪臉頰。

深雪差點發出「啊」的聲音。

感覺捨不得這股甜蜜的體溫離開。這樣的自己令她的臉愈來愈紅。

這時候的達也還沒達到能推測深雪嬌羞原因的程度。他對於深雪意外激烈的反應感到不解，回到剛才的話題。

「不依賴人工魔法演算領域的我，原本的能力是『分解』與『重組』。『分解』是直接分解構造情報的魔法。」

「直接……？」

染上嬌羞與陶醉的深雪眼眸再度充滿驚愕。她身為魔法師的頭腦還沒達到青少年的水準，卻依然直覺理解到哥哥的說明很異常。

「分解構造情報，藉以分解物理層面的構造。這是在魔法共通的機制。此外，也可以用來分解啟動式或魔法式使其失效。但是無法分解靈子情報體。我能認知的只有想子情報體。」

「那麼哥哥您……可以直接消除魔法的效力嗎？」

達也可以震飛魔法式讓魔法失效，深雪以前就知道這一點。這是名為「術式解體」的技術。不過這是經由物質次元，以想子流的壓力將貼附在「個體」的魔法式強行剝離的技術。不同於通常的魔法，無法避免物理距離造成的衰減。因此「術式解體」的缺點公認是射程太短。

但如果可以直接分解想子情報體，就會和通常的魔法一樣，不會直接受到物理距離的束縛。此外對於以遼闊領域為對象，「術式解體」不擅長處理的魔法，也能毫無問題以這種方式處理。

無法分解靈子情報體不算是缺點。作用於靈子情報體的系統外魔法，本身是以想子建構的魔法式。既然可以直接分解想子情報體，就意味著能夠讓所有魔法失效。

「只要是我們稱為魔法的東西，我都能消除效力。」

深雪以陶醉的眼神朝向達也。

感覺妹妹會說出「四葉家的下任當家與其由我……」這種危險的話語，達也先發制人般第三次回到正題。

「我的另一個能力『重組』是回溯情報體的變更履歷，複製二十四小時之內任何時間點的情報體，覆寫在現在情報體的魔法。被覆寫情報體的物體，不會受到複製時間點之後的外力變更，固定在這個狀態只任憑時間經過。」

深雪這次似乎也沒能立刻理解，看著下方思索。

但是在達也覺得應該更詳細說明一下的時候，深雪移回視線和他四目相對。

「……當時拯救母親大人與我的就是這個魔法吧。」

「沒錯。真虧妳能理解。」

達也稱讚深雪的高超理解力。

但是這句稱讚沒傳到深雪內心。

——如果自己的解釋正確，那麼這是將已經發生的事實改寫的魔法。倒轉時間，將過去的悲劇變得不存在。雖說限制在二十四小時之內，而且只對物體起作用，但這簡直是奇蹟吧？如果沒有二十四小時的這個制約，那就不是人類做得到的事，是上帝的神蹟——

深雪如此心想。感受著敬畏的心情，全身發抖。

「怎麼了？深雪，會冷嗎？」

「不，沒事。」

為了平復心情，深雪深深吸氣再吐氣。

——光是這種程度就慌張是錯的。

——這種程度的「厲害」是理所當然的。

——因為這一位是我的「哥哥」。

深雪對自己這麼說，停止內心與身體的顫抖。

達也不知道深雪在想這種誇張的事。不過看得出她逐漸回復平靜，所以決定回答深雪最重要的問題。

「為了熟練使用『分解』與『重組』，必須理解想子情報體記述的內容。不只是把情報體或是魔法式視為單一的情報集合體，還要認知內部包含的情報，否則無法使用這兩個魔法，尤其是『重組』。雖然像是事後補上的解釋，不過先天擁有『分解』與『重組』這兩個魔法的我，也被賦予了運用這些魔法所需的『眼』。是叫做『精靈之眼』的能力。」

「『精靈之眼』……是知覺系魔法的一種嗎？」

「要說魔法的話是魔法，卻沒那麼特殊。是解讀存在於情報次元之想子情報體的能力。魔法師都擁有認知情報體的能力，我的能力只不過是升級版。」

深雪認為這是謙虛。至少她覺得自己應該無法讀取想子情報體記述的所有內容。

達也隱約察覺妹妹在心中自卑，卻也知道很難以口頭說明的方式立刻讓她理解。

「我知道妳『冰霧神域』施展不順利的原因，也是因為用精靈之眼『看』過。所以妳可以相信我。」

最後那句話對於深雪來說完全不需要。

深雪對於達也的話語深信不疑。

「哥哥，我當然相信您。」

必須特地說出這種天經地義的事情。深雪不覺得這樣很麻煩。

哥哥並非全知全能，這是理所當然的事實。得到這個事實的小小證據，深雪略感安心。

◇◇◇

結果在第一天，即使有達也的指導也沒得到亮眼的成果。雖然這麼說，卻也不是完全沒發動就結束。形成冷卻領域的程序本身大約有五成的機率成功。但是作用範圍不曾和設定的範圍完全一致。

「不必沮喪。就是因為做不到才要練習。」

在餐廳吃完晚餐回到住宿的房間，達也開口安慰表情僵硬的深雪。

「是……這我知道。」

深雪心不在焉地回答。

即使腦中明白也無法避免沮喪吧。感性無法以理性控制。這種程度的事，即使是十三歲的達也都能理解。

達也默默前往廚房，想要起碼為她準備一杯甜飲。

「啊……！哥哥，我來準備吧。」

不過深雪立刻追到他身後。

「但妳累了吧？」

「不，我想準備。哥哥，拜託您。」

「既然妳這麼說了……」

達也將廚房讓給深雪。也是覺得讓她活動一下身體或許比較不會胡思亂想。

如同達也的猜測，深雪的背影看起來像是在專心準備茶水。

「——哥哥，請用。」

但是將兩人分的杯子端上桌的深雪，表情變得和剛才一樣僵硬。

「謝謝。」

達也拿起杯子偷看深雪的臉。大概是察覺他的視線，深雪低頭了。

即使安慰說「不必因為訓練不順利就不好意思」也沒意義吧。看見深雪的態度，達也做出這個結論。

「今天要不要洗澡休息了？」

聽到達也這句話，深雪身體一顫。

「洗澡……那個，哥哥呢……」

「我排妳後面就好。」

「我的……後面……」

看妹妹不知為何驚慌失措，達也感到納悶。她不希望自己泡過的熱水被看見嗎？

雖說是獨立浴室，不過房間附設的是飯店常見的系統衛浴。浴缸放的熱水不會重複使用。

「如果我先洗比較好，那就這麼做吧？」

但深雪也處於所謂的「花樣年華」。這種事應該沒有道理可循吧。達也如此心想而提出妥協方案。

「——哥哥，您先請。」

「我知道了。」

自己早點洗完，深雪也可以早一點上床就寢。如此心想的達也開始準備洗澡。

聽到浴室關門的聲音，深雪鬆了口氣。

她的表情之所以僵硬，並不是因為練習不順利而沮喪。

以正常狀況來說也會沮喪吧，但是今晚顧不了這種事。

達也在同一個房間。

今晚開始單獨和達也相處。

根本無暇沮喪。深雪從剛才就緊張到不知該如何是好。

吐出一口氣，重新察覺狀況完全沒有變化。

這次是心臟開始劇烈跳動。

隔著兩扇門的後方（浴室的門以及更衣間的門）是一絲不掛的哥哥。

等到哥哥洗完澡，雖然會隔著門，但是自己必須在哥哥旁邊脫掉身上的所有衣物——也包括內衣褲。

心跳快到令她以為心臟要壞掉了。

要冷靜，我要冷靜。深雪對自己這麼說。

——再怎麼害羞也必須洗澡才行。就這麼全身汗臭味和哥哥待在同一個房間會更令她感到害羞。害羞的種類不一樣。以女生的立場來說，要是不洗澡就完了——

「深雪，我洗好了。」

隨著開門的聲音，達也的聲音幾乎同時傳入深雪耳中。

「好的，我馬上洗——」

深雪驟然打直背部，以有點走音的聲音回應。

深雪的苦難沒因為洗完澡就結束。

「我睡這裡，深雪妳睡寢室吧。」

達也迅速攤開沙發床，如此指示深雪。

「怎麼這樣，哥哥——」

「我們總不能睡同一張床吧？」

達也這句話不是在開黃腔捉弄深雪，是為了說服她而這麼說。

「是，是的。說得也是……」

深雪也明白這一點，但是到了國中生的年紀，即使是親哥哥，也不得不意識到對方是異性。

頭髮已經乾了，刷牙與其他小事也已經完成。

「哥哥，晚安。」

深雪努力以故作鎮靜的聲音向達也這麼說。

「啊啊，晚安。」

達也回應之後，深雪行禮致意，進入寢室關門。

寢室是可以上鎖的設計。

深雪整整苦惱約三十秒，到最後沒上鎖。

雖然時間比平常早，但是身體累了。

深雪關燈上床。

然而睡不著。

即使閉上眼睛，睡意也沒有來臨。

明明身體疲憊，內心卻拒絕睡眠。

想到哥哥就睡在不遠處……

想到不遠處只有哥哥一人……

就興奮到睡不著。

（我在興奮嗎……？）

總覺得這是非常害羞的事。

自己內心想到的話語激發她的羞恥心。

半無自覺地反覆在床上翻身。

心癢難耐。這四個字浮現在深雪腦海。

感覺這四個字聽起來何其淫靡，深雪就這麼在被窩裡蜷縮身體僵住。

喉嚨感覺渴了。

但是要前往廚房的話一定得經過客廳。

達也睡在客廳。

深雪再度大幅翻身，用被子蓋住頭。

就這麼開始數羊。

羊超過一千隻的時候，深雪終於迎來睡意。

◇◇◇

第二天上午，深雪在寫國中作業。

達也借用收容所的工作室進行某些工作。

吃完午餐之後……

「深雪，這個給妳。」

面對用來練習的熔岩原，達也將工作成品遞給深雪。

「眼鏡式的ＡＲ顯示器嗎……？」

如深雪所說，這個物品是以偏大的鏡片播放和現實風景重疊的影像。

「沒錯，妳戴看看。」

雖然不知道達也的意圖，但深雪依照指示戴上這副眼鏡。這是AR顯示器，所以鏡片當然沒有度數。鏡框也是無框式，戴著的時候除了兩側邊緣連接鏡腳的部分之外都不顯眼。

右方鏡腳末端拉出細長的管線，連接到內藏CPU、電池等各種元件的擴增實境影像裝置。深雪將這個裝置固定在外套領子，依照達也的指示按下開關。

和風景重疊的影像很單純，是從地面延伸出去的紅色線框立方體。如此而已。實際觀看的感覺是十公尺見方，矗立在二十公尺的前方。

「哥哥，這到底是？」

「妳瞄準那個立方體的內部看看。」

深雪心想原來如此。昨天也是這樣，冰霧神域施展不順利的主要原因，在於發動對象的領域沒能明確定義。像這樣以視覺化的方式習慣瞄準確實有效吧。

一般都說虛擬型終端裝置會對魔法師造成負面影響。AR裝置的有害程度被認為沒有VR裝置那麼嚴重，卻絕對沒受到歡迎。

但是深雪使用這副AR眼鏡的時候毫不猶豫。

哥哥要我使用。不可能對我有害。

深雪無條件地如此確信。

深雪開始專注發動廣域冷卻魔法「冰霧神域」。

冰霧神域。原文「Niflheimr」的意思是「霧之國」。

從這個詞進行聯想，描繪出紅色光線圍繞的空間裡充滿白霧的影像。

會成功。深雪直覺這麼認為。

手指自然在ＣＡＤ上躍動。

和肉體重疊的想子情報體吸收啟動式，不必深雪特別意識就送進魔法演算領域。

深雪將霧的影像注入自己的魔法演算領域。

啟動式是設計圖。

霧的影像是瞄準用的資料。

魔法式在魔法演算領域建構完成。

深雪的意識與潛意識夾縫。經由存在於意識最底層以及潛意識最上層的「閘門」，魔法式輸出到外部世界。

指定領域內部的分子運動減速，分子振動減速。

振動減速系廣域冷卻魔法「冰霧神域」。

「成功了。」

達也的聲音將深雪的意識拉回現實。

取下ＡＲ眼鏡的動作，有一半以上是下意識的動作。

空中瀰漫著冰冷的霧。

染白的熔岩原一角看起來以凹凸起伏的曲線圍繞，但是從正上方俯瞰就知道應該是描繪著正確的正方形。

達也這句話的意思逐漸滲入意識。

深雪的臉上終於露出笑容。

第二天的成功率約百分之七十。即使藉助AR眼鏡也不到確實成功的程度。但這個成功率是包括正確瞄準在內達到七成。相較於光是引發冷卻的事象改變也只有五成左右的第一天，可說是很大的進步。

「只要維持這個步調，寒假期間應該能將『冰霧神域』學好吧。」

達也的話語不是不負責任的安慰。

「謝謝哥哥。明天我也會努力。」

深雪也不認為哥哥只是在出言安慰。但她沒有獲得確實的手感，這也是事實。

感覺缺乏某些東西。這種不安盤據在深雪內心。

這份不安在一週後以意想不到的形式成真。

◇◇◇

深雪與達也兩人來到巳燒島的第九天。

深雪以一天三小時的進度持續練習。每次實行間隔五分鐘，每天發動「冰霧神域」三十到四十次。考慮到這個魔法要求的資源，普通魔法師不可能練習這麼多次。

認真的練習沒有白費，冷卻的事象改變成功率達到百分之百了。

從第三天開始，ＡＲ眼鏡顯示的目標用線框每次都會改變大小與形狀，但是成功瞄準魔法作用領域的機率也達到九成以上了。

「瞄準還有點不穩定，不過今天開始試著不使用ＡＲ輔助吧。」

這天的練習從達也的這句話開始。

「知道了，哥哥。」

深雪表情有點不安。

正如表情所示，她還沒有一定能成功的自信。

但是寒假已經過了一半。為了讓病床上的母親安心，深雪必須在新學期開始之前學好「冰霧神域」。

何況達也犧牲元旦假期陪她進行這個魔法的特訓。深雪告誡自己不准說喪氣話。

光是成功改變事象的次數就超過一百次。在極低溫廣域冷卻的影響下，熔岩原表面脆化崩解為砂粒。形成這座島的熔岩是玄武岩材質。深雪拿著ＣＡＤ面向玄武岩粉碎而成的黑色砂原。

「首先試著指定十公尺見方的領域吧。」

達也在深雪斜後方做出指示。

「是。」

深雪點點頭，開始集中意識。

這是以ＡＲ眼鏡最初設定的領域大小。在使用「冰霧神域」的狀況應該是最小等級的範圍。不提高度，面積大約比國中教室大一點，加入走廊寬度就幾乎一樣大。深雪在腦中描繪這個空間充滿白色寒氣的影像。

（……要專心。要更加鮮明。要意識到牆壁。）

封閉寒氣的冰盒。深雪朝著腦中出現的幻影集中意識，努力試著讓這幅心象風景和現實世界一樣穩固。

將想像化為現實。

（不行，要崩毀了……）

深雪的手指在ＣＡＤ的操控面板舞動。

在內心描繪的冰盒淡化消失之前，深雪進入魔法發動的程序。

以啟動式為設計圖，建構魔法式。

將想像轉換為瞄準用的資料，指定改寫的現實。

充滿白煙的冰盒。

這幅想像顯現成真，成為充滿濃霧的空間。

（趕上了……）

深雪吐出長長的一口氣。免於一開始就失敗而出醜，她稍微鬆了口氣。

鬆懈之後，她開始注意到哥哥不發一語。

「……哥哥，請問您覺得如何？」

忍不住要求達也評價，是因為她自認表現得很好。

「我覺得做得很好。」

達也這句話證明深雪的感覺沒錯。

但是他的聲音聽起來不像滿意。

「可以請您直言不諱提出意見嗎？」

老實說，深雪害怕問這個問題。她拚命克制以免聲音顫抖。

然而她不得不這麼問。原因她不清楚。只不過，深雪認為一定要確認才行。

——其實沒這個必要就是了。她太緊張了。

「……不是這麼誇張的事。」

面對妹妹不合時宜的這份悲壯感，達也有點畏縮。

「妳過於注意要正確定義作用領域，所以沒有充分注入事象干涉力。剛才魔法造成的最低溫度大約零下三十度，不過以妳原本的事象干涉力肯定能降到零下兩百度左右。雖然不必立刻就加強威力到這種程度，但是剛才事象改變的等級無法達成『冰霧神域』本來的目的。」

「——我知道了。」

兩人的意識明顯有溫差。

達也單純只是點出剛才執行的術式有什麼不足之處。

但深雪覺得達也斥責她沒掌握「冰霧神域」原有的樣貌。

深雪的認定造成誤解。而且沒能理解深雪想法的達也說明不足。

但是達也與深雪都還沒成熟到能夠察覺這一點。

「再試一次吧。範圍大小一樣，場所是那裡。」

達也確認時間之後，指向比剛才更北方的位置。

深雪反覆深呼吸提高專注力，掛著充滿氣力的表情舉起ＣＡＤ。

閉上雙眼。

睜開眼睛的同時，手指在ＣＡＤ的感壓操控面板滑動。

「凍結吧！」

深雪脫口而出的這句話不是咒語之類。

只是不小心透露出急躁的心。

然而，從幹勁直接成形的這句話成為強力的言靈，助長了扭曲現實的力量。

十公尺見方的狹小空間產生巨大的負作用力。

不是施加力量，也不是奪取力量。

就只是改寫成這個樣子。

「冰霧神域」是將限定領域均等冷卻的魔法。

這個魔法式不只是將分子運動減速、將分子振動減速，也包含了將對象領域內外的「溫度」隔離的定義。

深雪這時候使出的「冰霧神域」，正確地只將十公尺見方的領域以絕對溫度冷卻七十度。

領域指定以及冷卻的部分很完美。

但是隔離的部分略有不足。

「呀啊！」

「深雪！」

突然吹向寒氣的強風，差點將深雪的身體吸進去。

達也連忙抱緊深雪。

穩穩踩在黑色砂地，對抗強烈的氣旋。

剎那之後，深雪反射性地架設全方位的魔法護壁。

深雪在隔絕物質與熱能的透明圓頂護壁裡睜大雙眼。

不對，是錯愕到目瞪口呆。

以她這種狀態，光是護壁魔法沒有失控就值得稱讚。

強風捲動。

天空也有風往下吹。

這是因為氣溫降低、氮氣液化，導致氣壓大幅下降。

使用ＣＡＤ施放的魔法，在發動時也有設定結束條件。

在這個場合的結束條件是持續時間。

激烈呼嘯的強風平息了。壓力梯度終於接近零。

「冰霧神域」剛好在這個時候失效。

冷卻的空氣不會突然回到常溫。

尤其現在是寒冬。雖然是伊豆群島，白天的平均氣溫也低於十度。

即使如此，也不足以讓液態氮就這麼存在於空氣中。

寒氣一開始是慢慢擴散，隨即愈來愈快。

接著是在接觸面冷卻的空氣成為下降氣流，加速寒氣擴散。

在深雪繼續架設護壁的狀況下，除了他們身邊兩公尺的範圍，黑色砂原覆上一整面的白霜。

◇◇◇

上午的練習在這之後就中止了。

如今兩人都回到宿舍，坐在住宿的房間沙發喝飲料為身體取暖。

「沒有任何的實際損害，不用這麼沮喪沒關係的。」

達也像是安慰般朝著完全消沉的深雪說。

不過這個時期的深雪，還無法因為達也的一句話就輕易回復心情。

「可是，沒想到會變成那樣……」

深雪比預料的還要沮喪，達也不知道該對她說些什麼。

如達也剛才所說，目前沒造成任何的實際損害。

魔法雖然稱不上完全成功，卻也沒失敗。幾乎正確瞄準目標，威力也無從挑剔。只不過是沒能控制好魔法後續衍生的影響。這部分只要今後好好處理就不會有事。

「這部分妳不是也自己擋下來了嗎？而且也保護了我，感謝幫助。」

這句話引起的反應強烈得出乎達也預料。

「真的嗎？」

深雪抬起頭，猛然接近達也。

雖然沒有接近到臉貼臉，但是達也不經意將上半身向後仰。

「請問我有幫助到哥哥嗎？」

深雪沒有繼續拉近臉部距離。

相對的，她的眼神強行捕捉達也的雙眼。

「啊，啊啊。當然有。」

達也被她定睛注視，只能點頭回應。

「太好了……」

深雪交疊雙手舉到胸前緊握，露出笑容。

雖然不至於從沮喪心情完全回復，至少就達也看來打起精神了。

——她好像很高興幫得到我。

雖然達也難以相信，但他也沒有遲鈍到無法從剛才的流程看出因果關係。

不過即使能推定事實，也不知道是經由何種想法與感覺而得到這個結果。十三歲的達也無法揣測妹妹的心態變化。

自從深雪改以尊敬語氣稱呼「哥哥」的那一天之後，達也認為自己和她建立起良好的兄妹關係。至少沒被討厭。達也是這麼「判斷」的。不是感覺，是認為。

達也將深雪視為「妹妹」疼愛。

這是他唯一僅存的真正情感。

如果源自對於妹妹深雪的愛，達也就可以生氣或悲傷。只要深雪展露笑容，達也就會開心。深雪哭泣的時候，他也會難過。

但是深雪為什麼在笑？為什麼在哭？達也沒自信能正確推測。怎麼做能讓她笑？怎麼做能讓她止哭？這對於達也來說太難了。

達也知道自己對深雪是怎麼想的，卻不確定妹妹以何種情感看待他。

只不過，即使他沒有情感缺陷，應該也很難知道吧。

對於十三歲的少年來說，即使是流著相同的血，十二歲少女的心肯定也奇妙得難以捉摸。

對話就這麼中斷，只有時間流逝。兩人之間隱約形成一股不方便開口的氣氛。

達也覺得這股氣氛很尷尬。

但是深雪不以沉默為苦。大概是喜歡像這樣兩人共處，消沉的心情明顯好轉。

頻頻扭動身體，是因為意識到達也不時投過來的視線。但是連自己內心湧現的這份嬌羞，似乎也令她感到舒適。

這個房間裡只有達也與深雪兩人。

這是非常少見的狀況。

兩人的母親現在住院不在家。

兩人的父親待在家裡的時間很短。下班回來已經是深夜，假日也經常以應酬的名目外出。即使在家的時間這麼短，也幾乎不會和達也共度。

深雪在家的時間也一樣很短。放學回來之後有茶道、花道、日本舞、國標舞、鋼琴、禮法以及西洋禮儀等等，就像是哪裡的大小姐一樣要學習許多才藝（不過深雪事實上是「大小姐」沒錯）。在家的時候要向四葉家派來的家庭教師學習魔法。

無論在學校、自家還是其他地方，深雪身邊不會有人的場所只有寢室或浴室等私人空間。這當然也不是達也能進入的空間。

深雪在這趟「旅行」可以和達也單獨相處。這幾乎是第一次的機會。達也完全沒理解，深雪也因為害臊而沒能率直表現，不過深雪非常高興可以和「最喜歡」的哥哥單獨相處。

伴隨著害羞的情感，（對於深雪）就某種意義來說很像國中生會有的酸甜時光。兄妹醞釀出這種氣氛不太對，但他們是直到半年前甚至不曾以一家人身分共度的「新手」兄妹。現在應該還能被允許營造這種氣氛吧。

不過，對於達也來說會尷尬，對於深雪來說酸酸甜甜的這段時間也沒能持續太久。快到午餐時間的時候，設施裡響起的刺耳警報聲打破沉默。

「哥哥，這是？」

「火山爆發的警報嗎？」

「怎麼這樣！」

達也以眼神制止慌張的深雪，走向內線電話。不是想打聽情報。免持聽筒終端裝置的來電燈號亮起，他按下通話按鍵。

「喂，我是司波。」

『打擾了。我是第一警備隊隊長柳。』

通話對象是曾經在沖繩並肩作戰的柳中尉。達也抵達這座島的第一天終究也嚇了一跳，不過中尉在那場戰爭之後就轉調到這裡的收容所。

「請問有什麼事？」

雖然可能沒這個必要，但達也向柳這麼問，暗示現在說明狀況也沒關係。

『有火山爆發的危險，請立刻避難。』

柳這句話說得過於突然。

「這麼緊急啊。」

『距離現在約四十分鐘前，岩漿的壓力開始急遽上升。後來壓力也沒下降，就在剛才達到警戒等級。』

「方便請教火山爆發的預測時間嗎？」

內線電話停頓片刻才傳來回應。

『預測最快是一小時後。』

但是從柳回答的聲音感覺不到猶豫。

達也表情也沒變。

他瞥向強忍哀號的妹妹，立刻將視線移回內線電話的麥克風。

「這樣的話來不及避難吧？」

『要讓包括受刑人的所有人避難應該很難。』

「原來如此，我知道了。」

達也沒有善良到會誤解柳的這句回答。

總歸來說就是要扔下受刑人前去避難。

既然沒有方法能讓所有人在一小時內避難，這麼做是在所難免。只能賭火山會更晚爆發，或是即使爆發也還有避難的緩衝時間。

「可以給我二十分鐘左右嗎？」

達也理解這一點，進而向柳這麼問。

『二十分鐘的話沒問題，但您究竟打算做什麼？』

柳的遣詞用句保有對待賓客的敬意，語氣卻透露「搞得這麼麻煩」的想法。

只不過，達也的個性沒有好到會因而收回要求。

「有個實驗必須在這個機會才能進行。我不會妨礙各位避難。」

『只要您遵守時間，本官不會介意。要為兩位準備車子嗎？』

「不，實驗就在宿舍附近進行。時間到了我們再過去打擾。」

達也婉拒柳中尉的建議之後掛斷內線電話。

轉身一看，深雪以害怕到蒼白的表情看著他。

「沒事的。只要有三十分鐘就能逃到安全範圍。」

害怕大自然的災害是理所當然，但是過於害怕也不好。必要的是採取正確行動。達也想在鼓勵深雪的同時教她這一點。

「刺激火山的……難道是剛才的……」

不過深雪害怕的對象不是火山爆發本身。聽到她這句話，達也察覺自己誤解了。

「妳認為『冰霧神域』的失敗甚至影響到地底的岩漿嗎？」

深雪以僵硬表情點頭回答達也的問題。

達也將自己的記憶搜尋一遍，回答「不是這樣」。

「火山為什麼爆發的相關機制還沒有解析完畢，但至少我沒看過有人主張地表溫度驟降會造成地底的岩漿上昇。即使從邏輯來看，這種因果關係也不成立。」

「這樣嗎……」

達也幫忙消除疑惑，深雪似乎放心了。僵硬的表情稍微變得柔和。

另一方面，達也就這麼維持現在的表情想到一個可能性。

魔法可以抬高物體，卻沒觀測到因應位能增加而消費的能量。

魔法可以加熱物體，卻沒觀測到因應熱能上升而消費的能量。

魔法這種現象，看起來打破了能量守恆的定律。

但是如果要說魔法和能量無關，這個命題是錯的。達也對於魔法與能量有一套自己的假說，這部分暫且放在一旁。若不是以假說而是以觀測結果來說，某些案例看得出魔法與能量具有一定的關連性。

有一個魔法是凍結大氣裡的二氧化碳製作乾冰使其高速移動。曾經有一項實驗是使用這個魔法調查氣象條件對於魔法的影響。當然是在控管大氣成分的無風實驗室進行。

這項實驗使用的啟動式將生成的乾冰大小與魔法消耗的事象干涉力設為常數。能使用魔法的只有魔法師，也就是人類，所以無法完全排除「人類」這個不確定要素。採用設有常數的啟動式是為了將每次實驗出現的人為誤差減少到最小的措施。

實驗結果是「氣溫與乾冰速度有顯著的反比關係」。科學家們對這個結果進行以下解釋。

——要將二氧化碳轉變為乾冰，必須奪取熱能。無論氣溫幾度，昇華熱都是固定的，但是氣溫愈高，為了凝結氣體而必須奪取的能量愈大。乾冰速度在高溫環境比較快，是因為為了凝結而奪取的能量轉換為動能。

科學家們對這段說明進行以下補充。

——請勿誤會。並不是熱能轉換為動能。在這個魔法現象裡，轉換能量的程序沒在任何過程加入或發生。只不過是在事後觀測到熱能的減少和動能的增加有關連性。

換句話說，其中有某種可以讓能量在「事後」收支平衡的系統在運作。這意味著世間存在著讓能量收支加總盡量是零的「相抵法則」。

不知道這個系統是什麼樣的東西。

不過，如果這個法則在剛才的「冰霧神域」也有產生作用……

那麼當時胡亂散播寒氣造成的熱能損失，該系統會以何種方式填補呢——？

（……該不會就是因而導致火山即將爆發吧？）

局部性缺乏的熱能，由火山爆發增加的熱能來填補。看起來收入明顯大於支出。

但是換個角度來看，火山爆發並不表示地球擁有的能量增加。不只是熱能，考慮到所有能量的話就沒有增加或減少。就只是局部性消耗的熱能獲得填補。

（局部性的調節。難道這是「相抵法則」的真相嗎？）

理論性的假設驗證之後再說。

總之必須先思考如何處理相抵法則造成的反動現象。

不，在這個場合應該優先做的是——

「雖然火山爆發不是妳害的，不過妳的能力或許可以阻止爆發。」

——只能在火山即將爆發的這個狀況進行的魔法實驗。

「我的魔法……可以阻止爆發嗎？」

「我不保證絕對可以。但是值得一試。」

妳要怎麼做？達也以視線詢問深雪。

「我要試試看！」

深雪立刻點頭。

◇　◇　◇

警報響起的五分鐘後，兩人來到宿舍外面。

深雪CAD裡的啟動式沒有干涉地底岩漿的魔法。雖然並非不能以別的冷卻魔法代替，但是考慮到剛才想到的反動可能性，達也認為應該避免隨便使用泛用型的術式。

原本應該以編輯器從頭製作啟動式將變數限制在最少，追加安裝到CAD再進行這項實驗。但是現在沒有時間。火山最快一小時就會爆發的緩衝時間對於達也來說太短了。即使來得及寫完啟動式，也來不及安裝在CAD測試是否能安全運作。

魔法師對於CAD輸出的想子情報體毫無防備。即使啟動式包含有害的程式碼，也會毫無抵抗被送進魔法演算領域，送進內心底層。即使啟動式的作者沒有惡意，也可能因為稍微寫錯就害得魔法師理智失常。

達也當然對深雪完全沒有惡意。反倒是如果有什麼東西會危害深雪，即使不是故意的，甚至即使是達也自己，達也也會全力驅除吧。正因如此，所以如果不是改良而是全新製作的啟動式，達也不會在還沒進行安全測試之前就給深雪使用。

不能使用泛用型術式。

全新製作的啟動式沒時間在CAD測試。

達也在這時候選擇的做法是——

「深雪，手。」

達也在面對面站立的深雪面前舉起自己的右手。

「……啊？」

「手伸出來。」

達夜正面注視深雪雙眼，要求妹妹和他一樣舉起手。

深雪戰戰兢兢將左手舉到肩膀高度。

「啊……！」

達也將自己的右手和深雪的左手重合，十指相扣。

深雪口中嬌羞發出小小的氣息。

「深雪。」

「……是。」

承受不了達也的視線，深雪低頭看向下方。

「我現在要使用妳的想子製作啟動式。」

但是聽到出乎意料的這句話，她不得不抬頭。

聽不懂達也說了什麼，也沒想到要詢問這句話的意思，深雪看著達也筆直朝向她的雙眼。

達也默默承受深雪的視線，毫無迷惘，毫不猶豫地說下去：

「妳用這個啟動式建構魔法，阻止地底的岩漿吧。」

達也在這時候選擇的做法，是由自己代替CAD的功能。

「分解」與「重組」。由於這兩個魔法占用魔法演算領域，所以達也無法使用其他魔法，無法建構擁有其他構造的魔法式。

為了克服這個缺陷，達也的母親與姨母在他的精神植入人工魔法演算領域。代價是犧牲除了一種以外的所有「強烈情感」。

可惜人工魔法演算領域的性能甚至不如平均水準魔法師的魔法演算領域。先不提速度，事象干涉力明顯比不上。結果達也只是從「除了分解與重組以外的魔法都無法使用的魔法師」轉職為「除了分解與重組以外的魔法都是三流的魔法師」。

不過因為魔法演算領域是植入意識領域，所以具有潛意識領域的魔法演算領域沒有的特徵。那就是能以表層意識解讀啟動式，能以表層意識建構啟動式與魔法式的這種性質。

發展這個性質之後，他習得了能夠完整記憶魔法式並且用來直接發動魔法的「閃憶演算」。

「閃憶演算」不是達也專屬的技術，但是一般來說是將記憶的啟動式送入魔法演算領域，藉以省略操作CAD的程序，相對的，達也的「閃憶演算」也省略了從啟動式建構魔法式的程序，可以更快發動魔法。

但是現狀需要的是使用人工魔法演算領域，以表層意識建構啟動式的技能。四葉家對於達也的評價是「雖然是強力的異能者以魔法師來說卻是三流等級」，給予「不及格的四葉家魔法師」

這個烙印，但他並不是沒在四葉家接受魔法訓練。即使被剝奪本家身分又被賦予守護者的職責，也必須具有魔法技能以及對抗魔法的技能。既然無法好好使用通常的四大系統八大類魔法，四葉家改為徹底訓練達也學習無系統魔法的技術。

認知想子情報體的先天之「眼」，以及從小累積至今的無系統魔法嚴厲修行。兩者組合之後的結果，如果只說直接操縱想子的技術，達也的本事在十三歲就達到高手等級。

一般來說不可能使用別人的想子建構啟動式。不過藉由達也習得的想子操作技術，以及達也與深雪的特殊連結，使得這種不可能的事在兩人之間成為可能。雖然沒試過，但達也知道兩人做得到。

深雪也沒問這種事是否做得到。

「是。」

深雪只以稍微臉紅、雙眼溼潤的表情點頭這麼說。

達也也因而做出最後的決定。

必要的啟動式，在他從房間走到這裡的時候已經完成雛形。

從相繫的手吸收深雪的剩餘想子，按照雛形製作啟動式。

這是不需要任何變數，魔法師不必以自我意識操作的啟動式。事象改變對象的岩漿情報也已經以「精靈之眼」收集存入啟動式。不只是指定要如何改寫事象，包括目標的座標以及所需的事象干涉力等等，必要的要素全部記述在內。

阻止火山爆發的最後要素，是依照記述內容實際行使魔法的魔法師。只有這個是達也無法擔負的職責。

「那麼，我傳送啟動式了。」

「……是。」

這次她停頓了一瞬以上的時間才回應。即使習慣讀取機械製作的啟動式，卻是第一次接受別人製作的啟動式。

無論男女老幼，都會對於未知的體驗懷抱恐懼。尤其是純真的少女，要將別人製作的東西接納到自己體內，當然會覺得這種行為非常恐怖，甚至可以說這份恐懼理應存在吧。

但是對於剛升上國中的少年來說，這是難以理解的恐懼。達也也不例外。即使知道妹妹在害怕，他也沒看出其中的特別意義，加上現在時間緊湊，所以等都不等就將啟動式注入深雪體內。

「唔……！」

深雪微微皺眉。

達也的心被狼狽襲擊。

「深雪，很難受嗎？」

達也自認只以深雪的想子建構啟動式，自認細心注意避免混入自己的想子。但是既然深雪覺得不舒服，那麼——

「不，只是有點嚇到。」

所以聽到深雪的回應，達也難得率直放鬆表情。

「這是？」

但是下一瞬間，深雪發出的聲音令達也再度被緊張襲擊。

「我知道……不，這是……我看得見！」

但這不是失敗的信號，是成功的證明。

「哥哥，我看得見！哥哥眼中所見的光景，我看得見！」

達也立刻理解深雪在說什麼，而且由衷佩服。

魔法師將魔法發動的對象化為影像傳送到魔法演算領域，成為魔法的標靶。達也將魔法發動的瞄準資料放進啟動式，送到深雪體內。深雪在魔法演算領域處理的過程中將資料還原為影像。

對於魔法師來說，在魔法演算領域進行的處理應該是黑箱作業才對。深雪卻將其認知為零碎的影像。現在的達也不知道這是什麼意思，但他認為這肯定代表著卓越的天分。

另一方面，深雪也覺得感動。不，說到撼動內心的程度，她肯定比達也激烈得多。

深雪被內心展開的影像震懾。

地底深處蠢動的岩漿。這種顏色、炎熱與遼闊。被推擠後退的焦土，阻擋前進的岩盤。不是瞬間的靜止圖，是無數的瞬間影像重合並且同時存在。深雪至今沒看過這種多重影像。

「這就是哥哥眼中所見的『世界』……」

深雪像是失魂落魄般錯愕低語。

但她立刻取回緊張感。

因為讀取啟動式而自行開始活動的魔法演算領域產生反饋，使她回神。

深雪感覺到魔法式建構完成，從她的體內吸出必要的事象干涉力。在這個階段，魔法力還沒釋放到她體外，所以她覺得從自己體內被「吸出」只是她的錯覺。事象干涉力從意識往潛意識的流動被她進行錯誤的解釋。

但是這個誤解令深雪得知原本無法意識到的魔法演算領域活動。

魔法式已經做好準備。

瞄準程序以及裝填事象干涉力的程序也全部完成。

再來只要施放魔法就好。

即使魔法自動建構完成，也要魔法師扣下扳機才會發動魔法。

無論是強制進行還是基於自主意志，施放魔法的都是魔法師自己。

「要開始了！」

完全符合達也設計的魔法，經由深雪的決斷而施放到地底。

正要擠裂岩盤的熔岩表層瞬間冷卻，成為新的岩盤。

深雪的魔法代替失去熱能的岩漿，以東側火山口為中心朝地基施加壓力。

原本被推擠的岩漿急速冷卻凝固而減少的體積，被來自上方的壓力壓縮。在壓力消除的這段期間產生的火山灰為了尋求出口而鑽到島嶼東側。

為了阻止爆發而從上方壓制的深雪魔法顧不了那麼遠，已燒島東部形成熔岩的新通道。

火山爆發的壓力被釋放到不會危及收容所的島嶼東岸。

看得見被熔岩高溫蒸發的海水成為白色氣牆，在西岳的低矮稜線後方裊裊上升。

「深雪，辛苦了。回去裡面吧。」

「是，哥哥。」

軍人們匆忙跑出宿舍與收容所，兩人逆流而上回到宿舍內部。

◇　◇　◇

比預料的最短時間快了將近一小時的火山爆發，使得收容所雞飛狗跳。

熔岩噴發的地點出乎預料是在島嶼東部。被害模擬系統因而完全派不上用場，這也使得混亂變本加厲。

達也認為收容所的各項設施不會出現損害。他是以這種方式設計魔法的，所以真要說的話是理所當然，但他對這個預測抱持自信。不過既然管理設施的軍人要求他們撤離以防萬一，就不能違抗這個指示。他與深雪兩人乖乖坐進大型直升機。預定暫時移動到海上機場，判斷無法避免被害的話會直接前往本土避難。

「司波同學。」

「柳中尉。」

達也在直升機上被柳搭話。沒有部下。柳只有自己一個人。

雖然這麼說，但周圍有幾十名收容所的官兵與職員。達也繃緊神經提醒自己不能貿然發言。

「方便問一個稍微深入的問題嗎？」

柳的語氣有一半是私下模式。反過來說，他應該不是以國防軍的立場發問。

「請問是什麼問題？」

為了避免露出破綻，達也以客套的口吻回答。他和柳原本就只是在那個戰場以及在那之後聊過幾句話的交情。比起風間上尉或是真田中尉還要不熟。

「或許沒有意義，但是為求謹慎我先強調一下。接下來要問的問題是用來滿足我的好奇心。無論你怎麼回答都不會造成你的不利。」

「這樣啊。」

這個回應或許過於冷淡，但是達也心情上不知道還能怎麼說。因為「怎麼回答都不會造成不利」一般來說是「不會比現狀還要不利」的意思。即使突然聽柳這麼說，達也也沒道理被要求採取友善的態度。

柳搔了搔腦袋，看來他覺得自己壞了達也的心情吧。但他不知道哪裡做錯所以無從補救，露出傷腦筋的表情。

柳停止搔抓腦袋的手。他認為無法立刻建立友好關係而灰心。

「我可以問嗎？」

「請說。」

在達也的身後，深雪以有點傻眼的眼神看著兩人。

從不善言辭的這一點來看，柳與達也都是半斤八兩。

「火山提早爆發，是因為你們的魔法實驗嗎？」

「不是。」

客觀來看，達也的回答是謊言。火山之所以提早爆發，確實是因為達也與深雪行使的魔法。

但是主觀來看，達也沒有說謊。因為剛才發生的不是爆發，單純是噴出熔岩。

為了阻止火山爆發造成人與物的損害，達也讓深雪使用了那個魔法。結果兩個火山口沒有爆發。目前沒產生人與物的損害，今後發生的可能性也很小。毒氣也飄到東南方的海面。

在島嶼東岸噴出的熔岩有助於島嶼面積擴大。也就是說國土會擴大。只要以深雪的「冰霧神域」冷卻，肯定就能夠立刻使用。

換言之在達也的意識裡，火山的爆發被阻止了。沒有提早爆發的事實。

「是拿什麼樣的魔法做實驗？」

「冷卻地底岩盤的魔法。」

「不是因為這樣才引起火山爆發嗎？」

「但是西岳與東岳都很平靜。」

「……說得也是。」

看來柳也察覺達也想說什麼了。他發現這名少年好像是避免設施受損，刻意讓能量改從島嶼東側宣洩出去。

柳突然發出笑聲。一開始是偷笑，然後立刻變成放聲大笑。

「發生什麼事」的視線集中到柳身上。達也與深雪也和其他人一樣，以看見奇怪東西的眼神看著柳。

「再讓我問一個問題。」

柳收起笑容，以打趣的表情詢問達也。

直到剛才是深感興趣的眼神。

現在是覺得「有趣」的表情。

「你早就預測到這個事態了嗎？」

達也還沒說是否接受發問，柳就開口提問。他的嘴角依然上揚掛著笑意，雙眼卻隱含嚴肅的光芒。

「如果知道有爆發的徵兆，我們就不會來這裡了。」

「這樣啊。」

對於達也的無趣回答，柳像是聽到最棒的笑話般，露出心滿意足的表情點頭。

◇◇◇

避難命令一天就解除了。達也與深雪在海上機場的休息室度過一晚，但是和其他軍人或囚犯相比是相當好的待遇。

在這段時間，達也以桌上型終端裝置改寫「冰霧神域」的啟動式，深雪一邊幫忙準備茶水一邊旁觀。雖然時間幾乎只用在旁觀，深雪看起來卻完全不無聊，心情一直很快樂。

火山事件的兩天後再度開始練習，深雪的「冰霧神域」再也沒失敗了。她認為都是多虧達也改寫的啟動式。達也對此抱持稍微不同的見解，不過深雪難得建立起自信，達也覺得潑冷水是壞事所以沒多說什麼。

達也在「冰霧神域」的收尾階段加上只把氣體分子運動速度復原的程序，以這段記述建立了能量收支不平衡的緩和機制。深雪的「冰霧神域」因而變得順利施展，這是確定的事實。

包括這個啟動式，以及刻意讓能量收支不平衡而引發強烈氣流的另一個啟動式，在這之後都成為深雪愛用的啟動式。

此外因為深雪的「練習」，新形成的東側熔岩原迅速降為可以使用的溫度。這時候噴出的熔岩使得已燒島的面積增加一平方公里，達到八平方公里。

就這樣，深雪順利在國一的第三學期開始之前，習得了廣域冷卻魔法「冰霧神域」。

（續・追憶篇——冰凍之島——　完）

確認巳燒島東海岸的熔岩噴發沒有安全上的影響，收容所囚犯回到監獄的當晚。

島嶼南方，和海上機場反方向的海面，浮著一艘小小的救生艇。

不是橡皮艇，是樹脂材質的組裝式小艇。

無論如何，都不是能夠橫渡太平洋的類型。

大概是避難的時候漂流到外海吧。

但是沒收到求救的無線通訊，也沒看見照明信號。

救生艇上有兩名男性。都不是日本人。

而且兩人都是魔法師。

「差不多快到會合地點了吧？」

「別用無線電啊。順利走到這一步可不能功虧一簣。」

兩人交談的話語是廣東話。看來他們是被捕入獄的大亞聯盟特務魔法師。

「一直被關在那種地方，我可受不了。」

「只要我們把收容所的實情告訴媒體，日本立刻會因為虐待俘虜而被全世界批判。」

兩人露出「活該」的表情相視而笑。

從海裡往上頂的一股大波浪搖晃救生艇。

來了。兩名男性逕自這麼說。

小型潛水艇在兩人旁邊上浮。

男性們的視線一齊朝向潛水艇。

「用潛水艇逃走嗎？這是常見的手段。」

這句話是日語。

這個聲音從上浮潛水艇的反方向，男性們的背後傳來。

潛水艇周圍冒出細小的氣泡，朝著沉浮箱注水再度開始下潛。

救生艇的男性們沒有時間抗議自己被拋棄。

沒有這個必要。

潛水艇的上方艙門突然開啟。應該說脫落彈飛。

要是在這個狀態下潛，內部會進水而葬身海底。潛水艇當然停止潛航。

「好啦，你們是張與林吧。逃獄是重罪。雖然也可以直接射殺，但你們要乖乖回牢房嗎？」

從「海面」傳來的這個聲音，使得兩人頭也不回就這麼慢慢站起來。

不穩定的救生艇在搖晃。

兩人假裝因為搖晃而踉蹌，同時跳海。

不對，是原本企圖跳海。

男性們的身體從小艇墜海。

即將接觸海面的時候，男性們的身體失去輪廓，如同溶化在浪花般「消失」了。

潛水艇就這麼維持上浮開始前進。

大概是突然看見人體消失的現象而引發恐慌吧。

他們感覺到恐懼，是身為人類的正確反應。

因為這正是他們的未來。

潛水艇的外殼突然從接縫分解。

不只是外殼。潛水艇本身瞬間分解得七零八落。

波浪之間浮現人影。

是運氣好沒被潛水艇碎片捲入，成功脫逃到海面的船員。

但是說來不巧，他們的幸運也到此為止。

浮在波浪之間的人影，立刻踏上和潛水艇囚犯相同的命運。

被分解到元素層級消失，連屍體都不留。

海面只留下翻覆的潛水艇。

以及站在波浪上的兩個人影。

「感謝您協助處分逃犯。」

剛才站在兩名男性後方的柳中尉這麼說。

「將所有人『消除』也沒問題嗎?」

隔著小艇、潛水艇與黑暗站在另一側的人影，以達也的聲音回應。

究竟是達也本人站在那裡還是只有聲音傳過來，即使以柳的能耐也無從判別。

「全部處分掉比較不會夜長夢多，所以沒問題。不留屍體就更理想了。」

柳克制苦笑朝著黑暗回答。

自己面對的這個人居然年僅十三歲，如果不知道他是四葉家的人還真的難以置信。

「——我才要問你沒問題嗎?」

「請問這是什麼意思?」

柳的問題省略了最重要的部分。

達也會這麼反問也是當然的。

「不……沒事。」

柳沒有清楚說出口。

——像這樣殺掉這麼多人，你都不以為意嗎?

柳想問十三歲的少年這個問題。

他到最後沒問。

柳自知沒資格提出這個問題。

西元二〇九三年，國防陸軍一〇一旅獨立魔裝大隊迎接柳連中尉新加入幹部行列。

柳中尉在就任的同時晉升為上尉。

不久之後，名為大黑龍也的特務軍官以特尉階級加入獨立魔裝大隊。

關於他的加入，據說是經由大隊隊長風間少校以及柳上尉的強力推薦。

（完）

The irregular at magic high school

Melancholic Birthday

我的名字是司波深雪。

國立魔法大學附設第一高中一年級學生。

而且是十師族四葉家的下任當家候補。

在今天，西元二〇九六年三月二十四日的二十四時，我即將十六歲。

今天結束的同時，我就到了可以結婚的年齡。

◆　◆　◆

我的名字是司波達也。

國立魔法大學附設第一高中一年級學生，四葉家的守護者。負責保護妹妹暨下任當家候補的深雪。這是我的存在意義。

我記得六歲之後發生的所有事情。因為人造魔法師實驗的副作用，所以我不會忘記。形容為無法忘記或許比較貼切。

相對的，五歲以前的記憶很模糊。並不是任何事都完全不記得。然而比起精神被改造之後的清晰記憶，只不過是無法和夢境區分的模糊情景，是片段的對話碎片。

我是在接受人造魔法師的改造之後成為深雪的守護者。我在實驗沒能發揮眾所期待的性能，被賦予「不及格的四葉家魔法師」這個烙印，成為家裡的下人。

我對此沒感到不滿。保護深雪也是我自己的希望。以深雪安全為第一優先的這道命令，對我來說反倒是心懷感謝。因為我免於因為長期的任務而離開深雪身邊。

已故的母親說這份情感也是被實驗引導的。但我不以為意。

人類的情感與價值觀大幅受到環境與教育左右。甚至連是非善惡都被他人的影響決定。即使我想要保護妹妹的這份情感是經由精神改造手術植入，也不構成「所以是假的」這個結論。

我不允許別人說這份情感是假的。

深雪是我的寶貝妹妹。

是我唯一能付出愛情的親人。

唯一的寶貝妹妹深雪，由我來保護。

只有這份情感是我擁有的真實情感。

說到模糊的要素只有一個，我不太記得自己接受實驗前的深雪。

深雪出生的時候，我只有零歲十一個月。沒記憶是當然的。

但是在我心中，一個朦朧的影像殘留在和記憶相同的場所。

兩名一模一樣的女性俯視著我。是母親司波深夜與姨母四葉真夜這對雙胞胎姊妹。

一模一樣的長相。同樣苗條的體型。

兩人都不是孕婦。

這段記憶不一定是在深雪出生之前。不只如此，甚至無法斷言是事實。或許是夢境的某個場面和現實混淆。按照常識來思考，零歲幼兒沒留下記憶的可能性比較高。

但我不知為何無法坦然接受這個「事實」。

深雪無疑是我的妹妹。我的異能「精靈之眼」會將任何事物的構成要素告訴我。這雙「眼」說明我與深雪是同一對父母生下的。

不，用不著依賴這個異能，我的心是這麼告訴我的。

深雪是我的妹妹。

假設那段記憶是「事實」，這個「真實」也絕對不會改變。

◇◇◇

到了十六歲，我也必須注意到結婚這件事。

如果我是無法使用魔法的普通高中生，應該可以對自己說「現在結婚還太早」一笑置之吧。

即使是魔法師，只要不是十師族或百家的含數家系，或許可以辯解自己還不到這個年紀。

但我是十師族最強……更正，是日本最強魔法師一族——四葉家的直系，是下任當家候補。

魔法師女性本來就會被要求趁著還年輕的時候結婚生子。

因為魔法是以血統繼承的。

優秀魔法師的後代，繼承豐富魔法天分的可能性很高。如果雙親都是優秀的魔法師，這個可能性會更高。

魔法是力量。魔法師對於國家來說是重要的戰力。即使再怎麼掩飾以免違反名為「人權」的「社會正義」，國家實際上肯定還是將魔法師視為資源。

國家想要優秀的魔法師。

同時，魔法師需要國家的保護。

即使不是單方面的保護，而是魚幫水，水幫魚的關係，和政府維持良好交情，對於魔法師整體來說也比較便於行事。

所以魔法師社會要求優秀的魔法師多多留下子孫。

女性魔法師早點結婚多生幾胎。

男性魔法師即使年邁也要盡量生子。有時候甚至被教唆出軌。

我才十五歲。不想早早知道這種毫無夢想的事實。

然而我甚至不被允許無知。

大概是害怕我沉浸在美麗的夢想，拒絕醜陋的現實，因而不願意履行「義務」吧。肯定是害怕我逃避現實。

從我還沒上小學之前，大人反覆對我說的就不是夢想的童話，而是沒有夢想的未來。

——我會繼承真夜姨母大人，成為四葉家的當家。

——我必須迎接「配得上我的優秀魔法師」成為丈夫，繼承四葉家。

——配得上我的對象是由家裡為我挑選。我必須和這名對象結合生子。

因為母親也是如此。

因為父親也是如此。

所以我必須依照我被賦予的魔法，選擇合適的生活方式。

以前的我認為這種人生是理所當然。

因為只知道這件事，所以甚至沒想過抵抗。

因為兒時那些不是魔法師的「朋友」也理所當然對我另眼相待，認為我和他們不一樣。

如果沒有哥哥……

對於母親大人、姨母大人、四葉家的人們要求我的生活方式，或許我至今也不會懷疑。

或者說，如果沒有那年夏天的那一天……

或許我會按照一族的吩咐，厚顏無恥地將哥哥當成下人，和被迫訂婚的對象一起迎接明天這一天的到來——

◆ ◆ ◆

「這是第四次嗎……」

不禁脫口而出的話語，是慶祝深雪生日的次數。被容許慶祝之後，明天是她第四次的生日。

從我記得自己全部記憶的六歲開始，深雪的生日就是一年當中對我來說最神聖的一天。

即使是對於五歲以前記憶模糊的我來說，也肯定是特別的日子。

深雪出生的日子。

深雪來到這個世界的喜悅。

我無法想像沒有深雪的世界。

在這種世界，我肯定也不存在吧。

存在於這種世界的我，肯定已經停止自己的存在——而且拉著全世界陪葬。

這一年來，我也交到不少朋友。也有女孩對我抱持特別的好感。

然而（說來抱歉）他們是可有可無的存在。即使某天他們突然從我面前消失，我也不會想要報復世界吧。

如果深雪從我面前消失……

準備這種命運的世界，我絕對不會認同吧。

這種世界能存續下去，我絕對不會原諒吧。

不知道是幸或不幸，我擁有這種力量。

現在還做不到。但是總有一天做得到。我擁有這份確信。

我將會不只是消滅世界各國。

不只是破壞這顆行星。

還能將世界本身回歸於無。

失去深雪的時候，我肯定具有這份力量。

……這大概是我的幻想吧。要消滅世界上的各國，我肯定做不到。人類沒有這麼無能。人類沒有這麼無力。

抱持這種幻想的我，別人肯定會說我是不幸的。

——確實不算幸福吧。

我如此回答自己的想法。

覺得單一人物和這個世界的一切等價。要是看見別人抱持這種瘋狂想法，我也肯定會認為這傢伙不幸。

對於自己配不上的那些朋友，基於「真正的意義」不承認其價值的我，人生肯定有所損失。
即使如此，我還是幸福的。
因為深雪位於這個世界。
我比以前幸福。
因為慶祝深雪生日的時候，我可以獻上「生日快樂」的祝福。
比起不被允許這麼做的那些日子，我如今幸福多了——

◇◇◇

認為哥哥不配成為家人，只視為是下人的那些日子，對我來說是想要抹滅的過去。
即使再怎麼年幼，也早就知道我們是親兄妹。應該稍微抱持疑問才對。我好想厲聲斥責以前的我。
我為哥哥慶生的次數還只有三次。在這之前的我，滿心相信不可以把「不成材」的哥哥當成「哥哥」的這句吩咐，甚至迴避接受哥哥祝賀的話語。
現在回想起來，真不知道我為什麼要糟蹋那些時光。
明明以前可以純真地請哥哥為我慶生。

今年我沒自信能以率直的心情接受祝賀話語。沒自信能在哥哥說「生日快樂」的時候開心。十六歲了。這個事實的意義令我憂鬱。一族以及社會期待的「優秀魔法師的義務」如此折磨著我。

說到唯一的救贖，應該就是我還沒被決定「合適的對象」。

在優秀魔法師的家系裡，許多孩子在我這個年紀就決定結婚對象。不，從更小的時候，真的是在懂事之前就因為家裡說好而決定結婚對象的例子也不罕見。

和以前不同（但我不知道以前是什麼狀況），現在要解除婚約不是難事。現今的時代基本上會尊重本人意願。

不過我也經常聽到女方不敢拒絕，在十六歲生日的同時嫁為人婦的狀況。在這種例子，男方大多年長許多。我也不只一兩次聽到男方是梅開二度甚至三度的狀況。

孩子很難認真違抗大人。我從自己的經驗也明白這一點。愈是被疼愛的女生，即使是表面上的疼愛，也愈不敢拒絕父母決定的對象。如果受到親戚們名為「祝福」的壓力就更不用說。

幸好我還沒有這種對象。從「優秀的魔法師被要求早婚早生」的風潮來看或許覺得矛盾，但國內魔法師龍頭的十師族子女意外地晚訂婚。不過相對的，訂婚之後很快就會結婚。

換句話說就是可以隨意挑選訂婚對象。我的未婚夫之所以還沒決定，肯定是這個原因。

無論如何，我在不久之後的將來會結婚，這個命運不會改變。明天姨母大人突然帶我的未婚夫過來，一個月之後就結婚成為夫妻的可能性也不絕對是零。

其實我不要。

我不想結婚。

因為再怎麼希望，也無法和●●成為夫妻——

所以我不想成為大人。

十六歲的生日，要是永不到來該有多好……

◆ ◆ ◆

晚上十一點了。

西元二〇九六年的三月二十四日，再過一小時就結束。

再過一小時，深雪就十六歲了。是法定可以結婚的年齡。

雖然覺得深雪結婚還太早，但也不會是太久之後的事吧。

如果深雪結婚，就不能像現在這樣在一起了。雖說是兄妹但也是異性。自己以外的男性陪在妻子身邊，丈夫肯定覺得不是滋味。

這是沒辦法的事。

想到今後不能在一起，老實說我捨不得。

不過，深雪並不是從「這個世界」消失。所以我忍得住。

即使相隔兩地，我們依然是兄妹。即使相隔再怎麼遙遠，我的「眼」也看得見，我的力量也傳達得到深雪身旁。

我可以保護深雪。

我會繼續保護深雪。

只有這一點，即使成為她丈夫的男性抗拒，我也不會退讓。

即使那名男性擁有比我更強的力量。

即使比我更能保護深雪。

說得也是……或許應該確認這一點。

四葉家為深雪決定的結婚對象，我沒有反對的權利。然而無論四葉家或是姨母大人怎麼說，我都是深雪的哥哥。

拿下深雪未婚夫寶座的幸運男性，我應該可以獲准測試他一下吧。

聽說父親有毆打女婿的權利，但我無法期待那個父親有這股氣魄。何況我不打算單方面提出不公平的要求。

就讓這名男性和我對打一場吧。

禁止使用魔法。

如果只用拳腳工夫就能打倒我，我就灑脫讓出深雪身旁的位子吧。

至少要讓我見識這種程度的骨氣才行……

◇ ◇ ◇

我為什麼是●●的●●呢？

我為什麼是哥●的●●呢？

我為什麼是哥●的妹妹呢？

我為什麼……

啊啊，不行了。心情無法壓抑。

即將滿溢而出。

……我為什麼是哥哥的妹妹呢？我們為什麼是兄妹呢？

我知道這種想法很奇怪。自認明白這種願望很異常。

理性上理解這一點。

但是感性上無法接受。

我不想嫁給哥哥以外的男性。

……不，還是不要連獨白都說得這麼好聽吧。

我不想和哥哥以外的男性上床。

其實我甚至不願意被哥哥以外的男性碰觸。

因為我的一切都屬於哥哥所有。因為我是為了哥哥才像這樣存在於這裡。

既然留下子孫是義務，從我的子宮取出卵子進行人工授精或是基因改造就好。

如果這樣就算是履行義務，我會樂於提供我身體的一部分。繼承我魔法基因的下一代，請以人工子宮來孕育。

站在女性的角度，這個想法或許不值得稱讚。

然而這是我的真心話。

毫不虛假的心態。

而且我知道。

我的願望絕對不會實現。
並非因為我是哥哥的親妹妹。
這種事無法妨礙我的願望。因為我並不是想保有法律上的地位。
哥哥將我視為「妹妹」深愛。
哥哥只把我當成妹妹看待。我對於哥哥來說只是妹妹。
至今一直如此。
今後肯定也一直如此。
哥哥的愛永恆不變。連譬喻為黃金或鑽石都不適合。
正因為哥哥向我灌注永恆不變的愛——所以我的願望不會實現。

◆　◆　◆

話說回來……站在深雪身旁的，不知道到底會是什麼樣的男性。
我不認為有男性配得上深雪。找遍全世界也肯定找不到。
我自己也覺得這麼說太寵妹妹……但深雪就是這麼特別。
我沒要說深雪毫無缺點。

——妹妹意外有著容易衝動的一面。

——有著一旦熱中就無暇顧及周圍的毛病。

——雖然巧妙隱藏，但她其實是敢愛敢恨的類型。

不過連神話裡的眾神都具有人類的缺點。毫無缺點的人類肯定不只令人難以接近，而是令人不敢接近的存在。完全沒有缺點的人看起來肯定覺得毛骨悚然。對於人類來說，沒有缺點或許正是最大的缺陷吧。

即使有幾個缺點，深雪依然是特別的。

是能夠推翻所有短處的特別女性。

這樣的深雪不可能有男性配得上。所以站在深雪身旁的條件並不是要配得上她。

站在深雪身旁的條件是……

適合深雪的男性。

不需要比深雪優秀。

四葉家應該會在深雪的伴侶身上要求魔法因子，但我認為未必需要是優秀的魔法師。

重要的是適合深雪。

必須是能抬頭挺胸表示自己適合深雪的男性。

站在深雪身旁也不會低聲下氣，不會虛張聲勢，成為對等的夫妻建立家庭。

只要看見老爸，我就深刻這麼認為。

我的母親即使從孩子的角度來看，即使除去血緣關係的偏袒，也是一位美麗的女性。

同時，她體弱多病的身體擁有強大到令人戰慄的魔法。

相對的，老爸只是長相有點英俊的平凡男性。

只有想子存量異於常人，卻缺乏魔法式建構能力，無法活用在魔法。

在想子存量被視為和魔法天分等價的時代，老爸應該會被評為「擁有強大的魔力」吧。

實際上，老爸能夠產生並維持龐大想子量的天分得到好評，獲選為四葉家前任當家長女，禁忌的系統外魔法「精神構造干涉」唯一的使用者，別名「忘川之女王」的四葉深夜結婚對象。

老爸不是配得上母親的男性。然而這是無可奈何的事。因為即使不到深雪的程度，「忘川之女王」也肯定沒有男性配得上。

即使如此，老爸還是獲選為四葉深夜的丈夫。老爸和母親成為夫妻了。雖然或許是一族的意志，但母親也接受了這個安排。

無法接受的是老爸。

當時他有另一名相愛女性的這個隱情暫且放在一旁。或許值得同情，但是在這裡不成問題。

老爸沒有足夠的意志力拒絕四葉一族強制安排的婚姻。

即使如此，卻也沒有接受「母親的丈夫」這個立場——不，姑且為老爸辯護一下吧。老爸是無法將母親視為對等的妻子接納。

不只是身為魔法師的能力，從容貌、教養到家系實力，沒有一項勝過妻子。唯一勝過的可以說只有學歷，但是這種東西在妻子的世界毫無價值。

被迫住進這個世界的老爸變得卑微了。直接把話說得難聽一點，他甘願成為一匹種馬。對於四葉家言聽計從，藉以反過來保護自己的尊嚴。

只要不競爭就不會輸。

只要沒被迫面對敗北的事實，就能保住最底限的尊嚴。

這就是老爸選擇的生活方式。

我和老爸的交情極差。老爸討厭我，我完全不把老爸當成一回事。

這我承認。

所以我對於老爸的評價無論如何都很尖酸。老爸在別人眼中或許會有不同的評價。

但是在我的眼中，老爸不是適合母親的男性。

自認「不是適合妻子的男性」變得低聲下氣，不肯好好面對母親。

一直逃避被拿來比較，逃避面對自己敗北的事實。

對於他到最後逃進情婦懷抱的原委，我沒有責備的意思。這是男女之間的感情問題。應該會有一些「局外人」不知道的隱情吧。比起這件事，光是逃離自己的丈夫身分，就足以成為我評價老爸的材料。

老爸不適合母親。

結果不只是老爸，我認為連母親都跟著不幸。

母親實際上的感受，我只能憑空想像，但至少母親和老爸的婚姻生活肯定沒有幸福可言吧。

並非幸福。沒有幸福。這肯定是「不幸」的同義語。

我不想讓深雪重蹈母親的覆轍。不希望深雪走上沒有幸福的無意義人生。

說來遺憾，我無法讓深雪幸福。

即使能以哥哥的身分深愛，也不可能成為她的丈夫。

同樣的，深雪也不可能一輩子單身。

姨母大人基於情非得已的苦衷而沒有結婚，所以深雪更被要求嫁夫生子。

所以我希望至少選擇適合深雪的男性成為她的丈夫。

我如此祈禱。

即使不是深雪自己選擇的對象。

將來站在深雪身旁的人，起碼必須是適合深雪的男性。

◇　◇　◇

（要換日了……我即將十六歲了……）

深雪不等二十四時的鐘聲就上床。

「哥哥，晚安……」

輕聲向不在這裡的最愛哥哥道晚安，告別十五歲的最後一日。

◆　◆　◆

（過零點了嗎……）

完成就寢準備的達也關燈上床。

他什麼都沒說，沒思考「多餘」的事情就閉上眼睛。

◇　◆　◇

西元二〇九六年三月二十五日。今天是星期日，是深雪的十六歲生日。

「哥哥早安。」

達也結束清晨的鍛鍊返家，深雪以笑容迎接。

一如往常。

以毫無陰霾，毫無陰影的笑容迎接。

「深雪早安。還有，生日快樂。」

達也以只對深雪露出的笑容回應。毫無陰霾，毫無陰影，附上純粹的祝賀。

「謝謝哥哥。」

「今天按照預定行程沒問題嗎？」

「是的。深雪很期待和哥哥一起外出。」

達也與深雪都沒提到十六歲的意義。

還沒改變的日常生活，兩人以一如往常的形式慶祝。

——兩人的日常生活是在九個月後迎來變化。

——是在這一年最後一天發生的事。

（Melancholic Birthday　完）

後記

以上是收錄了ＢＤ、ＤＶＤ特典小說與其他短篇小說的《魔法科高中的劣等生 Appendix》第二集。不知道各位是否看得愉快。

〈夏日假期—Another—〉是電視動畫〈橫濱騷亂篇〉的限定版特典小說。內容是《魔法科高中的劣等生》第五集〈暑假篇＋１〉收錄的短篇〈夏日假期〉的ＩＦ劇情，舞臺從海邊換成山上，從「南海的小島」換成「高原的別墅區」。

戀愛要素幾乎沿襲〈夏日假期〉，不過除此之外也加入事件要素。即使是已經看過《夏日假期》的讀者，應該也可以從我寫的這部短篇獲得樂趣。

〈十一月的萬聖派對〉是當成有聲劇ＤＶＤ附錄而全新撰寫的短篇。記得我交稿之後隨即收到「這篇比較適合當成有聲劇的劇本」這句評語。

我也是在這部有聲劇ＤＶＤ首度受邀前往配音現場。可惜現在已經沒機會親眼觀摩了。

仔細想想，感覺這部作品是我第一次被邀稿而撰寫的小說。或許可以說是值得紀念的第一部職業著作吧。當時我沒進入狀況，看得出在各方面煞費苦心的痕跡。

〈美少女魔法戰士普拉茲瑪莉娜〉是劇場電影版的來場者特典小說第一彈。我準備了三部特典小說，這部短篇是寫得最順的。說到角色的操控難易度，我認為莉娜是在《魔法科》系列最容易操控的角色。不過因為電視版動畫〈來訪者篇〉還沒播放，所以當時可能也有不少人不認識莉娜吧。

這部〈普拉茲瑪莉娜〉，我自認應該是魔法科外傳之中寫得最好的。當事人正經八百，在旁人眼中卻變成喜劇……我覺得這種程度的呆萌就是莉娜這個角色的精髓。

站在作者的角度也是寫得很愉快的作品。

〈ＩＦ〉是劇場電影版的來場者特典小說第二彈。所謂「夢結局」的故事。直截了當坦白來說，是擠不出特典小說的點子，在萬般無奈之下完成的短篇。雖然劇情是萬般無奈的成品，但是為這部短篇構思的設定，我有確實回饋到正傳的內容。

尤其關於「以魔法飛行的交通工具」的理論，是在這部短篇的飛行車完成的。多虧這樣，後續撰寫本系列正傳的時候輕鬆許多。因為移動手段一直是《魔法科》系列的煩惱源頭。

此外以視覺感受來說，這或許是《魔法科》系列之中最「養眼」的短篇，因為在正傳不會讓角色從事演藝活動。基於這層意義，這篇〈ＩＦ〉和《Appendix》第一集的〈夢幻遊戲〉一樣，可說是在外傳才能這麼寫的短篇吧。

劇場電影版的來場者特典小說第三彈〈續・追憶篇―冰凍之島―〉，正如標題的「續」所示，是定位在〈追憶篇〉之後的劇情，和〈ＩＦ〉不一樣，屬於《魔法科》系列的正傳。基於這層意義，或許是最需要收錄在文庫版的短篇。

老實說，聽到要製作劇場版電影時，我提案將〈追憶篇〉改編成電影。不過製作委員會的意向是「以原創劇情製作」，所以我立刻收回〈追憶篇〉，改為提交〈呼喚繁星的少女〉的原案。事到如今我自己也不清楚，但我之所以撰寫〈冰凍之島〉當成特典小說，難道是對於〈追憶篇〉的動畫化抱持眷戀嗎？幸好〈追憶篇〉在二〇二二年製作成電視版動畫播放了。

關於最後所收錄的〈Melancholic Birthday〉，是為了《電擊文庫》二十五周年＆《電擊文庫MAGAZINE》創刊十周年紀念企畫全新撰寫的，在該雜誌《二〇一八年七月號（Vol.62）》刊登的短篇。

……我為什麼在紀念企畫寫這種鬱悶的內容？我不記得當時自己在想什麼。不過難得寫到達也的真心話（？），基於這層意義是耐人尋味的短篇。

收錄在本書的短篇，共通點在於都是《魔法科》系列，但是時間與主題各不相同。重新回頭閱讀就覺得我有幸成為作家也經過好長一段時間了。

這也都是多虧了捧場至今的各位讀者。雖然二〇二二年才過了一半，但是明年我也想久違發表新作品。

二〇二二年後半以及二〇二三年也請各位多多指教。

（佐島勤）

異世界悠閒農家 1~15 待續

Kadokawa Fantastic Novels

作者：內藤騎之介　插畫：やすも

密探們帶來的麻煩將大樹村捲入其中……！
「夏沙多市」附近發生大爆炸！

與魔王國之間的經濟能力和軍事力量持續拉開距離，導致人類國家陷入焦慮，相繼派出密探前往魔王國。然而入侵魔王國的密探們陸續在各地引發問題，甚至在「五號村」大鬧！村長因為拉麵問題被找去「五號村」！總而言之，在海的另一端對拉麵呼喊愛！

各 **NT$280~300/HK$90~100**

TAMAYA

作者：三月みどり　原作／監修：Chinozo　插畫：アルセチカ

Kadokawa Fantastic Novels

Chinozo樂曲小說化第四彈！
已經放棄「特別」的少年神奇的夏日故事。

我一直很自卑，沒有擅長的事物，也不擅交朋友。弟弟跟我不同，是什麼都會的模範生。不管什麼都行，我想要有個比別人厲害的專長，想被認同是特別的人。那天跟妳一起看的煙火，告訴了我什麼是「特別」。所以我會試著挑戰，為了再次跟妳一起看煙火。

NT$220/HK$73

魔石傳記 獲得魔物力量的我是最強的！ 1待續

Kadokawa Fantastic Novels

作者：結城涼　插畫：成瀬ちさと

被積極的未婚妻和冒失女騎士簇擁，
少年開啟為了成為「王」的新生活！

多虧女神轉生成貴族！本該是一帆風順——但得到的技能實在太不起眼，只能過著在家中被瞧不起的日子……然而某日得知自己能使用技能吞噬魔物的魔石並吸收其能力，以及自己是鄰國王族這一事實！最後甚至還將傳說中的魔物杜拉罕的能力收為己有！

NT$250／HK$83

一點都不想相親的我設下高門檻條件，結果同班同學成了婚約對象!? 1~7 待續

Kadokawa Fantastic Novels

作者：櫻木櫻　插畫：clear

隨著關係變得更加親密而來的是——
假戲成真的甜蜜戀愛喜劇，獻上第七幕。

愛理沙與由弦在耶誕節造訪遊樂園，享受兩天一夜的約會。除夕一起煮跨年蕎麥麵。新年共同前往神社參拜——度過了許多甜蜜愉快的時間。而一個月後的情人節，由弦滿心期待收到愛理沙的手作巧克力，結果在學校的鞋箱裡發現一個繫著可愛緞帶的盒子……

各 **NT$220~250/HK$73~83**

靠死亡遊戲混飯吃。 1 待續

作者：鵜飼有志　插畫：ねこめたる

Kadokawa Fantastic Novels

第18屆MF文庫J輕小說新人賞優秀賞作品
一窺美少女們荷槍實彈的死亡遊戲殊死戰！

醒來以後，發現自己人在陌生的洋樓，身上穿著不知何時換上的女僕裝，而有同樣遭遇的少女還有五人。「遊戲」開始了，我們必須逃出這個充滿殺人陷阱的洋樓「GHOST　HOUSE」。涉入死亡遊戲的事實，使少女們面色凝重──除了我以外……

NT$240/HK$80

義妹生活 1~8 待續

Kadokawa Fantastic Novels

作者：三河ごーすと　插畫：Hiten

「就算在教室，
我也想和你說更多話、想要離你更近。」

　　隨著升上三年級，悠太與沙季迎來重大的變化。重新分班讓兩人展開了在同一間教室的生活，逐漸逼近的大考與還沒抓到方向的未來藍圖，令他們不知所措。一直以來都在緩緩縮短距離的兩人，為了重新審視彼此之間過於親近的關係而「磨合」，不過——？

各 **NT$200~220/HK$67~73**

妹妹進入女騎士學園就讀，不知為何成為救國英雄的人竟是我。 1~2 待續

Kadokawa Fantastic Novels

作者：ラマンおいどん　插畫：なたーしゃ

化身救國英雄的最強哥哥成為貴族，為了解放自己的領地就此踏上征途！

在我和妹妹的齊心協力之下，於千鈞一髮之際成為拯救女王的英雄。然而獎賞的領地遭敵方占領，只得前往解救城鎮——然而除了女騎士樸小姐、當上女王的橙子小姐之外，還多了稱呼我為主人的女僕。身旁的人愈來愈多，貴族人生就此拉開序幕！

各**NT$240~260/HK$80~87**

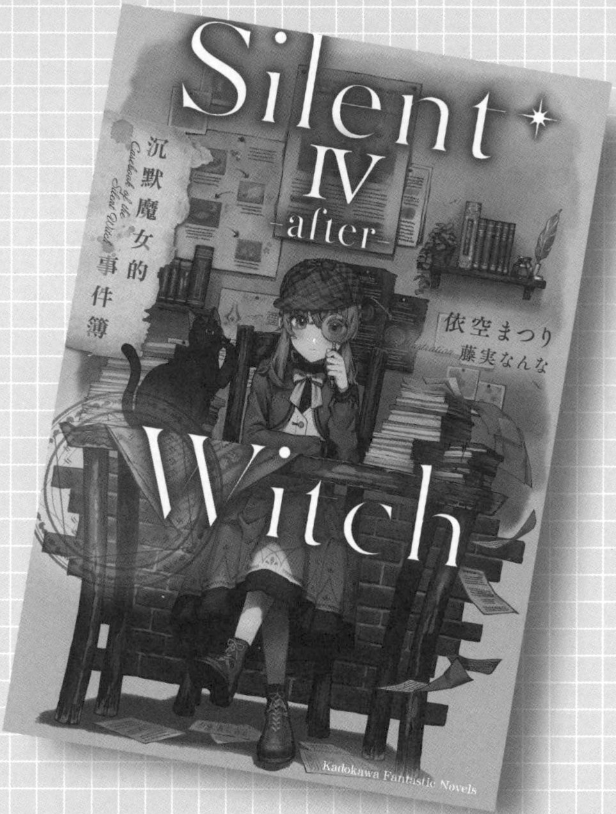

Silent Witch 1~4-after- 待續

Kadokawa Fantastic Novels

作者：依空まつり　插畫：藤実なんな

校園發生了幾起不可思議的難解事件!?
名偵探莫妮卡與黑貓尼洛將破解謎團！

寒假前的校園發生各種不可思議的難解事件!?被當成偷吃嫌犯逮住的古蓮、在校內迷路的小女孩、來路不明火球——以及被捲入詭異魔咒的第二王子……名偵探莫妮卡與沉迷偵探小說的黑貓尼洛將逐一解析各起事件謎團！極祕任務番外篇開演！

各 **NT$220~280/HK$73~93**

我跟妹妹，其實沒有血緣關係 1 待續

Kadokawa Fantastic Novels

作者：村田天　插畫：絵葉ましろ

與最愛哥哥又喜歡撒嬌的妹妹之間的兄妹關係，
因為一件隱瞞的事而開始產生變化！

妹妹久留里是個超重度兄控，每當與我對上眼就會抱過來。在久留里進到和我同一所高中就讀的開學典禮當天深夜，我從爸媽口中得知妹妹自己也不知道的衝擊真相——「光雪跟久留里其實沒有血緣關係。」咦，我和久留里竟然不是親兄妹嗎？這下糟了！

NT$240/HK$80

其實是繼妹。
～總覺得剛來的繼弟很黏我～ 1~4 待續

Kadokawa Fantastic Novels

作者：白井ムク　插畫：千種みのり

「——我想當只屬於老哥的妹妹。」
聖誕節當前，麻煩的問題卻接二連三出現！

　　真嶋家在家族旅行之後，關係變得更緊密，如今聖誕節即將到來。面對我們兩人一起度過的「特別夜晚」，我和晶都止不住心中的期待！然而，我們還要面對晶的志願問題！另一方面，光惺和陽向也是狀況連連。安穩、平和的聖夜，到底會不會到來呢？

各 **NT$260~270/HK$87~90**

續・魔法科高中的劣等生

魔法人聯社 1~6 待續

Kadokawa Fantastic Novels

作者：佐島 勤　插畫：石田可奈

達也等人得到香巴拉的「鑰匙」
歷經波折終於尋得香巴拉的遺物！

達也等人找到通往傳說之古代文明香巴拉的「鑰匙」，然而他們的背後出現危險的影子。鎖定遺物的視線，以及襲擊達也等人的幻覺魔法。雖然敵方身分不明，然而激烈的攻擊就是確實接近香巴拉的證據。然後達也等人終於尋得香巴拉的遺物——！

各 **NT$200~220/HK$67~73**

國家圖書館出版品預行編目資料

魔法科高中的劣等生：Appendix/佐島勤作；哈泥蛙譯. -- 初版. -- 臺北市：臺灣角川股份有限公司, 2024.01-

冊；　公分. -- (Kadokawa fantastic novels)

譯自：魔法科高校の劣等生Appendix

ISBN 978-626-378-410-9(第2冊：平裝)

861.57　　112019543

Kadokawa
Fantastic
Novels

魔法科高中的劣等生 Appendix 2

（原著名：魔法科高校の劣等生 Appendix 2）

2024年1月25日 初版第1刷發行

作　者：佐島 勤
插　畫：石田可奈
日版設計：BEE-PEE
譯　者：哈泥蛙

發行人：台灣角川股份有限公司
總　監：呂慧君
總編輯：蔡佩芬
主　編：林秀儒
編　輯：黎夢萍
設計指導：陳晞叡
美術設計：黃永漢
印　務：李明修（主任）、張加恩（主任）、張凱棋

發行所：台灣角川股份有限公司
地　址：104台北市中山區松江路223號3樓
電　話：（02）2515-3000
傳　真：（02）2515-0033
網　址：www.kadokawa.com.tw
劃撥帳戶：台灣角川股份有限公司
劃撥帳號：19487412
法律顧問：有澤法律事務所
製　版：巨茂科技印刷有限公司
ISBN：978-626-378-410-9

Edited by 電撃文庫
First published in Japan in 2022 by KADOKAWA CORPORATION, Tokyo.
Complex Chinese translation rights arranged with KADOKAWA CORPORATION, Tokyo.